# Hafenstraße 52

Jobst Schlennstedt, 1976 in Herford geboren und dort aufgewachsen, studierte Geografie an der Universität Bayreuth. Seit Anfang 2004 lebt er in Lübeck. 2006 erschien sein erster Kriminalroman. Hauptberuflich ist er als Projektmanager in einem Lübecker Beratungsunternehmen tätig. Im Emons Verlag erschienen die Westfalen Krimis »Westfalenbräu« und »Dorfschweigen«. Außerdem die Küsten Krimis »Tödliche Stimmen«, »Der Teufel von St. Marien«, »Möwenjagd«, »Traveblut«, »Küstenblues«, »Todesbucht«, »Spur übers Meer«, »Lübeck im Visier« und »#hanseterror« sowie der Thriller »Küste der Lügen«. Mit »Hafenstraße 52« liegt jetzt der dritte Band seiner Kriminalreihe um den Privatermittler Simon Winter vor.
www.jobst-schlennstedt.de

JOBST SCHLENNSTEDT

# Hafenstraße 52

KÜSTEN KRIMI

emons:

**Bibliografische Information der Deutschen Nationalbibliothek**
Die Deutsche Nationalbibliothek verzeichnet diese Publikation in der Deutschen Nationalbibliografie; detaillierte bibliografische Daten sind im Internet über http://dnb.d-nb.de abrufbar.

MIX
Papier aus verantwortungsvollen Quellen
FSC® C083411


Umschlagmotiv: mauritius images/Westend61/Mel Stuart
Umschlaggestaltung: Tobias Doetsch
Gestaltung Innenteil: César Satz & Grafik GmbH, Köln
Lektorat: Hilla Czinczoll
Druck und Bindung: CPI – Clausen & Bosse, Leck
Printed in Germany 2016
ISBN 978-3-7408-0002-4
Küsten Krimi
Originalausgabe

*Wer nach Rache strebt, hält seine eigenen Wunden offen.*

Sir Francis von Verulam Bacon

# GEFANGEN IN DER SCHLEIFE

*Es ist drei Uhr achtundvierzig, und das Asylbewerberheim brennt endlich in voller Ausdehnung. Das Feuer habe ich vor exakt neunzehn Minuten gelegt. Tatsächlich hat es länger gedauert, als ich geglaubt habe, aber nachdem es vor einigen Minuten diesen Knall gegeben und das Feuer richtig gezündet hat, gibt es kein Halten mehr. Die Flammen sind jetzt überall.*

*Ich stehe nur wenige Meter entfernt und verstecke mich hinter einer Litfaßsäule. Ich hoffe, dass mich hier niemand bemerkt. Die Feuerwehr ist gerade eingetroffen, auch einige Polizeiwagen parken bereits vor dem brennenden Haus.*

*Auf dem Dach des Gebäudes sehe ich plötzlich eine Person. Der Kleidung nach zu urteilen eine Frau. Sie hält ein Kind in ihrem Arm. Obwohl ich ihr Gesicht nicht erkennen kann, glaube ich zu sehen, dass sie voller Panik ist.*

*Verdammt, sie springt herunter. Dieser Schrei … Die Frau muss tot sein, sie kann den Sprung nicht überlebt haben. Und das Kind … Ich will nicht daran denken.*

*Ein Mann balanciert an der Dachkante entlang. Zwei Mädchen an seiner Hand. Sie schreien. Und weinen. Haben Todesangst. Vielleicht auch, weil sie wissen, dass ihre Mutter soeben in den Tod gesprungen ist?*

*Mir ist plötzlich schlecht. Ich muss mich übergeben. Ich will gar nicht sehen, was um mich herum geschieht. Was ich angerichtet habe. Aber ich kann die Zeit nicht mehr zurückdrehen.*

*Trotzdem machen mich die Bilder fertig. Überall Flammen, verzweifelte Menschen, tote Kinder … Was habe ich mir nur dabei gedacht? Ich spüre Verzweiflung. Meine Augen werden feucht. Ich war doch so hart, so entschlossen. Und jetzt? Jetzt lasse ich mich an die Litfaßsäule fallen und weine bitterlich. So habe ich das doch gar nicht gewollt.*

*Vorsichtig sehe ich mich um, vermeide jedoch, meinen Blick auf das brennende Haus zu richten, was mir kaum gelingt. Knapp fünfzig Meter entfernt erkenne ich mehrere Polizisten. Sie reden mit drei jungen Männern, die neben ihrem Wartburg stehen. Ossis. Ich bin mir absolut sicher, dass ich sie heute Nacht schon ein paarmal gesehen habe. Zuletzt vor einer knappen Stunde. Genau hier. Keine Ahnung, wer sie sind und was sie hier zu suchen haben, aber so, wie sie aussehen, kommen sie mir vielleicht gerade recht.*

*Wie leichtfertig muss man nur sein, eine brennende Flüchtlingsunterkunft aus nächster Nähe zu beobachten, wenn man augenscheinlich wie ein Nazi gekleidet ist? Was haben diese drei Typen überhaupt hier zu suchen? Warum schleichen sie seit Stunden durch Lübeck und interessieren sich ausgerechnet in dieser Nacht so sehr für das Asylbewerberheim?*

*Ich könnte etwas nachhelfen. Ohne großen Aufwand dafür sorgen, dass man sie verdächtigen wird. Die perfekten Täter. Vielleicht können sie schon in ein paar Stunden dem Haftrichter vorgeführt werden. Ich muss dieses Geschenk nur annehmen.*

*Die verzweifelten Stimmen aus Richtung des brennenden Hauses werden immer lauter. Eine Drehleiter der Feuerwehr geht mit einem Mal in Stellung. Ich beobachte, wie ein Kind von einem Feuerwehrmann entgegengenommen wird. Plötzlich sind wieder Schreie zu hören. Im nächsten Moment fällt die Leiter zur Seite und kracht auf den Vorbau des Gebäudes.*

*Ich zucke zusammen und verharre für einige Augenblicke. Ich ertappe mich dabei, wie ich bete. Dass der Feuerwehrmann und das Kind einfach unversehrt geblieben sind. Und dass dieser Alptraum, für den ich ganz allein verantwortlich bin, so schnell wie möglich ein Ende findet.*

*Ich zittere. Es ist so verdammt kalt in dieser Nacht. Unvorstellbar, dass nur ein paar Meter entfernt Menschen verbrennen oder freiwillig in den Tod springen. Was zum Teufel habe ich nur getan? Es war mein letzter Ausweg. Ich musste retten, was noch zu retten ist.*

*Immer mehr Einsatzfahrzeuge der Feuerwehr und Polizeistreifen rauschen an mir vorbei. Doch niemand scheint mich zu bemerken. Als wäre ich unsichtbar in dieser Nacht.*

*Der Qualm, der in immer heftigeren Wolken in den Nachthimmel steigt, ist beißend. Meine Augen brennen bereits. Notdürftig versuche ich, mir den Arm vors Gesicht zu halten.*

*Mir wird klar, dass ich hier nicht länger bleiben kann. Ich will nicht, dass sich die Bilder noch länger auf meine Netzhaut einbrennen. Jetzt ist der Moment gekommen, in dem ich einfach verschwinden kann. Ohne dass mich jemand sieht. Ohne dass ich jemals mit dieser Sache in Verbindung gebracht werde.*

*Drei, zwei, eins …*

*Ich atme tief durch. Dann stehe ich auf, trete hinter der Litfaßsäule hervor und laufe davon. Erst langsam, dann immer schneller. Bloß weg von diesem Ort. Den blinkenden Lichtern. Der Flammenhölle, die ich hinterlassen habe. Den Toten.*

*Ich verzichte darauf, mich noch einmal umzusehen, während ich die kleine Straße hinauflaufe. Plötzlich packt mich die Angst. Jeden Moment rechne ich damit, dass mich jemand aufhält. Dass jemand nach mir greift und mich fragt, was ich hier zu suchen habe. Warum ich wegrenne. Oder zumindest, ob ich irgendetwas beobachtet habe. Doch nichts von alldem passiert. Tatsächlich hat mich niemand bemerkt.*

*Ich biege ab und laufe hoch in den Eschenburgpark. Es fällt mir schwer, mich in der Dunkelheit zu orientieren. Die Geräusche der Martinshörner klingen selbst hier noch immer erschreckend laut in meinen Ohren. Und doch nicht laut genug, um die Schreie der verzweifelten Bewohner des Hauses in der Hafenstraße 52 zu übertönen. Die Schauer, die meinen Körper sekündlich überkommen, sind schlimmer als alles andere, was ich jemals erlebt habe. Sie fühlen sich wie Stromstöße an. Als würde mich jemand bestrafen wollen.*

*Ich funktioniere nur noch, laufe kreuz und quer durch den Park. Aber immerhin, ich funktioniere. Immer wieder kommen mir dieselben Gedanken. Was ich getan habe, war falsch. Und dennoch notwendig. Es wäre nicht richtig, wenn ich dafür büßen müsste, was geschehen ist. Es war schließlich nicht meine Absicht, dass es so weit kommt. Alles, was ich beabsichtigt habe, war, ihn zu treffen. Dort, wo es ihm am meisten wehtut. Er hat es verdient, so wie er mich behandelt hat. Er ist der Schuldige und ich das Opfer.*

*Ich wiederhole die Worte immer wieder, während ich ziellos durch den nachtdunklen Park renne.*

*Er ist der Schuldige und ich das Opfer. Er ist der Schuldige und ich das Opfer. Er ist der Schuldige und ich das Opfer. Er ist der Schuldige und ich …*

*»Alles in Ordnung?«*

*Ich fahre herum. Vor mir steht ein Mann mittleren Alters. Er führt einen Hund an einer Leine. In der Dunkelheit kann ich weder das Gesicht des Mannes erkennen noch, um was für einen Hund es sich handelt. Zwischen Kampfhund und Dackel erscheint mir alles möglich.*

*Ich zögere. Laufe ich weg und mache mich dadurch verdächtig? Tue ich einfach so, als gäbe es gar kein Problem? Oder soll ich den Mann außer Gefecht setzen?*

*»Was ist da unten am Hafen los?«, fragt der Mann. »Kommen Sie gerade von dort?«*

*Ich halte inne, die Stimme kommt mir bekannt vor. Dann schüttele ich den Kopf, sage jedoch nichts. Stattdessen weiche ich einen Schritt zurück, als der Hund an mir schnuppert. Ob er etwas riecht? Feuer? Oder Benzin?*

*Der Mann kommt immer näher. Uns trennen jetzt nur noch zwei Körperlängen. Er sieht mich argwöhnisch an. Plötzlich erkenne ich sein Gesicht. Ich spüre, dass mein Herz immer schneller schlägt. So schnell, dass ich nach Luft schnappe. Ich hyperventiliere.*

*Dieser Mann sieht aus wie* er. *Wie kann das sein?*

*Im nächsten Moment springt der Hund an mir hoch. Als wüsste er, was ich getan habe. Jetzt, wo er sich an meinem Bein festzubeißen droht, sehe ich, dass es sich um einen dunkelbraunen Mischlingshund handelt. Kein besonders großer Hund, aber umso hartnäckiger.*

*Ich versuche meine Atmung zu regulieren. Ohne Erfolg. Es fehlt nicht mehr viel, und ich breche zusammen. Werde alles zugeben. Um die Schuld, die auf mir lastet, einfach abzuschütteln und für das, was ich getan habe, zu büßen.*

*Dieser Mann vor mir – wer ist das bloß? Er sieht ihm so verdammt ähnlich. Plötzlich zieht er seinen Hund rüde beiseite. Dann tritt er noch näher an mich heran, bis unsere Gesichter nur noch wenige Zentimeter voneinander getrennt sind.*

*Spätestens jetzt weiß er, dass ich es war. Morgen früh wird er zur Polizei gehen und zu Protokoll geben, dass er eine verdächtige Person im Eschenburgpark beobachtet hat. Eine Person, die er kennt. Sehr gut sogar. Und ein paar Stunden später stehen sie dann vor unserer Tür, um mich festzunehmen.*

*»Ist wirklich alles in Ordnung mit Ihnen? Sie sehen aus, als könnten Sie Hilfe gebrauchen.«*

*Wieder schüttele ich den Kopf. Ich will nicht antworten. Einfach nichts sagen, damit er meine Stimme nicht hört. Dabei ist es doch längst zu spät. Er muss doch erkannt haben, dass ich es bin. Und er wird in jedem Fall zur Kripo gehen. Obwohl ich alles unternommen habe, keinerlei Spuren zu hinterlassen, bin ich mir plötzlich sicher, dass sie etwas finden werden, das beweisen wird, was ich getan habe.*

*Ich will das nicht. Ich will leben. Nicht angeklagt und für den Tod all der Menschen im Asylbewerberheim zur Rechenschaft gezogen werden. Und schon gar nicht für den Rest meines Lebens eingesperrt sein.*

*»Sie sehen nicht aus wie einer dieser Junkies, denen ich hier manchmal begegne«, sagt der Mann mit einem Mal. »Es geht mich ja nichts an, was Sie hier um diese Uhrzeit zu suchen haben, aber das Beste wird sein, Sie gehen so schnell wie möglich nach Hause und schlafen Ihren Rausch aus.«*

*Ich nicke wortlos, dann wende ich mich ab. Er erkennt mich nicht, rede ich mir ein.*

*Auch der Mann geht weiter. Der Hund schnuppert noch einmal an mir. Mir kommt es so vor, als spürte er genau, was ich getan habe. Spätestens morgen früh wird der Verdacht auf mich fallen. Aber er ist der Schuldige und ich nur das Opfer. Er darf nicht davonkommen.*

*Ich drehe mich um. Der Mann verschwindet allmählich im Dunkel der Nacht. Langsam gehe ich in die Knie. Ich hebe den Stein auf, der mir vorhin schon ins Auge gefallen ist. Er ist schwer und etwas größer als ein Tennisball. Er passt gerade noch so in meine rechte Hand. Dann renne ich los.*

*Ich treffe ihn genau an der richtigen Stelle. Direkt an der Schläfe. Der Mann sinkt sofort zu Boden, mitten auf den Schotterweg. Ich bücke mich zu ihm hinunter und hole ein zweites Mal aus. Doch im letzten Moment halte ich inne. Ein zweiter Schlag ist nicht mehr nötig. Ich bin mir sicher, dass der erste bereits ausreichend war. Er ist tot. Sein Schädel zerschmettert.*

*Der Hund hat es auch verstanden. Er bellt jetzt. Ein fürchterliches Kläffen, das mich wütend macht. Ich mag keine Tiere, halte mich meistens von Hunden und Katzen fern. Früher hätte ich gerne ein Haustier gehabt. Vielleicht wäre dann alles ganz anders verlaufen.*

*Ich bücke mich erneut und hebe den Stein wieder auf. Er fühlt sich feucht an. Aber nicht kalt. Er klebt und ist voller Blut. Voller Ekel lasse ich ihn fallen. Trete aus Verzweiflung und Wut mit dem Fuß dagegen, als mir klar wird, dass ich den Mann erschlagen habe. Vielleicht bin ich nicht mehr zurechnungsfähig?*

*Der Hund wird immer aufgeregter. Er bellt ununterbrochen und rennt wie aufgezogen um den leblos daliegenden Körper seines Herrchens herum. Ich entferne mich ein paar Schritte. Rückwärts. Erst langsam, dann immer rascher. Bis ich das Bellen des Hundes kaum noch hören kann.*

*Abrupt drehe ich mich um und erkenne, dass ich bereits am oberen Ende des Parks angelangt bin. Keine hundert Meter vor mir führt die Travemünder Allee entlang. Jetzt erst verstehe ich, dass ich es tatsächlich geschafft habe.*

*Ich habe Menschen getötet. Kinder ebenso wie Erwachsene. Wie viele, kann ich nicht einmal sagen. Sie sind in den Tod gesprungen, qualvoll erstickt oder bei lebendigem Leib verbrannt. Morgen früh werde ich es in der Zeitung lesen und mir nichts anmerken lassen. Denn nur eines zählt in diesem Moment für mich: davongekommen und am Leben zu sein.*

*Er ist der Schuldige und ich nur das Opfer …*

Ich schlage die Augen auf und sitze senkrecht im Bett. Ich schwitze, trotz der Kälte, gegen die die alte Heizung kaum noch ankommt.

Dieser Alptraum will einfach kein Ende nehmen. Manchmal denke ich wirklich, dass ich diese Menschen in den Tod geschickt habe, nur um ihm die Schmerzen zuzufügen, die er verdient hat. Als ob ich mir regelrecht herbeisehne, diese Grausamkeit begangen zu haben, damit ich ihn leiden sehe. Doch ich bin es, die leidet. Jede Nacht in meinen Alpträumen und jeden Tag, wenn ich erneut begreife, was er mit uns macht.

Vielleicht hätte ich die Tat zugeben sollen, damals, denn in Gedanken habe ich es oft getan. Ich hätte mein Leben hinter Gittern verbracht, aber immerhin nicht an der Seite dieses Mannes. Doch stattdessen kauerte ich regungslos hinter dieser Litfaßsäule und beobachtete, wie das Haus in Flammen aufging und Menschen in den Tod sprangen. Vielleicht wäre alles auch ganz anders verlaufen, wenn ich damals nach meiner Spätschicht einen anderen Weg nach Hause genommen hätte und sich diese Bilder nicht bei mir eingebrannt hätten. Zumindest würden mich diese Alpträume nicht plagen.

Es wird schrecklich enden, dessen bin ich mir sicher. So oder so. Aber ich habe mich entschieden. Es gibt nur diese eine Möglichkeit. Und ich bin fest entschlossen, das Notwendige zu tun. Denn vielleicht ist es noch nicht zu spät. Aber egal, was auch passieren wird, es ändert nichts daran, dass er der Schuldige ist und ich nur das Opfer.

## FLUCHT

Mahmoud Saids Blick folgte dem hellen Atem, den er kreisförmig wie Zigarettenrauch in die sternenklare Nachtluft ausstieß. Es war kalt, und er fror am ganzen Körper. Und doch hatte er in seiner Heimat schon kältere Nächte erlebt. Erst vor ein paar Tagen hatte er dem Sozialarbeiter in seiner Flüchtlingsunterkunft zu erklären versucht, dass Temperaturen unter null auch in Aleppo keine Seltenheit waren.

Im Schatten von St. Marien hatte sich Said einen Moment lang sicher gefühlt. Ein seltsames Gefühl für jemanden wie ihn, der in einem Land aufgewachsen war, in dem Christen bestenfalls toleriert, doch nicht selten verfolgt wurden. In den vergangenen sechs Monaten hatte er jedoch verstanden, dass er sich hier in dieser ihm so fremden Stadt auch anpassen musste, um zu überleben. Obwohl er seine eigenen Vorurteile gegenüber Andersdenkenden und Ungläubigen niemals ganz würde ablegen können, hatte er die Unterstützung, die man ihnen zuteilwerden ließ, angenommen.

Der Sozialarbeiter, der sich um ihn kümmerte und sorgte, war längst so etwas wie ein Freund geworden. Wie sein Bruder, der irgendwo zwischen der Türkei und Griechenland im Mittelmeer ertrunken war. Wie sein Vater, den unbekannte Rebellengruppen aus ihrer Stadt verschleppt und wahrscheinlich erschossen und verscharrt hatten. Wie seine Mutter, die in Assads Bombenhagel getötet worden war.

Er war der Einzige, der es geschafft hatte. Der Einzige, der noch lebte, und dennoch besaß er kaum Hoffnung, jemals wieder die Bilder aus Syrien und von seiner Flucht nach Deutschland loszuwerden. Ein nicht enden wollender Alptraum, der sich Nacht für Nacht in seinem Kopf abspielte.

Mahmoud Said hatte noch immer keine Ahnung, wer ihm eigentlich auf den Fersen war. Doch dass ihn jemand verfolgte, daran hatte er keinen Zweifel mehr. Als er sich vor einigen Tagen zum ersten Mal beobachtet gefühlt hatte, hatte er das noch als Einbildung abgetan. Der Krieg und die anschließende Flucht hatten ihn wohl paranoid werden lassen.

Er wusste, dass er als Flüchtling unter polizeilicher Beobachtung stand. Und dass es in seiner Unterkunft außerdem ein paar Iraner gab, die es auf ihn abgesehen hatten. Doch spätestens am dritten Tag, als sich der unsichtbare Schatten, der ihm quer durch die Stadt gefolgt war, noch immer nicht zu erkennen gegeben hatte, war sich Said sicher gewesen, dass jemand ganz anderes hinter ihm her war. Jemand, den er womöglich gar nicht kannte.

Nicht zu wissen, wer ihm nachstellte, machte ihm Angst – so wie sie in den vergangenen fünf Jahren in Aleppo, während die Bomben tagtäglich auf sie hinabgeprasselt waren, allgegenwärtig gewesen war.

Said blickte sich um. In diesem Moment war er überzeugt, allein zu sein. In der Dunkelheit war kein Schatten zu spüren, kein Atem zu hören. Keine leisen Schritte, die ihm folgten und über das Kopfsteinpflaster hallten.

Vorsichtig kam er aus seinem Versteck hervor und vergewisserte sich noch einmal, dass niemand in der Nähe war. Als er auch den letzten Zweifel überwunden hatte, verließ er schnellen Schrittes den Marienkirchhof und lief die Fleischhauerstraße hinunter. In Höhe Königstraße bog er links ab.

Tagsüber schoben sich hier Busse, Autos und Fußgänger durch die Stadt. Voller Leben. Beinahe wie in Aleppo – zu der Zeit, als die Hölle noch längst nicht über sie alle hereingebrochen war. Doch jetzt, weit nach Mitternacht, sah es hier aus wie in einer der verlassenen syrischen Geisterstädte, die nicht einmal mehr von Plünderern heimgesucht wurden.

Said versuchte sich vorzustellen, wie die mächtigen Häuser zu beiden Seiten der Königstraße nach jahrelangem Raketenbeschuss nur noch wie Gerippe in den Himmel ragten. Schuttberge dort, wo sonst Busse fuhren. Rauchsäulen, die aus Ruinen stiegen. Wie der Kaminqualm, der aus den Schornsteinen dampfte. Dazwischen ein paar Kinder, die in den Trümmern nach Essbarem suchten.

Er befühlte seine Jackentasche. Die Geldbündel waren noch

immer dort, wo er sie hingesteckt hatte. Mehr als ein Dutzend Mal hatte er sich in den vergangenen Wochen nachts an den Sicherheitsleuten vorbei aus der Flüchtlingsunterkunft geschlichen, um in kleinere Geschäfte in der Innenstadt einzusteigen und Kassen zu plündern. Bislang war immer alles gut gegangen. Said war überrascht, wie wenig gesichert die Geschäfte waren. Und dass nachts die Polizei kaum Streife fuhr.

Plötzlich zuckte er zusammen. Das Geräusch, das für den Bruchteil einer Sekunde zu hören gewesen war, hatte wie eine heruntergefallene Dose geklungen. Ein ganz leises Scheppern.

Für einen kurzen Augenblick lähmte ihn die Angst. Er dachte daran, sich zu verstecken, doch die wuchtigen Kaufhausgebäude und der freie Platz dazwischen boten keinerlei Möglichkeiten. Stattdessen rannte er los, ohne sich noch einmal umzusehen. So schnell wie in Syrien, wenn sie vor dem nächsten Angriff flüchten mussten.

Er lief vorbei an den Bürgerhäusern, dem Kino und der Kirche. Weiter über den Koberg und durch das Stadttor, bis er die Altstadt verlassen hatte. Auf der Brücke über den Fluss blieb er schließlich stehen. Keuchend und trotz der Kälte mit Schweißtropfen über der Oberlippe, stützte er sich mit den Armen auf seinen Oberschenkeln ab.

Als sich seine Atmung wieder reguliert hatte, trat Said an das Brückengeländer und warf einen Blick nach unten. Hier war es so dunkel, dass er das Wasser unter sich kaum erkennen konnte. Er schaute zurück durch das Burgtor in die Stadt. Die schwachen Lichter, die durch den Torbogen zu sehen waren, wirkten gespenstisch. Wieder hatte er Bilder seiner Heimat im Kopf. Die bekannte Zitadelle von Aleppo mit ihrem Viadukt und dem großen Torbau. Auch sie hatte der Krieg nicht verschont.

Nein, ihm war niemand gefolgt, er bildete sich das bloß ein. Said schüttelte den Kopf über sich selbst. Er wollte gerade weiter in Richtung seiner Unterkunft gehen, als er plötzlich in einigen Metern Entfernung eine dunkel gekleidete Person erkannte, die sich von stadtauswärts kommend näherte. Instinktiv wich er zurück und klammerte sich halb abgewandt am Brückengeländer fest.

Eine gefühlte Ewigkeit hielt er die Luft an und bewegte sich nicht. Erst in dem Moment, als die unbekannte Person an ihm vorbeiging, riskierte er einen Blick. Er konnte kaum etwas erkennen. Auch, weil die Person eine tief ins Gesicht gezogene Wollmütze trug und in leicht gebückter Haltung in Richtung Innenstadt eilte.

Said spürte, dass sich sein Herzschlag wieder beruhigte. Überall sah er Gefahr. Geister. Böse Menschen, die es auf ihn abgesehen hatten. Hinter jeder Stirn. Hinter jedem Hausvorsprung. Einfach überall. Er musste lernen, dass Lübeck nicht Aleppo war. Hier in Deutschland konnte er auch nachts durch die Straßen gehen, ohne dass der Tod an jeder Ecke auf ihn lauerte.

Er senkte seinen Blick auf das dunkle Wasser des Flusses, der die Stadt umschloss. Wasser im Überfluss, ein unschätzbares Gut. Zumindest in Aleppo. Monatelang waren sie von der Wasserversorgung abgeschnitten gewesen. Und das Wasser aus den Brunnen war so verschmutzt, dass sie Krankheiten bekamen, an denen noch mehr Menschen starben. Doch hier und jetzt war Wasser das Normalste auf der Welt. Nichts Ungewöhnliches. Nichts, weshalb er in Freudentränen ausbrach.

Er hielt inne. Da waren plötzlich diese Schritte.

Im ersten Moment verstand Said nicht, aus welcher Richtung sie kamen. Abrupt drehte er sich um. Die dunkel gekleidete Person kam direkt auf ihn zugerannt.

Erst im letzten Augenblick verstand Said, wer diese Person war. Er kannte das Gesicht unter der Wollmütze. Sogar allzu gut. Doch es war längst zu spät.

Said taumelte zurück, als ihn das Messer im Hals traf. Das Blut quoll so schnell hervor, dass ihm sofort schwarz vor Augen wurde. Sein Körper erschlaffte innerhalb weniger Sekunden. Die Beine gaben nach.

Wie in Trance spürte Said, dass er festgehalten und hochgezogen wurde – um im nächsten Moment zu realisieren, dass er sich bereits jenseits des Geländers befand und in wenigen Augenblicken in den Tod stürzen würde.

## ZERRISSEN

Der Küchenstuhl war dreißig Jahre alt, das Holz längst morsch, die Schrauben locker. Tagtäglich wartete sie darauf, dass er unter ihr zusammenbrechen würde, wenn sie sich erschöpft darauffallen ließ. Und doch war das triste Möbelstück in diesem Moment der einzige Halt, der sich ihr bot.

Mit verkrampften Fingern klammerte sie sich am Sitz fest, während sie erfolglos versuchte, ihren Puls zu regulieren. Auch der Blick durch das Küchenfenster raus in ihren Garten konnte sie nicht beruhigen. Die kleine Grünfläche mit dem winzigen Gemüsebeet war für sie immer ein Rückzugsort gewesen, wenn sie mal wieder an allem gezweifelt hatte. Wenn sie sich gefragt hatte, wer der Mann an ihrer Seite, mit dem sie seit mehr als dreißig Jahren verheiratet war, tatsächlich war. Was ihn antrieb, wer ihm wichtig war. Und vor allem, warum er diese Dinge tat, die sie zwar stillschweigend hingenommen hatte, sie aber tief im Innern so sehr verletzt hatten, dass sich ihre Seele so zerrissen anfühlte wie ein zerfetztes Stück Stoff. Wie eines ihrer alten Küchentücher, die kaum mehr als solche zu erkennen waren.

Die schönen Zeiten lagen so weit zurück, dass sie nicht einmal mehr wusste, wie es war, glücklich zu sein. Dass da schon seit Jahren keine Gefühle mehr zwischen ihnen waren, hatte sie sich viel zu lange nicht eingestehen wollen. War sie zu bequem gewesen? Vielleicht hatte sie aber auch geglaubt, es sei normal, wie ihre Ehe verlief.

Ihr fehlte die Wut, die ihr die Kraft gegeben hätte, diesen Mann für immer aus ihrem Leben zu verbannen. Stattdessen hatte eine lähmende Resignation sie befallen, weil es ihr trotz der jahrelangen Erniedrigungen bis heute nicht gelungen war, einen Schlussstrich zu ziehen. Letztendlich überwog sogar der Hass auf sich selbst. Die bittere Erkenntnis, dass alles aus dem Ruder gelaufen war und sie sich nicht gegen den Lauf der Dinge gestemmt hatte.

Bis sie schließlich verstanden hatte. Bis zu dem Moment, in dem alles über ihr zusammenzubrechen drohte. Das Verlangen, ihn für alles, was er ihr angetan hatte, zur Verantwortung zu ziehen, war mit einem Mal so groß, dass sie vor nichts mehr zurückscheuen würde.

Nach und nach legte sich ihr Herzrasen. Die innere Zerrissenheit während all der Jahre hatte ihre Psyche derart angegriffen, dass sie diverse körperliche Symptome verspürte, die ihr Leben zu einer einzigen Last machten. Sie hatte alles stillschweigend ertragen. Die Schmerzen in der Brust, das Stechen in den Schläfen und die Taubheit in den Beinen. Wie so vieles andere, was in den vergangenen Jahrzehnten passiert war. Sie würde all das hinter sich lassen.

Sie führte sich vor Augen, was zu tun war, um zu retten, was noch zu retten war. Mit allen Mitteln verhindern, dass es noch schlimmer kam als ohnehin schon. Dass ihre Familie noch größeren Schaden nahm. Und gleichzeitig musste sie dafür sorgen, dass dieser Mann endlich die Strafe erhielt, die er verdiente.

Niemand, vor allem nicht er selbst, durfte jemals erfahren, dass sie es gewesen war, die ihn ins Gefängnis gebracht hatte. Denn nach all der Erniedrigung fehlte ihr für eine direkte Konfrontation mit ihm noch immer der Mut. Sie selbst würde nur dafür sorgen, dass jemand ihn ins Visier nahm und schlussendlich überführte.

Schon vor Monaten hatte sie sich umgehört, um die geeignete Person zu finden. Schließlich hatte ihr Kalle Hansen, ein Privatdetektiv, dessen Nummer sie im Adressbuch ihres Mannes gefunden hatte, empfohlen, Kontakt zu Simon Winter aufzunehmen, einem Privatermittler, angeblich der beste, den es weit und breit gab. Sofern sie denn sichergehen wolle, dass ihr Anliegen zu einem Erfolg führt, sei er die beste Wahl – für vergleichsweise wenig Geld.

Sie hatte diesem Hansen damals dreihundert Euro zustecken müssen, bis er ihr endlich Namen und Adresse von Simon Winter genannt hatte. Mehr Informationen hatte er ihr nicht gegeben.

Bis heute kannte sie Winter nicht persönlich. Doch wenn sie Hansen richtig verstanden hatte, war dieser Mann genau der Richtige. Er würde das Ganze so aussehen lassen, als hätte man nach zwanzig Jahren endlich den wahren Brandstifter des Asylbewerberheims in der Hafenstraße 52 gefunden, ohne dass sie selbst zur Polizei gehen und ihn verraten musste. Winter würde dafür sorgen, dass alle an seine Wahrheit glaubten. Eine Wahrheit, die so wahr war, wie sie sein musste. Und so überzeugend, dass niemand sie anzweifeln würde.

Ihr Körper entspannte sich allmählich. Der Stuhl war endlich wieder das, was er meistens für sie war. Ein treuer Gefährte. Ein vertrautes Gefühl, das sie so sehr brauchte. Es war alles in Ordnung.

Langsam stand sie auf und verließ die Küche. Im Flur zog sie sich ihre Daunenjacke und die dicken Winterstiefel an. Setzte ihre Mütze auf und legte einen Schal um. Ein letzter Blick zurück in ihre Wohnung. Alles sollte so bleiben, wie es war. Mit einer kleinen Ausnahme.

Leise und still, wie sie war, verließ sie ihr kleines Reihenhaus, verschloss die Tür hinter sich und ging in Richtung Bushaltestelle. In der Stadt würde sie Simon Winter treffen, den Mann, der ihr helfen sollte, den Alptraum endlich zu beenden.

# EISSCHOLLEN

Je länger Simon Winter am Geländer der Brücke lehnte und auf die Obertrave hinabblickte, desto mehr hatte er das Gefühl, dass das Wasser beinahe sekündlich seinen Aggregatzustand veränderte. Vor seinen Augen schwammen mit einem Mal immer mehr Eisschollen, als erstarrte der gesamte Fluss genau in diesem Moment unter ihm.

Die Brotkrumen, die er lustlos hinuntergeworfen hatte, um die wenigen Enten, die der Kälte trotzten, zu füttern, schwammen auf den Schollen davon. Immer weiter in Richtung Holstentor. Die Trave hinab, bis sie nach knapp zwanzig Kilometern vielleicht auf die offene Ostsee trieben. Vielleicht, denn falls die Temperaturen noch einige Tage so weit unter dem Gefrierpunkt blieben, würde der Fluss unter einer geschlossenen Eisdecke verschwinden und womöglich sogar die gesamte Lübecker Bucht. So wie im Winter 85/86, als er mit seinen Eltern vor Travemünde über die zugefrorene Ostsee spaziert war und den ein- und auslaufenden Fährschiffen, die krachend die Eismassen vor sich hergeschoben hatten, staunend zugesehen hatte.

Das war wenige Monate, bevor seine glückliche Kindheit ein fürchterliches Ende genommen hatte, gewesen. Er war gerade einmal acht Jahre alt gewesen, als seine Eltern von Unbekannten in ihrer eigenen Wohnung erschossen worden waren, während er sich hinter einer verschlossenen Zimmertür versteckt gehalten hatte. Der Mord an ihnen war bis heute unaufgeklärt und vor allem ungesühnt geblieben. Etwas, das so sehr an ihm nagte, dass er zeit seines Lebens versuchte hatte, das Erlebte zu verdrängen.

Oft hatte er sich in den vergangenen Jahren vorgestellt, welchen Verlauf sein Leben wohl genommen hätte, wenn er bei seinen Eltern groß geworden wäre. Wahrscheinlich wäre er niemals derart abgestürzt wie damals in seiner Jugend, als er kurz davorgestanden hatte, des Lebens überdrüssig zu werden.

Auch bezweifelte er, dass er überhaupt auf die Idee gekommen wäre, sich als Privatdetektiv durchzuschlagen und Fälle aufzuklären, zu deren Lösung sonst niemand fähig war. So war er zum besten Privatermittler zwischen Nord- und Ostsee geworden.

Während er weiter Brotkrumen in die Trave warf, musste er an die vergangenen Monate denken. Wieder einmal hatte sich sein Leben grundlegend verändert. Schweren Herzens hatte er den Ort der Ruhe und Abgeschiedenheit am Pönitzer See aufgegeben und war zurück in die Stadt gezogen.

Nachdem Molli, die Besitzerin des Campingplatzes am See, ihren kurzen Kampf gegen den Krebs verloren hatte, hatte ihn eine tiefe Leere übermannt und war den gesamten Sommer über seine ständige Begleiterin gewesen. Als dann auch noch Mollis Tochter Anna ihre Ankündigung, den Campingplatz zu verkaufen und nach Norwegen auszuwandern, im Herbst tatsächlich wahr gemacht hatte, war ihm nichts anderes übrig geblieben, als dem Leben in seinem Camper abzuschwören und nach Lübeck zurückzukehren.

Es waren Molli und Anna gewesen, die ihn so lange am Pönitzer See gehalten hatten. Dort hatte er zwar Kraft tanken und die nötige Ruhe für die richtigen Gedanken finden können, aber die Einsamkeit war auch zermürbend gewesen. Letztlich hatte er sich eingestehen müssen, dass er ein Kind der Stadt war. Die Enge der Stadt und die gleichzeitige Anonymität hatte er all die Jahre insgeheim vermisst. Dazu kam das Netzwerk, über das er verfügte, Kontakte, die ihm immer wieder geholfen hatten. Denn seine Fälle hatten ihn noch jedes Mal zurück nach Lübeck gebracht.

Die Brücke, auf der er trotz der Eiseskälte schon seit knapp zwanzig Minuten verharrte, nannten die Lübecker Liebesbrücke. Wegen der vielen Schlösser, die verliebte Paare am Geländer angebracht hatten. Ob Anna und er so etwas auch getan hätten, wenn die Sache zwischen ihnen anders verlaufen wäre? Seine Mundwinkel zuckten. Vielleicht waren sie tatsächlich kurz davor gewesen, ein Paar zu werden. Ihre Zeichen waren so deutlich gewesen, doch er hatte sie übersehen und am Ende seinem Ego nachgegeben, das sich vor allem aus der Aufklärung komplizierter Kriminalfälle speiste. Genau wie bei der Sache auf der »MS Klaipeda Express« im vergangenen Frühjahr. Er hatte nicht nur den Fall für wichtiger als seine sich anbahnende Beziehung zu Anna erachtet. Schlimmer war gewesen, dass er Anna im Zuge der Ermittlungen in Gefahr gebracht hatte.

Dass sie sich schließlich von ihm zurückgezogen und dazu entschieden hatte, nach Norwegen zu ziehen, konnte er ihr nun wirklich nicht verübeln. Und dennoch vermisste er nicht unbedingt den Camper und die Einsamkeit am Pönitzer See vor allem während der kalten Jahreszeit, sondern Anna und ihre Unbekümmertheit. Ihr Lächeln, die positive Art, mit der sie die Dinge anging. Zum ersten Mal in seinem Leben hatte er sich zu einer Frau hingezogen gefühlt.

»Entschuldigen Sie.«

Winter fuhr herum. Dabei fiel ihm die Tüte mit den restlichen Brotkrumen aus der Hand und landete auf den Eisschollen unter ihm. Als er hochblickte, sah er in einigen Metern Entfernung eine Frau stehen. Viel mehr konnte er jedoch nicht erkennen. Ihr Mantelkragen reichte bis zur Nasenspitze, und die dunkle Wollmütze war tief ins Gesicht gezogen. Hinzu kam, dass die Dämmerung bereits eingesetzt hatte.

Er beobachtete die Frau. Sie klammerte sich am Geländer der Brücke fest, als fiele es ihr schwer, sich auf den Beinen zu halten. Die Frau war offenkundig verängstigt. Ihre Augen flackerten, während sie nervös versuchte, mit dem linken Fuß Halt am Geländer zu finden.

Winter schloss die Augen, ließ die in seinem Kopf abgespeicherte Datenbank durchlaufen. Irgendwann vor Jahren hatte er aufgehört zu zählen, doch er schätzte die Zahl der Personen, deren Gesichter er in Sekundenschnelle abrufen konnte, auf um die fünftausend. Etwa ein Zehntel davon kannte er persönlich, hatte bereits mit ihnen gesprochen oder ihnen zumindest schon einmal aus nächster Nähe in die Augen gesehen.

Die Frau, die keine zehn Meter von ihm entfernt stand, war bislang nicht Teil seiner Datenbank gewesen. Dessen war sich Winter sofort sicher. Er hatte keinerlei Anhaltspunkt, woher sie stammte und was sie von ihm wollte. Diese Kombination verunsicherte ihn.

»Kommen Sie doch näher«, sagte er. »Ich denke, ich weiß, wer Sie sind.«

Die Frau wich ein paar Schritte zurück und klammerte sich jetzt noch fester an das Geländer. Einen Moment lang befürchtete Winter, dass sie aus lauter Angst, wovor auch immer, wieder davonlaufen würde.

»Beruhigen Sie sich doch«, sagte Winter. »Egal, weshalb Sie hier sind, ich höre Ihnen zu. Und da ich davon ausgehe, dass Sie mich nicht ohne Grund ansprechen, wissen Sie sicherlich, wer ich bin. Es sollte Sie also nicht überraschen, dass ich mehr weiß, als Ihnen womöglich lieb ist.«

»Ich glaube kaum, dass Sie mich kennen«, erwiderte die Frau mit nun festerer Stimme. »Oder können Sie mir etwa sagen, wie ich heiße?«

Winter musterte die Unbekannte. Sie wirkte plötzlich entschlossener. Er selbst dagegen fühlte sich entlarvt. Der Frau war es binnen weniger Sekunden gelungen, ihn zu durchschauen. Vielleicht weil er diesmal etwas zu plump gewesen war. Bluffen gehörte eigentlich zu seinen großen Stärken, doch diesmal schien die Strategie nicht aufzugehen. Er musste sich etwas anderes überlegen, um die Oberhand zurückzugewinnen.

»Sie brauchen mir nichts vorzumachen«, sagte er schließlich. »Es ist nicht schwer zu erkennen, dass es Ihnen schlecht geht. Ihnen liegt etwas auf dem Herzen. Erzählen Sie mir einfach, wer Sie sind und was Sie bedrückt.«

»Der Unterschied zwischen uns ist, dass ich tatsächlich weiß, wer Sie sind«, entgegnete die Frau. »Ich bin mir durchaus im Klaren darüber, dass Sie glauben, allwissend zu sein. Aber vielleicht war es doch keine so gute Idee, mit Ihnen zu reden.«

»Wer schickt Sie?«, fragte Winter.

»Spielt keine Rolle.« Die Frau drehte sich von Winter weg und entfernte sich noch ein weiteres Stück von ihm.

»Moment, warten Sie.« Winter ging ihr einige Meter entgegen. »Sie haben mich neugierig gemacht. Was ist so wichtig, dass Sie mich hier bei dieser Kälte aufsuchen?«

»Bevor wir miteinander reden, sollten Sie wissen, dass das, was ich Ihnen zu erzählen habe, nichts mit mir persönlich zu tun hat.« Die Frau wandte sich wieder Winter zu und blickte ihm tief in die Augen. Plötzlich war die Traurigkeit aus ihrem Gesicht gewichen.

»Es geht um etwas wirklich Schlimmes, das ich erfahren habe«, sagte sie. »Es ist bereits einmal passiert, aber es muss verhindert werden, dass es sich wiederholt. Und meine Hoffnung ist, dass Sie das verhindern können.«

»Nun, ich kenne Sie nicht«, sagte Winter. »Normalerweise spreche ich unter diesen Voraussetzungen nicht über einen potenziellen Fall. Allerdings habe ich das Gefühl, dass Sie mir tatsächlich etwas Wichtiges zu sagen haben. Und das macht mich neugierig.«

»Natürlich ist es wichtig«, sagte die Frau mit kühler Stimme. »Was ich Ihnen jetzt erzählen werde, klingt verrückt, aber es ist wahr. Und ich bitte Sie, mir genau zuzuhören.«

Winter nickte und schwieg, obwohl es ihm zuwider war, wenn ein Klient über ihn bestimmte. Er war es, der die Fragen stellte.

»Also«, begann sie. »Es geht um etwas, das sich in wenigen Tagen zum zwanzigsten Mal jähren wird. Etwas, das diese Stadt bis heute verfolgt. Ich spreche von dem Brand in der Hafenstraße 52.«

Winter blickte die Frau irritiert an. Hatte er sie richtig verstanden?

»Tun Sie doch nicht so«, sagte sie streng. »Sie wissen genau, was damals passiert ist.«

»Natürlich weiß ich das«, blaffte Winter zurück. »Jeder in Lübeck sollte das wohl wissen.«

Die Bilder der Nacht vom 17. auf den 18. Januar 1996 waren auch nach zwanzig Jahren noch nicht verblasst. Das Asylbewerberheim in der Hafenstraße 52 hatte innerhalb weniger Minuten in Flammen gestanden. Zehn Bewohner waren damals ums Leben gekommen. Sieben Kinder und drei Erwachsene, die meisten von ihnen aus afrikanischen Ländern. Bis heute waren die Ursache für den Brand und die Schuldfrage nicht geklärt.

Es hatte Verdachtsmomente gegen mehrere junge Männer aus Mecklenburg-Vorpommern gegeben, die der rechten Szene zugeordnet worden waren, und auch gegen einen der Bewohner des Asylbewerberheims, der noch in der Brandnacht die Tat zugegeben, sie später jedoch wieder abgestritten hatte.

Winter selbst erinnerte sich genau an die Brandnacht vor zwanzig Jahren. Er war damals gerade einmal achtzehn Jahre alt gewesen und wie so oft in dieser Zeit zugedröhnt von viel zu viel Alkohol und Haschisch durch die Stadt gelaufen, als plötzlich das Sirenengeheul über Lübeck hereingebrochen war und nicht mehr aufhören wollte.

In jener Phase seines Lebens war es ihm sehr schlecht gegangen. Mit Beginn seiner Pubertät war der Schmerz über den Verlust seiner Eltern aus ihm herausgebrochen und hatte sich seinen ganz eigenen Weg gesucht. Er hatte mit Leuten wie Boris Roloff und anderen Kleinkriminellen zusammen in besetzten Häusern gelebt. Sich seine täglichen Rationen Alkohol und Drogen mit Einbrüchen und Ladendiebstählen finanziert. Und des Öfteren nicht nur mit einem Bein im Knast gestanden.

Rückblickend, redete sich Winter ein, war diese Phase notwendig gewesen, um sich halbwegs mit seinem Schicksal arrangieren zu können und ein einigermaßen solides Leben zu führen.

»Alle, die damals gesagt haben, sie wüssten irgendetwas, haben gelogen«, sagte die Frau plötzlich und unterbrach seine Gedanken.

»Wie meinen Sie das?«

»Die Beschuldigten sind zu Recht freigesprochen worden. Ein tragischer Unfall war das Ganze aber selbstverständlich auch nicht. Ich weiß nämlich, was damals in dieser Nacht wirklich geschehen ist.«

»Und warum wollen Sie es mir erzählen? Weshalb gehen Sie nicht einfach zur Polizei?«

»Ich habe meine Gründe.«

»Die Sie mir verraten möchten?«

»Nein, darum geht es hier nicht. Ich bin nicht hier, um mit

Ihnen über die Vergangenheit zu reden. Mir geht es um das, was schon bald passieren wird.«

»Und was genau soll das sein?«

»Der Täter von damals läuft noch immer frei herum«, antwortete sie. »Und seit einigen Wochen zündelt er wieder. Bislang hat er es zum Glück nur auf unbewohnte Gebäude, die als Flüchtlingsunterkünfte hergerichtet werden, abgesehen. Aber das wird sich ändern. Ich weiß, dass schon bald, wenn sich die Nacht des Brandanschlags zum zwanzigsten Mal jährt, erneut Menschen sterben werden. Verstehen Sie, was ich meine?«

»Ich versuche es«, antwortete Winter. »Aber ehrlich gesagt klingt das etwas …« Er verzichtete darauf, seinen Satz zu vollenden.

»Wenn Sie sich nicht beeilen, ihn zu finden, wird sich Geschichte wiederholen. Flüchtlinge werden sterben. Lübeck wird zum Symbol des Rechtsradikalismus werden. Und das, obwohl es nicht einmal etwas damit zu tun hat.«

»Wie meinen Sie das?«

»Darüber kann ich nicht sprechen.«

»Hören Sie«, sagte Winter schroff, »falls ich für Sie arbeiten soll, benötige ich alle Informationen, über die Sie verfügen. Andernfalls ist dieses Gespräch für mich beendet. Weshalb sollte ich Ihnen überhaupt glauben, wenn Sie mir offenbar nicht trauen?«

»Ich bin die einzige Person, die weiß, wer damals den Brand gelegt hat und was dieser Mann derzeit treibt«, erwiderte die Frau unbeeindruckt. »Und ich hoffe, nein, ich bin mir eigentlich sicher, dass Sie nicht an meinen Worten zweifeln.«

»Nennen Sie mir den Namen dieser Person, vorher zweifele ich alles an, was Sie sagen. Wenn ich dann der Meinung sein sollte, dass Sie mir die Wahrheit gesagt haben, werde ich mich um die Angelegenheit kümmern.«

»Das geht einfach nicht. Ich kann Ihnen den Namen nicht nennen.«

»Dann kann ich Ihnen nicht helfen, tut mir leid.«

»Sie haben Ihre Prinzipien, das kann ich verstehen, aber ich werde den Mann nicht verraten. Trotzdem möchte ich, dass

Sie ihn finden. Unternehmen Sie etwas, und zwar so schnell wie möglich. Andernfalls kommt es zu einer Katastrophe.«

»Wie viel ist Ihnen die Sache wert?«

»Ich kann Ihnen leider kein Geld zahlen«, antwortete die Frau leise. »Überhaupt werden wir nach diesem Gespräch keinen Kontakt mehr miteinander haben.«

Winter lächelte und wandte sich seinerseits ab. Dass er häufig unvorbereitet von Klienten angesprochen wurde, kannte er bereits zur Genüge. In der Regel wusste er schnell, ob er einen Auftrag annehmen oder besser doch ablehnen sollte. Doch diese Begegnung hier auf der Liebesbrücke war irgendwie anders. Kein Auftrag, mit dem er Geld verdienen konnte, keine Namen oder Gesichter, denen er nachgehen konnte, und eine angebliche Klientin, die sich weigerte, ihm zu sagen, was sie tatsächlich wusste. Das Ganze erschien ihm vollkommen unglaubwürdig und gleichzeitig interessant genug.

Aus dem Augenwinkel erkannte er, dass sich die Unbekannte noch weitere Schritte rückwärts bewegte. Im nächsten Moment rannte sie los und verschwand innerhalb weniger Sekunden aus seinem Blickfeld.

Winter kniff seine Augen zusammen. Am Ende der Brücke erkannte er die Frau, sie lief in Richtung Innenstadt. Fast wollte er hinterherrennen, die Frau stellen und sie dazu bringen, ihm ihre Informationen zu geben. Er wollte wissen, wer sie war und woher sie wusste, wer der Täter des Brandanschlags in der Hafenstraße 52 vor zwanzig Jahren gewesen war. Doch er würde sie nicht mehr einholen können.

Warum war sich die Frau so sicher, dass der Täter von damals auch für die Brandanschläge auf die unbewohnten Flüchtlingsunterkünfte in den vergangenen Wochen verantwortlich war? Sie wollte ihm nicht verraten, was sie wusste, das hatte sie unmissverständlich deutlich gemacht. Es war nicht ihr Ziel gewesen, ihm Details zu nennen. Ihr ging es darum, den Anstoß zu geben, damit nicht sie selbst, sondern jemand anderes den Täter überführte und dingfest machte, bevor noch Schlimmeres passierte.

Winter massierte unschlüssig seine Schläfen. Da war diese

Widersprüchlichkeit, die ihn reizte. Das Ungewisse. Die große Herausforderung, diesen Fall anzunehmen, der womöglich dazu führen würde, dass er den Brand in der Hafenstraße 52 aufklärte. Und doch blieb der Jubelschrei, den er früher in ähnlichen Situationen ausgestoßen hatte, in diesem Moment aus. Die Euphorie darüber, sich auf einen neuen Fall einzulassen, den nur er zu bearbeiten imstande war, wollte sich noch nicht einstellen.

Trotzdem hatte ihn die Frau so beeindruckt, dass in seinem Kopf nichts mehr so war wie vor wenigen Minuten.

Obwohl ihre Geschichte zweifelhaft klang, wurde Winter das Gefühl nicht los, dass sie die Wahrheit gesagt hatte. Wäre dem so, war sie die Einzige, die den Täter von damals kannte. Und sie wollte verhindern, dass es noch einmal geschah.

Während er sich auf das Brückengeländer lehnte und den davontreibenden Eisschollen hinterhersah, spürte er, dass die Frau Entscheidendes in ihm in Gang gesetzt hatte. Ihre Worte hatten endlich wieder die Motivation in ihm ausgelöst, die er so dringend benötigte, um das zu tun, was er am besten konnte. Er würde die Verbindung zwischen den Brandanschlägen von damals und heute finden.

Ein flüchtiges Lächeln huschte über seine Lippen. Dann wandte er sich um und ging langsam über die Liebesbrücke in Richtung Altstadt. In die Stadt, in die er nach mehr als fünf Jahren endlich wieder zurückgekehrt war.

## BIG GUY

Als Simon Winter um halb zehn am nächsten Morgen langsam seine Augen öffnete und sein verschlafener Blick durch das kleine Zimmer kreiste, war er sich sicher, dass seine aufkeimende Euphorie vom Vortag nichts weiter als ein kurzes Strohfeuer gewesen war.

Der Stapel Rechnungen auf seinem Schreibtisch war wie ein mahnender Zeigefinger. Ganz zu schweigen von seinem leeren Kühlschrankfach, das ihn jeden Morgen, wenn er in die Küche stapfte, vor Augen führte, dass es so nicht weitergehen konnte.

Die Dachgeschosswohnung in der Wahmstraße, in der er seit einigen Monaten zur Untermiete lebte, bestand aus einem großen loftartigen Raum, Küche und Bad sowie einem kleineren Zimmer, in dem Winter schlief.

Levke, so hieß seine Vermieterin, war ein paar Jahre älter als er. Ihr gehörte die Wohnung. Sie hatte sie von einer Großtante geerbt, die, genau wie sie, Künstlerin gewesen war. Levke malte mit Acryl, fertigte Schmuck an und formte Skulpturen aus Ton und Gips. Vor ein paar Wochen hatte sie sich tatsächlich einen zwei Meter hohen Granitstein liefern lassen, den sie seitdem mit Hammer und Meißel bearbeitete. Seither hatte sich Winter tagsüber kaum noch in der Wohnung aufgehalten. Nach der Ruhe der letzten Jahre, der völligen Abgeschiedenheit des Lebens in seinem Camper in der Holsteinischen Schweiz, hatte er den Krach nicht ertragen.

Noch führte er nicht das Leben, wie er es sich erhofft hatte, als er zurück in die Stadt gezogen war. Hier in diesem Loft über den Dächern Lübecks war es fast wieder so wie damals, als er seine Wohnorte wöchentlich gewechselt hatte. Je nachdem, wo er gerade für ein paar Tage Unterschlupf finden konnte. Nur selten hatte er in seinem früheren Leben in Lübeck, bevor er die Stadt verlassen hatte und auf den Campingplatz gezogen war, irgendwo zur Miete gewohnt. Winter hatte nie groß Geld besessen, und die Aufträge, die er als Privatermittler annahm, waren in der Regel alles andere als lukrativ gewesen. Überhaupt war Geld nie der Treiber gewesen, sich auf die zumeist hoffnungsvollen Fälle einzulassen. Oftmals hatte er sogar kostenlos für seine Klienten gearbeitet, für die er die letzte Hoffnung darstellte, weil ihnen Polizei oder andere Privatermittler nicht mehr helfen konnten.

Es hatte sich längst herumgesprochen, dass er der scharfsinnigste Ermittler weit und breit war. Klienten kamen von sich aus auf ihn zu und sprachen ihn an. Seltsamerweise immer in Momenten, in denen er so gar nicht damit rechnete.

Genau wie diese Frau gestern. Sie hatte nicht gesagt, wer sie war. Auch nicht, woher sie überhaupt ihre Informationen hatte. Sie hatte ihm auch keinen Auftrag mit auf den Weg gegeben. Kein Mandat, in ihrem Namen zu ermitteln. Sie hatte ihn nicht einmal gebeten, ihr zu helfen, sondern stattdessen aufgefordert, sich der Sache anzunehmen. Ohne ihm jedoch irgendwelche Details zu verraten, die sie, da war er sich absolut sicher, besaß.

Wie so manche Klienten zuvor war die Frau offenbar davon ausgegangen, dass er weniger für Geld als einzig und allein für Ruhm und Anerkennung arbeitete. Dabei waren Ruhm und Anerkennung das Letzte, auf das er hoffte. Bislang hatten sich noch immer andere die Ermittlungserfolge, für die er gesorgt hatte, auf die Fahnen geschrieben. Ihn reizte allein die Herausforderung, Fälle anzunehmen, die niemand sonst zu lösen imstande war.

Winter brauchte sich nichts vorzumachen, ihm war bewusst, dass er blank war. Die Miete für die Wohnung konnte er bereits seit drei Monaten nicht mehr bezahlen, stotterte sie bei Levke stattdessen mit allerlei Hilfsarbeiten ab. Einer dieser Jobs frustrierte ihn besonders. Sie hatte ihn gebeten, ihrem Exmann nachzustellen und heimlich Fotos von ihm und seinen wechselnden Frauenbekanntschaften zu machen. Er sollte Beweise sammeln, die seinen Lebensstil in ein schlechtes Licht rückten. Als entscheidendes Argument dafür, Levke das alleinige Sorgerecht für ihre gemeinsame Tochter zuzusprechen.

Doch das, was Winter über den Mann bislang herausgefunden hatte, war nichts im Vergleich zu Levkes Lebensstil, in dem ein geregelter Tagesablauf keine Rolle spielte, Drogen dafür umso mehr. Nicht nur deshalb weigerte er sich, kompromittierende Fotos von dem Mann zu machen, die Levke später gegen ihn verwenden würde. Er war schlichtweg auch zu stolz für derart herabwürdigende Jobs.

Die Lösung war so einfach wie kompliziert. Winter musste dringend seine finanzielle Situation in den Griff bekommen, um sich aus der Abhängigkeit von Levke zu befreien. Er musste die Miete bezahlen und, wenn genügend übrig bliebe, seinen Mini Cooper, den er vor Monaten abgemeldet hatte, wieder zulassen. Ein Stück Freiheit zurückgewinnen. Einfach ans Meer rausfahren können, wenn ihm hier in der Stadt mal wieder alles zu eng wurde. Oder an den Ort, an dem er die letzten fünf Jahre verbracht hatte.

Wieder musste Winter an die Situation auf der Liebesbrücke denken. »Ich bin die einzige Person, die weiß, wer damals den Brand gelegt hat und was dieser Mann derzeit treibt«, hatte die Frau gesagt. Seine Vernunft befahl ihm, dies nicht zu sehr an sich heranzulassen. Er konnte diesen Fall, wenn er denn überhaupt einer war, unmöglich annehmen. Sosehr es ihn in seiner Ehre als Privatermittler auch verletzte: Was er aktuell benötigte, waren ein paar gut bezahlte Jobs, bei denen nicht viel mehr zu tun war, als den ganzen Tag auf der Lauer zu liegen und Beweismittel gegen fremdgehende Männer wohlhabender Klientinnen zu sammeln. Eine unbekannte Frau, die vage Andeutungen machte und nicht einmal preisgeben wollte, was genau sie wirklich wusste, half ihm in dieser Situation nicht weiter.

Und doch konnte er ihre Worte nicht einfach abschütteln.

Wie war sie überhaupt auf ihn gekommen? Auch hierzu hatte sie sich nicht geäußert. Erstaunlicherweise waren die beiden letzten großen Fälle, in denen er ermittelt hatte, ausgerechnet durch seinen Berufskollegen Kalle Hansen vermittelt worden.

Hansen verkörperte all das, was er selbst nicht sein wollte.

Ihm war es noch niemals darum gegangen, die Herausforderung einer Ermittlung anzunehmen. Komplexe Fälle zu lösen, die doch eigentlich unaufklärbar schienen. Hansen war zufrieden damit, genau so viel Arbeit anzunehmen, dass es ausreichte, ein finanziell sorgenfreies Leben zu führen. Und wenn er bisweilen noch seine Kollegen über den Tisch ziehen und ihnen ein paar Informationen für eine Stange Geld verkaufen konnte, war für Hansen die Welt in Ordnung. Dann konnte er den Rest des Tages auf seiner Couch herumliegen oder im Buthmanns ein Bier nach dem anderen trinken.

Winter richtete sich auf. Er musste dringend mit Hansen sprechen. Vielleicht hatte tatsächlich er der unbekannten Frau empfohlen, sich an ihn zu wenden. Weil er kein Interesse daran gehabt hatte, sich selbst auf diese Sache einzulassen. Keine Lust, sich von seiner Couch zu erheben, um einen Job anzunehmen, von dem unklar war, ob er überhaupt einer war. Womöglich ohne Bezahlung zu arbeiten und sich auch noch in Gefahr zu begeben. Das zu tun, wofür doch eigentlich die Kripo zuständig war.

Es fiel Winter schwer, diesen Schrank von einem Mann als Kollegen ernst zu nehmen. Sie spielten nicht in einer Liga, ihre Motivation konnte unterschiedlicher nicht sein. Doch wenn er ganz tief in sich hineinhorchte, musste er sich eingestehen, Hansen für die Art und Weise, wie er sein Leben meisterte, auch zu bewundern.

Es war kurz vor zwanzig Uhr an diesem eisigen Januartag, als Simon Winter das Buthmanns betrat. Um diese Zeit war wenig los in der ältesten Bierstube Lübecks in der Glockengießerstraße.

Kalle Hansen war den ganzen Nachmittag über nicht an sein Telefon gegangen, und selbst auf sein penetrantes Klingeln und Klopfen an dessen Wohnungstür hatte er nicht reagiert. Das Buthmanns war für den Moment die einzige logische Erklärung. Doch ein kurzer Blick durch den Laden machte deutlich, dass Hansen auch hier nicht anzutreffen war.

Die Frau hinter der Theke begrüßte Winter mit einem

Lächeln und einer Bewegung in Richtung Zapfhahn, während sie mit der linken Hand ihre Zigarette im Aschenbecher ausdrückte. Winter lächelte zurück. Sie kannten sich nicht, aber er wusste, dass die Frau Conni hieß und schon seit einigen Jahren im Buthmanns arbeitete.

»Ich bin auf der Suche nach Kalle Hansen.« Er kam direkt zur Sache. »Er ist Stammgast hier, Sie kennen ihn mit Sicherheit.«

Augenblicklich veränderte sich der Gesichtsausdruck der Frau. Einen Moment lang befürchtete Winter das Schlimmste.

»Was ist mit ihm?«, fragte er besorgt.

»Kennen Sie ihn gut?«

»Ich kenne ihn.«

»Aber Sie wissen nicht, was passiert ist?«

»Würde ich denn sonst nach ihm fragen?« Winter spürte sofort, dass seine Reaktion etwas zu heftig ausgefallen war. »War nicht so gemeint«, schob er besänftigend hinterher.

»Schon gut«, sagte Conni. »Big Guy liegt im Krankenhaus. Er ist hier vorgestern Abend einfach zusammengebrochen. Wir mussten den Notarzt rufen. Man hat ihn direkt ins Krankenhaus gefahren.«

»Wissen Sie, wie es ihm jetzt geht?«

Conni schüttelte den Kopf. »Als sie ihn hier rausgetragen haben, war er zum Glück schon wieder bei Bewusstsein. Aber vielleicht war es etwas mit dem Herzen. Würde mich nicht wundern bei dem Gewicht, das er die ganzen Jahre mit sich herumschleppt. Schlimm nur, dass es gerade jetzt passiert ist, wo es ihm nach seiner Diät doch endlich wieder besser ging. Immerhin durfte er wochenlang nur Tee trinken.«

»Tee?«, fragte Winter überrascht.

»Probleme mit der Blase, hat er zumindest behauptet. Trotzdem konnte er nie ganz die Finger vom Alkohol lassen. Blasentee mit Schuss, falls Sie verstehen.«

Sie zuckte mit den Schultern und zündete sich die nächste Zigarette an. »Irgendwann rächt sich das nun mal. Und eines Tages müssen wir ohnehin alle ins Gras beißen. Mein Arzt meint, dass ich die fünfzig nicht erleben werde, wenn ich so weiterrauche. Aber wissen Sie, was ich ihm darauf gesagt habe?«

»Ja«, antwortete Winter.

»Wie bitte?«

»Ich weiß, dass Sie Ihren Vater erst mit Mitte achtzig unter die Erde gebracht haben. Und das, obwohl er bis kurz vor seinem Ende zwei Packungen am Tag durchgezogen hat.

»Woher zum Teufel …?« Conni strich sich fahrig durch die Haare.

»Sie vergessen dabei jedoch eine entscheidende Sache«, fuhr Winter fort. »Das mit Ihrer Mutter damals war wirklich schlimm. Allerdings war es nicht ganz so, wie man Ihnen erzählt hat.«

»Wie bitte?« Conni blickte ihn aus verwirrten Augen an. Sie schien nicht zu verstehen, worauf er hinauswollte. »Was soll denn das heißen?«

»Tut mir leid, dass Sie es von mir erfahren, aber Ihre Mutter war an Lungenkrebs erkrankt. Die jahrelange Raucherei hat sie zugrunde gerichtet.«

»Verdammt, was erzählen Sie da? Meine Mutter hatte Brustkrebs, wie so viele andere Frauen auch.«

»Nein, das ist nicht die Wahrheit«, sagte Winter unbarmherzig. »Ihr Vater hat nicht gewollt, dass Sie den eigentlichen Grund erfahren.«

»Woher kennen Sie meinen Vater überhaupt?«

»Ihr Vater kannte meinen Vater«, antwortete Winter knapp. »Mehr gibt es dazu nicht zu sagen. Aber worauf ich eigentlich hinauswollte – passen Sie auf sich und Ihre Gesundheit auf. Es ist, wie Sie eben selbst gesagt haben, alles nur eine Frage der Zeit. Sie haben jedoch Einfluss darauf.« Winter wandte sich ab und ging in Richtung Tür. Im letzten Moment blieb er stehen und drehte sich noch einmal um. »Wissen Sie vielleicht, in welchem Krankenhaus Hansen liegt?«

Conni verneinte. Dann drückte sie ihre abgebrannte Zigarette aus, um sofort die nächste aus dem Softpack zu fingern, das auf dem Tresen lag.

Simon Winter ließ seinen Blick über den langen Flur des Uniklinikums gleiten. Er erwog, die Krankenschwester, die gerade am Ende des Gangs aus einem der Zimmer trat, einfach zu fragen, ob er mit Kalle Hansen sprechen könne, obwohl es bereits weit nach neun war. Doch dann entschied er sich anders und versteckte sich hinter einem auf dem Flur abgestellten Bett. Er wollte vermeiden, dass ihn jemand sah. Und schon gar nicht wollte er erklären müssen, weshalb er so dringend mit ihm sprechen musste.

Winter wusste, in welchem Raum Hansen lag. Die junge Frau am Nachtschalter im Foyer hatte ihm bereitwillig Auskunft erteilt. Als er sich sicher war, dass ihn niemand beobachtete, näherte er sich Zimmer 281 und drückte vorsichtig die Klinke herunter. Erst als er den Raum betrat, wurde ihm bewusst, dass er sich keine Gedanken darüber gemacht hatte, was ihn hinter dieser Tür erwartete. Zumindest nicht so intensiv, wie es nötig gewesen wäre, um zu verstehen, was er sah.

In einigen Metern Entfernung lag Kalle Hansen an ein Krankenhausbett gefesselt, das vor einem halben Jahr noch unter seinem Gewicht geächzt hätte. Was von diesem Big Guy, wie ihn Conni genannt hatte, übrig geblieben war, erschrak selbst ihn, den nur selten etwas aus der Bahn warf.

Er hatte Hansen eine Zeit lang nicht gesehen, umso gravierender wirkte jetzt dessen Veränderung. Von einem Big Guy konnte jedenfalls keine Rede mehr sein. Er musste mindestens dreißig Kilogramm abgenommen haben. Seine Gesichtsfarbe war aschfahl, dunkle Augenringe zeichneten sich auf seinem eingefallenen Gesicht ab. Dieser offenbar hilflose Mann vor ihm war nicht mehr der Kalle Hansen, den er gekannt hatte. Der Kollege, der so anders war als er selbst. Und dennoch auch immer wieder ein verlässlicher Partner. Sie hatten sich arrangiert und gemeinsam Fälle aufgeklärt, die größer als alles gewesen waren, auf das er sich zuvor allein eingelassen hatte.

Winter atmete tief durch. Dann trat er auf das Bett zu und versuchte erfolglos, Hansens Blick zu fangen.

## DER ZEUGE

Alles, was er benötigte, befand sich in der Plastiktüte. Die mit Benzin und Diesel gefüllte Flasche. Das Stofftuch. Ein langes Feuerzeug. Und die Lederhandschuhe.

Seit Tagen stand die Tüte bereits im Keller. Nach dem letzten Mal hatte er sofort wieder alles präpariert. Um vorbereitet zu sein, um flexibel reagieren zu können, wenn er glaubte, dass die Zeit wieder reif war.

Als die Haustür hinter ihm ins Schloss fiel, versuchte er die Zweifel, die er auch bei den anderen Malen verspürt hatte, zurückzudrängen. Es gab keinen anderen Weg, mit dem, was er erlebt hatte, umzugehen. Genauso schnell, wie sie gekommen waren, verschwanden die Zweifel auch wieder. Er hatte keine andere Wahl, obwohl er von Tag zu Tag mehr über sich selbst erschrocken war. Wozu er fähig war, machte ihm Angst.

Die Autofahrt nach Moisling dauerte nur fünfzehn Minuten. So spät am Abend war auf den Straßen der Stadt kaum etwas los.

Die Digitalanzeige im Cockpit des Wagens zeigte minus vier Grad an. Es herrschte seit Tagen durchgängig eine trockene Kälte mit wolkenfreien Nächten und Temperaturen unter null. Und durch den eisigen Wind fühlte sich die Luft noch weitaus kälter an.

Wind war das, worauf er gehofft hatte. Wenn er den Brandsatz erst einmal weggeworfen hatte, würde der Wind dafür sorgen, dass die Flammen schnell um sich schlugen. Dann, so war er sich sicher, würde auch die Kälte keine Probleme bereiten.

Er schaltete das Abblendlicht des Wagens aus und parkte in einem Wohngebiet. Zwei Querstraßen von der vor wenigen Tagen fertiggestellten Flüchtlingsunterkunft entfernt. Die Straße war nur schwach beleuchtet, und die meisten Rollläden der umliegenden Häuser waren heruntergelassen.

Sein Ziel hatte er bewusst gewählt. Er ahnte, dass er den

Leuten hier vor Ort mit seinem Anschlag wahrscheinlich in die Karten spielen würde. Im Zweifelsfall würden sie ihn sogar decken, weil er etwas tat, worauf viele von ihnen heimlich hofften. Er nahm es billigend in Kauf, als einer von ihnen wahrgenommen zu werden, obwohl er es hasste, mit diesem Mob in einen Topf geworfen zu werden. Schreckhafte und besorgte Bürger in schwierigen Zeiten waren das Letzte, was ihn antrieb.

Vorsichtig schraubte er den Verschluss von der Glasflasche ab. Der Geruch, der ihm entgegenströmte, war so intensiv, dass er für einen kurzen Moment zurückwich. Doch schon nach wenigen Augenblicken war die Versuchung wieder da, die Mischung aus Benzin und Diesel tief einzuatmen.

Er sog den Geruch so lange ein, bis ihm schwindelig wurde. Der blaue Dunst löste die Anspannung in seinem Körper einfach auf. Er hatte in der Vergangenheit verschiedenste Drogen ausprobiert, doch das Schnüffeln von Benzin war weitaus befreiender als das meiste überteuerte synthetische Zeug. Und Marihuana schlug bei ihm erst gar nicht an.

Er lächelte zufrieden, dann griff er erneut in die Tüte und holte das Stofftuch hervor. Sorgfältig wickelte er es zusammen und stopfte es in den Flaschenhals hinein. So weit, dass es sich nach und nach mit dem Brandbeschleuniger vollsog. Erst jetzt streifte er sich die Lederhandschuhe über, bevor er langsam aus dem Wagen ausstieg.

Sofort wurde er starr. Die Kälte, die ihm entgegenschlug, und das Schwindelgefühl, das noch immer anhielt, wirkten wie eine Betonwand, gegen die er vergeblich versuchte anzurennen. Er hielt sich eine ganze Weile am Dach seines Autos fest, bevor er sich wirklich sicher war, dass die Wirkung des eingeatmeten Benzins nachgelassen hatte.

Mit dem Brandsatz in der Hand ging er los. Langsam, Schritt für Schritt, bis zu der Straße, in der die Flüchtlingsunterkunft lag. Bereits von Weitem konnte er sie erkennen.

Mit den Asylbewerberheimen von vor zwanzig Jahren hatte das Gebäude nichts mehr gemein. Auch von den übrigen Unterkünften in der Stadt unterschied sich der Neubau. Das fast bezugsfertige eingeschossige Flachdachhaus war verwinkelt gebaut und wirkte wie ein moderner Bürokomplex.

Er hatte gelesen, dass die Unterkunft sogar einige Familienwohnungen vorsah. Doch vor allem Wohneinheiten, die für bis zu sechs alleinstehende Männer ausgelegt waren. Flüchtlinge unterschiedlicher Religionen sollten möglichst voneinander getrennt werden, um Konflikte gar nicht erst aufkommen zu lassen. Selbst unter den Moslems waren strikte Trennungen zwischen Sunniten und Schiiten vorgesehen.

Der Gedanke daran, dass die Flüchtlinge wahrscheinlich mehr Platz für sich haben würden als er selbst, rang ihm in diesem Moment nicht mehr als ein müdes Lächeln ab. Er verspürte keinen Hass, zumindest nicht den Menschen gegenüber, die hier schon bald einziehen sollten. Und doch blieb ihm keine andere Wahl. Längst hatte er seine Entscheidung getroffen. Die noch unbewohnte Flüchtlingsunterkunft, der er sich in diesem Moment näherte, sollte niederbrennen.

Er blieb stehen und ließ aufmerksam seinen Blick kreisen. Niemand war zu sehen, so wie er es sich erhofft hatte. Ihn trennten nur noch wenige Meter von dem Gebäude. Und ein Bauzaun, über den er den Brandsatz werfen musste.

Die Nacht war sternenklar, und der nahezu volle Mond spendete ausreichend Licht, sodass er auf seine Taschenlampe verzichten konnte. Trotz der Kälte fühlten sich seine Hände warm und feucht an. Er spürte das Adrenalin, das durch seinen Körper floss. Seine Hände zitterten, als er den Brandsatz in die linke Hand nahm und mit der rechten ein langes Feuerzeug aus der Jackentasche fingerte.

Er stand jetzt direkt hinter dem Zaun. Es waren knapp fünf Meter, über die er den Molotowcocktail bis auf das Dach der Unterkunft werfen musste. Normalerweise war diese Distanz kein Problem für ihn, aber er wusste, dass ihm mit dem Brandsatz in der Hand nur wenige Augenblicke blieben, um zu zielen und das Dach zu treffen.

Noch einmal blickte er über seine Schulter. Alles war ruhig. Weit und breit war niemand zu sehen.

Leise begann er von zehn abwärts zu zählen. Als er bei

drei angelangt war, zündete er das Feuerzeug an und führte es langsam zu dem Stofftuch, das in der Flasche steckte.

Die Flamme sprang sofort über. Er ließ das Feuerzeug fallen, griff mit der rechten Hand nach der Flasche und holte aus. Mit einer schnellen Bewegung warf er das brennende Gefäß über den Zaun. Augenblicke später landete es mit einem klirrenden Geräusch auf dem Flachdach des Gebäudes. Weitere Momente vergingen, dann folgte ein dumpfes Geräusch, ehe plötzlich Flammen mehrere Meter hoch in den Himmel ragten.

Es hatte auch diesmal funktioniert. Noch besser als bei den Malen zuvor. So wie sich das Feuer binnen kürzester Zeit ausbreitete, stünde das gesamte Gebäude bereits in wenigen Minuten in Flammen. Und falls die Feuerwehr nicht rechtzeitig einträfe oder die eisigen Winde die Löscharbeiten behinderten, würde die Flüchtlingsunterkunft sogar bis auf die Grundmauern abbrennen.

Er durfte jetzt keine Zeit verlieren. Das Feuer würde schon bald jemandem auffallen, und die ersten Einsatzkräfte wären schneller hier, als ihm lieb war. Er wandte sich ab und lief die Straße hinunter. Vielleicht fünfzig oder hundert Meter. Dann blieb er noch einmal stehen und drehte sich um.

Der Anblick des brennenden Gebäudes ließ ein kurzes Lächeln über seine Lippen huschen. Das Gefühl, Zentimeter für Zentimeter seinem Ziel näher zu kommen, machte ihn ein Stück weit zufrieden. Tag für Tag verheilten seine tiefen Wunden etwas mehr. Und wenn alles weiterhin so reibungslos verliefe, würde er schon bald den kompletten Ballast abwerfen können, der sein Leben schon seit Kindheitstagen zur Qual gemacht hatte.

Sein Lächeln verschwand, als er plötzlich ein Geräusch wahrnahm. Schritte auf dem Asphalt, ein leises Atmen. Abrupt fuhr er herum. Wenige Meter entfernt von ihm stand ein älterer Mann und blickte ihn aus erschrockenen Augen an. Selbst der kleine Mischlingshund, den er an der Leine führte, schien verängstigt zu sein. Schüchtern schmiegte er sich an die Beine des alten Mannes.

»Waren Sie das?«, fragte der Mann mit brüchiger Stimme.

Für den Bruchteil einer Sekunde hatte er das Gefühl, den Asphalt unter seinen Füßen nicht mehr zu spüren. Als bräche die Welt direkt unter ihm in zwei Teile. Das Loch, in das er drohte zu fallen, war dunkel und so tief, dass er sofort wusste, dass er gegensteuern musste. Er regulierte seine Atmung, bis sein Herzschlag sich wieder normalisiert und er die Kontrolle über seinen Körper zurückgewonnen hatte. Dann trat er entschlossen auf den Mann zu und fixierte ihn.

»Ja, das war ich«, sagte er leise. »Haben Sie etwa ein Problem damit?«

»Ob ich ein Problem damit habe?«, fragte der Mann erstaunt. »Sie sind ja witzig. Ich will diese Flüchtlinge hier auch nicht haben, aber Sie können doch nicht dieses Haus anzünden.«

»Sie sehen doch, dass ich es kann.«

»Ich werde die Polizei anrufen.«

»Nein, das tun Sie nicht«, sagte er und ballte die rechte Hand. Im nächsten Moment landete seine Faust im Gesicht des Mannes. Gefolgt von einem Tritt in seinen Unterleib.

Lautlos fiel der Alte vornüber zu Boden. Dabei landete er nur knapp neben seinem Hund, der plötzlich knurrte und bellte, sodass er einige Schritte zurückwich, anstatt dem Mann weitere Tritte zu verpassen.

»Was willst du alte Töle?«, zischte er. Er trat in die Richtung des Hundes, verfehlte aber den Kopf. Stattdessen zerrte der Mischling jetzt an der Leine und sprang immer wieder in seine Richtung.

»Los, jetzt hau schon ab.« Erneut trat er nach dem Hund und erwischte ihn dieses Mal leicht am Kopf. Jaulend ging das Tier zu Boden. Schon holte er aus, um ein weiteres Mal zuzutreten, als die Geräusche des brennenden Gebäudes an sein Ohr drangen. Das berstende Glas der Fensterscheiben klang bedrohlich. Immerzu erschütterten neue kleinere Explosionen das Gebäude.

Zum ersten Mal spürte er etwas wie Panik. Er hatte Angst, dass sie ihn vielleicht erwischen würden, bevor er mit allem fertig war. Dass er am Ende nicht die Rache nehmen konnte, auf die er so sehr sann.

Er musste verhindern, dass es so weit kam. Nur weg von hier, bevor Polizei und Feuerwehr kamen. Und darauf hoffen, dass alles gut gehen würde. Er hatte keine Zeit mehr, den alten Mann aus dem Weg zu räumen.

Mit einem letzten abschätzigen Blick auf den reglos am Boden liegenden Mann und seinen noch immer bellenden Hund schob er sich an ihnen vorbei und ging raschen Schrittes zurück zu seinem Auto.

## NACHT DER SCHANDE

*Der eisige Wind aus Südost brennt regelrecht auf der Haut. Diese Nacht ist kalt. So kalt, dass einige Rohre in der Stadt platzen. Das austretende Wasser gefriert binnen weniger Minuten.*

*Plötzlich sind Martinshörner zu hören. Sie dröhnen bedrohlich durch die Stadt. Laut und angsteinflößend. Schnell wird den Menschen in der Stadt klar, dass es nichts mit den Rohrbrüchen zu tun hat. Eine Rauchwolke von beißendem Geruch zieht über die Dächer. Ein Blaulichtgewitter zuckt durch die Dunkelheit.*

*Die Flammen steigen hoch in die kalte Nachtluft auf. Menschen schreien vor Todesangst, während die mutmaßlichen Täter sich aus nächster Nähe die Katastrophe in aller Seelenruhe ansehen.*

*Was damals vor fünfzehn Jahren in dem dreistöckigen Gebäude in der Hafenstraße 52, das als Unterkunft für mehrere Dutzend Asylbewerber diente, genau geschehen ist, lässt sich bis zum heutigen Tag nicht lückenlos aufklären. Klar ist nur, dass sich entsetzliche Szenen abgespielt haben.*

*Es ist drei Uhr einundvierzig in jener kalten Nacht zum Donnerstag, dem 18. Januar 1996, als im Polizeihochhaus in der Possehlstraße der Notruf eines jungen Mannes eingeht. »Hallo, Notfall hier bei Hafenstraße 52! Feuer!«*

*In den folgenden Minuten breitet sich das Feuer im Haus rasend schnell aus. Zehn Frauen, Kinder und Männer sterben schließlich in den Flammen oder verunglücken tödlich, indem sie aus Verzweiflung von den Fenster- und Dachsimsen springen. Mehr als dreißig Menschen erleiden zum Teil schwere Verletzungen. Die Opfer dieser vielleicht schlimmsten Nacht Lübecks seit dem Ende des Zweiten Weltkriegs stammen aus Angola, dem Benin, Togo, Zaire und dem Libanon. Besonders dramatisch ist das Schicksal von Françoise Makudila, die genau wie ihre drei Kinder und ihre beiden Schwestern in den Flammen ums Leben kommt, während sich ihr Mann in dieser Nacht nicht in Lübeck aufhält.*

*Als Stunden nach dem Ausbruch des Feuers die Sonne über Lübeck aufgeht und die letzten Glutnester in der Ruine der Hafenstraße 52 noch nicht gelöscht sind, machen die ersten Gerüchte in der Stadt die Runde. Noch ahnt jedoch niemand, dass Lübeck nicht nur wegen der zehn Todesopfer bundesweit für Schlagzeilen sorgen wird.*

*Am Vormittag des 18. Januar verlautet aus Polizeikreisen, dass es sich bei dem Feuer um Brandstiftung handeln soll. Es ist von vier dringend Tatverdächtigen die Rede. Junge Männer aus Mecklenburg-Vorpommern, die bereits in Gewahrsam genommen worden seien. Sie waren kurz nach Ausbruch des Feuers in der Nähe des Gebäudes aufgefallen, als sie neben ihrem Wartburg standen und aufmerksam das Geschehen verfolgten.*

*Obwohl noch keinerlei Details über die vier festgenommenen Wismarer Dennis Gudokeit, Mirko Unversucht, Gernot Lau und Thilo Wiegand vorliegen, sprechen die Medien noch am selben Tag bereits davon, dass der Brandanschlag einen rechtsradikalen Hintergrund habe. Dass die vier Tatverdächtigen, insbesondere Dennis Gudokeit, tatsächlich über Verbindungen zur rechtsextremen Szene verfügen, wird erst Stunden später klar. Denn vor allem Gudokeit, der von einigen seiner Kumpels Klein-Adolf genannt wird, ist der Polizei als vorbestrafter Neonazi bekannt.*

*In der Hansestadt herrscht derweil Ausnahmezustand. Reporterteams aus der ganzen Welt berichten mit Liveschaltungen und Dutzenden Reporterteams. Hunderte Menschen demonstrieren mit Lichterketten gegen rechte Gewalt.*

*Einen Tag später, am 19. Januar, wird bekannt, dass die Wismarer wieder aus der Untersuchungshaft freigelassen werden. Der Tatvorwurf kann nicht länger aufrechterhalten werden. Offenbar haben die vier Männer ein wasserdichtes Alibi, da sie zur Tatzeit einige Kilometer entfernt an einer Tankstelle gesehen wurden. Doch die Kripo hat längst neue Verdächtige, nämlich den Libanesen Amin Reda und zwei seiner Brüder, die alle selbst in dem Haus in der Hafenstraße 52 gelebt haben. Es heißt, dass Amin Reda einem Sanitäter während des Rettungseinsatzes die Tat gestanden habe.*

*Es vergehen nur wenige Stunden, dann wird Amin Reda wegen des Verdachts des zehnfachen Mordes und besonders schwerer Brandstiftung verhaftet. Als Tatmotiv wird ein Streit mit anderen*

*Bewohnern angegeben, in dessen Folge Amin Reda den Brand gelegt haben soll.*

*Der Prozess gegen Reda endet schließlich mehr als ein Jahr später mit einem Freispruch aus Mangel an Beweisen. Weder kann Reda ein überzeugendes Motiv nachgewiesen werden, noch konnte selbst so viele Monate nach dem Unglück abschließend rekonstruiert werden, was in der Brandnacht tatsächlich passiert ist. Zudem bestreitet Amin Reda mit Vehemenz, die ihm vorgeworfene Tat überhaupt gestanden zu haben.*

*Wieder wendet sich das Blatt. Dennis Gudokeit, der mittlerweile aufgrund eines Diebstahldelikts in der JVA Neustrelitz einsitzt, tätigt zwei Jahre später eine Aussage, die den 18. Januar 1996 in ein neues Licht rückt. Oder besser gesagt in ein altes Licht. Denn seine jetzige Behauptung, dass er und seine Kumpels für den Anschlag in Lübeck verantwortlich gewesen seien, führt zurück zum Anfangsverdacht, der damals keine sechsunddreißig Stunden nach dem ersten Notruf wieder fallen gelassen worden war.*

*Mit einem Mal gelangen Details an die Öffentlichkeit, die auch das Verhalten der ermittelnden Beamten und der Staatsanwaltschaft in Frage stellen. Zwar hatten Polizisten in der Brandnacht die tatverdächtigen Wismarer etwa zu der Zeit, in der das Feuer gelegt worden war, an einer Tankstelle, mehrere Kilometer von der Hafenstraße entfernt, beobachtet, doch die fadenscheinigen Erklärungen der jungen Mecklenburger zu ihren angesengten Haaren und Brandspuren an den Körpern klingen auch heute noch derart abstrus, dass es schlichtweg nicht nachvollziehbar ist, weshalb nicht intensiv gegen die vier Männer ermittelt wurde. Gudokeit gab damals an, einen Hund gequält und sich beim Ansengen seines Fells selbst verbrannt zu haben. Unversucht wiederum erklärte, seine Verbrennungen durch eine Verpuffung während der Reparatur seines Mofas erlitten zu haben. Und Wiegand behauptete, sich an seinem Ofen verbrannt zu haben. Außerdem habe er Gudokeit beim Quälen des Hundes geholfen. Die Aussagen der vier Wismarer widersprachen sich immer häufiger.*

*Nicht nur der zeitliche Ablauf während der Brandnacht passt nicht zu den Beobachtungen der Polizisten an der Tankstelle am Padelügger Weg. Auch das angebliche Tatmotiv der Männer lässt diverse Fragen offen. Laut Gudokeit hatten Unversucht und Wiegand Ärger mit einigen Bewohnern des Hauses in der Hafenstraße 52. Dabei soll es um Drogengeschäfte gegangen sein. Die Wismarer versorgten sich dort offenbar mit Marihuana und Haschisch, um es anschließend in ihrem Heimatort zu verkaufen. Laut Gudokeit sei ausgerechnet Wiegand, der den Ärger mit den Asylbewerbern hatte, mit einem zuvor geklauten VW Golf bereits auf dem Rückweg nach Wismar gewesen, während die anderen gegen halb vier nachts das Feuer legten. Nach eigener Aussage habe Gudokeit selbst nur Schmiere gestanden, während Unversucht und Lau das Haus in Brand steckten. Stimmte diese Aussage, bedeutete das im Gegenzug, dass Gudokeits und Wiegands seltsame Erklärungen für ihre angesengten Haare der Wahrheit entsprechen könnten.*

*Dennis Gudokeit gestand die Tat schließlich 1998, um sie Tage später zu widerrufen und schließlich in einem aufsehenerregenden Interview desselben Jahres doch wieder zuzugeben.*

*Trotz des Geständnisses von Gudokeit werden die Ermittlungen gegen die Wismarer erneut eingestellt. Und das, obwohl er die zwischenzeitliche Widerrufung seiner Aussage nur unzureichend erklären kann.*

*Unversucht und Wiegand beharren weiterhin auf ihrer Aussage, nichts mit dem Brand zu tun zu haben. Sie verbieten Gudokeit sogar gerichtlich, weitere Beschuldigungen hinsichtlich möglicher Drogengeschäfte mit Bewohnern des Asylbewerberheims zu tätigen. Lau hingegen gibt ebenfalls ein Geständnis ab.*

*Die Justiz jedoch hält diese Geständnisse für frei erfunden. Sie unterstellt Gudokeit Profilierungssucht und glaubt, dass er in der Haft, die er aufgrund einer anderen Straftat absitzen musste, dem Druck der Mithäftlinge nur durch eine erfundene reißerische Geschichte standgehalten hat.*

*Auch fünfzehn Jahre nach der fürchterlichen Brandkatastrophe mit dem qualvollen Tod von zehn Menschen sowie vielen zum Teil Schwerverletzten sind die Schuldigen noch immer auf freiem Fuß. Was tatsächlich in dieser Nacht passiert ist, konnte nicht aufgeklärt werden und dürfte aller Voraussicht nach auch ungeklärt bleiben. Viele Fakten liegen auf dem Tisch, doch einige entscheidende Details passen auch nach all den Jahren noch immer nicht zusammen.*

*Wie zum Beispiel kann es sein, dass die Wismarer um drei Uhr neunzehn am Padelügger Weg ihren Wartburg auftankten und der erste Notruf um drei Uhr einundvierzig bei der Polizei einging? Zu wenig Zeit, um bis in die Hafenstraße zu fahren und das Feuer zu legen. Gleichzeitig scheint es aber auch nicht vorstellbar, dass die Männer bereits weit vor drei Uhr neunzehn das Haus angezündet haben und der Notruf eine Dreiviertelstunde auf sich warten ließ.*

*Unklar ist weiterhin, weshalb Amin Reda dem Sanitäter offenbarte, dass er den Brand gelegt habe. Reda wurde schließlich 1999 in einem zweiten Prozess, nachdem es zu Verfahrensfehlern im ersten Prozess gekommen war, erneut freigesprochen.*

*Ganz zu schweigen von dem Verdacht der angeblichen V-Mann-Tätigkeit von Dirk Wiegand. Es heißt, er wurde von den ermittelnden Beamten geduzt und so behandelt, als kenne man sich.*

*Überhaupt ist es der Kriminalpolizei und den Kriminaltechnikern bis heute nicht gelungen, eine schlüssige Rekonstruktion der Ereignisse herbeizuführen. Wo und wann exakt das Feuer ausgebrochen ist, konnte nicht geklärt werden. Die Aussagen der Hausbewohner, wo und wann sie Rauch oder Feuer gesehen haben, widersprechen sich zum Teil fundamental.*

*Dann wäre außerdem noch das Schicksal des aus dem Benin stammenden Heimbewohners Sylvio Amoussou zu erwähnen. Seine verkohlte Leiche lag im Vorbau des Hauses, kurz vor der Haustür. Der Rechtsmedizin ist es nicht gelungen, die Ursache seines Todes eindeutig festzustellen. Auffallend ist jedoch, dass keinerlei Rauchgaspartikel in seiner Lunge nachgewiesen werden konnten. Bedeutet das, dass er bereits vor dem Ausbruch des Feuers gestorben ist?*

*Bemerkenswert ist in diesem Zusammenhang außerdem der fast zwei Meter lange Draht, der locker um Sylvio Amoussous Körper herumgewunden war, als man ihn fand. Niemand konnte sich erklären, was es mit diesem Draht auf sich hatte. Intensive Ermittlungen hierzu fanden offenbar trotzdem nicht statt.*

*Sylvio Amoussou ist noch aus einem weiteren Grund eine möglicherweise wichtige Figur in dem ganzen Fall. So führte er offenbar eine Beziehung mit einer ehemaligen Prostituierten, die als V-Frau für die Lübecker Kriminalpolizei arbeitete. Noch wenige Stunden vor dem Brand telefonierte Amoussou mit ihr. Da ihre Tätigkeit als V-Frau aufgeflogen war, wurde sie bereits seit Monaten von Unbekannten bedroht und attackiert. Doch die Ermittler interessierten sich nicht für die Verbindung zwischen Amoussou und der Frau, obwohl sich ihre Wege bereits seit Jahren gekreuzt hatten und die Frau wichtige Informationen im Rahmen einer Drogenermittlung geliefert hatte.*

*Und schließlich gibt es da noch diesen Zeugen, der zu Protokoll gab, um ein Uhr fünfundvierzig einen Mann an der Untertrave gesehen zu haben, der ein Beil schwang. Zu einer Uhrzeit, zu der die Wismarer laut eigener Aussage damit beschäftigt waren, einen Golf in Lübeck-Buntekuh zu knacken, mit dem Dirk Wiegand später allein zurück in Richtung Wismar gefahren ist.*

*Gegen drei Uhr wiederum beobachteten einige Bahnarbeiter eine auffällige Person in der Nähe des Asylbewerberheims. Ob es sich dabei um einen Bewohner handelte oder um einen Fremden, ist niemals geklärt worden.*

*Ich selbst war damals gegen kurz vor vier am Tatort. Ich stand vor dem brennenden Haus, sah die verkohlten Leichen. Die Kinder und Mütter, die in den Tod sprangen, ohne dass ich ihnen helfen konnte. Die ganze Katastrophe direkt vor Augen. Die Schreie, die Panik, das Unfassbare. Ich weiß, dass mich diese Nacht für immer begleiten wird. Die Bilder, die ich sah, sind ein Teil von mir. Und mittlerweile habe ich gelernt, mit ihnen zu leben. Wenn auch mehr schlecht als recht.*

*Nach fünfzehn Jahren, die ich in diesem Fall recherchiert habe, bleibt zu sagen, dass der oder die Täter dieses feigen Anschlags, der zehn Menschenleben ausgelöscht und Dutzende weitere für immer traumatisiert hat, noch immer auf freiem Fuß sind. Die Gründe hierfür würden ein ganzes Buch füllen, ohne auf diese eine Frage nach dem Warum eine Antwort geben zu können. Zu viele Fragen sind noch immer offen. Hinweisen und Zeugenaussagen wurde nicht gründlich genug nachgegangen, möglichem Beweismaterial keine Aufmerksamkeit geschenkt. Anklagen wurden fallen gelassen, obwohl Geständnisse vorlagen, ominöse Verstrickungen zwischen Beamten und den Beschuldigten ignoriert. Die Gerüchte um V-Männer und V-Frauen, die offenbar engen Kontakt mit Bewohnern des Asylbewerberheims pflegten.*

*Der gesamte Fall um den Brand in der Hafenstraße 52 ist eine Geschichte voller Versäumnisse, Verstrickungen und Ungereimtheiten. Das, was infolge der Lübecker Brandnacht des 18. Januar 1996 schiefgelaufen und ans Tageslicht gekommen ist, erscheint mir nach all den Jahren noch immer unbegreiflich.*

*Vielleicht ist alles ganz anders gewesen, als es so offensichtlich vor uns liegt. Vielleicht haben die Wismarer aus reiner Neugier neben ihrem Wartburg gestanden und fasziniert den Flammen, die aus dem Haus schlugen, zugesehen. Weil es Menschen getroffen hat, die ihnen egal waren. Die sie verachteten. Vielleicht hat Dennis Gudokeit die Tat nur deshalb gestanden, weil er sich als kompromissloser Neonazi präsentieren wollte. Und auch für Amin Redas Aussage in der Brandnacht und all die anderen Widersprüche wird es womöglich eine harmlose Erklärung geben.*

*Obwohl es auch mir nicht gelungen ist, Antworten auf alle offenen Fragen zu finden, habe ich die Hoffnung nicht aufgegeben, dass der oder die Richtigen eines Tages dingfest gemacht werden. Es darf einfach nicht sein, dass diese Tat ungesühnt bleibt. Und deshalb werde ich auch weiterhin alles in meiner Macht Stehende unternehmen, dass ich diesen Tag noch erleben werde. Doch so lange wird diese Tragödie noch auf mir und der gesamten Stadt lasten …*

Minutenlang starrte Winter regungslos auf die Zeilen auf seinem Notebook. Dann klappte er ihn zu und erhob sich von dem Stuhl, der an dem kleinen Schreibtisch in seinem Zimmer stand.

Langsam ging er durch den Raum und ließ sich auf sein Bett fallen. Er faltete die Hände hinter seinem Kopf und schloss die Augen. Die Bilder aus dem Uniklinikum erschienen mit einem Mal vor seinem inneren Auge.

Kalle Hansen war nur noch ein Schatten seiner selbst gewesen. Kaum mehr als eine halbe Portion. Winter hatte im ersten Moment sogar befürchtet, es blieben ihm nur noch wenige Tage, so schwer hatte es ihn erwischt.

Doch ein Kalle Hansen war so schnell nicht totzukriegen. Nachdem er zu sich gekommen war, hatten sie ein paar Worte gewechselt. Er war sich sicher, dass Hansen zurückkommen und den Blasenkrebs, den die Ärzte bereits vor Wochen bei ihm diagnostiziert hatten, besiegen würde.

Seine Stimme hatte fester geklungen, als Winter befürchtet hatte. Er hatte gar nicht erst versucht, die Krankheit mit Sarkasmus und Ironie zu überspielen. Hansen hatte so ernst wie nie zuvor mit ihm gesprochen. Ihm im Detail von den ersten Beschwerden, den zermürbenden Untersuchungen und schließlich der niederschmetternden Diagnose berichtet. Und davon, dass das Schlimmste erst noch bevorstand. Denn die Bestrahlung hatte nicht wie erhofft angeschlagen. Es führte kein Weg mehr daran vorbei, dass er sich in den nächsten Tagen unters Messer legen musste. Ein Teil seiner Blase musste entfernt werden. Und anschließend würde er sich wohl auch noch einer Chemotherapie unterziehen müssen.

Fast zwei Stunden hatte Winter auf der Kante des Krankenhausbetts gesessen und zugehört, was Hansen loswerden wollte. Stoisch zwar, aber von dem brachialen, bisweilen unverschämten Kalle Hansen war nichts mehr übrig gewesen. Als wären sie schon immer beste Freunde gewesen. Zwischendurch hatte er immer wieder betont, dass seine Zeit noch längst nicht vorüber sei und er, wenn es denn gar nicht anders ginge, seinen Lebensstil ändern würde.

Er konnte sich nicht daran erinnern, dass Hansen jemals zuvor auch nur darüber nachgedacht hatte, irgendetwas an sich und seinem Verhalten zu ändern. Doch mit dem Tod vor Augen schien es, dass der Big Guy, der bislang jedes Problem mit ein paar Schnäpsen aus der Welt geschaffen hatte, in sich gegangen war.

Hansen hatte niemandem etwas über sein Schicksal verraten. Obwohl es ihm schon seit Wochen schlecht ging und er immer mehr an Gewicht verloren hatte, hatte er geschwiegen und die Diagnose offenbar nur mit sich selbst ausgemacht. Er war ein Einzelgänger. Schon immer gewesen. Ohne wirkliche Freunde. Im Grunde genau wie er selbst. Wie alle Ermittler, die Winter kannte.

Über die unbekannte Frau und ihre Behauptungen hatten

sie nur kurz gesprochen. Auf Winters Frage, ob er sich in diesem Zusammenhang an irgendetwas erinnere könne, einen Anruf oder ein Treffen, hatte Hansen nach kurzer Bedenkzeit den Kopf geschüttelt. Er hatte nicht weiter nachgehakt. Hansen schien weder zu wissen, wovon Winter sprach, noch überhaupt daran interessiert, über Berufliches zu reden.

Ganz am Ende, als Winter sich bereits von ihm verabschieden wollte, hatte Hansen für einige Sekunden noch einmal die Rolle des unverwüstlichen Big Guy eingenommen. Er hatte einen metallenen Flachmann unter seinem Kopfkissen hervorgezogen und Winter mit einem Lächeln auf den Lippen zugeprostet. Dann hatte er einen großen Schluck genommen, ehe er sich wieder auf sein Kopfkissen fallen ließ.

Als Winter schon in der Tür stand, hatte sich Hansen zu Wort gemeldet. »Nur Spaß, war Blasentee«, hatte er gesagt, während für einen kurzen Moment sein markantes Lachen durch den Raum hallte, ehe es abrupt verstummte, als hätte sein Herz soeben aufgehört zu schlagen.

Winter öffnete die Augen und verdrängte die Gedanken an das Schicksal seines Kollegen. Er versuchte sich auf das zu konzentrieren, was er vor ein paar Minuten auf seinem Notebook gelesen hatte.

Vieles von dem, was in dem fünf Jahre alten Kommentar des Lübecker Lokaljournalisten stand, hatte er bereits gewusst. Die Katastrophe von 1996 in der Hafenstraße war jedem Lübecker, der den Brand bewusst erlebt hatte, noch immer präsent. Auch die vielen Widersprüche, die sich während der Ermittlungen ergeben hatten, waren in den Köpfen der Menschen hängen geblieben.

Und doch zweifelte er daran, dass es viele Personen gab, die auch nur den Hauch einer Ahnung davon hatten, wie dilettantisch die Ermittlungen damals tatsächlich verlaufen waren. Der Artikel, den er gerade gelesen hatte, war kein Einzelfall. Im Netz gab es eine ganze Reihe ähnlicher Berichte. Alle mit demselben Tenor.

Winter kämpfte mit sich. Er musste sich eingestehen, dass er selbst nicht alle Details über diesen Fall kannte. So manches war an ihm vorbeigegangen, weil er in den späten Neunzigern noch zu jung und mit anderen Dingen beschäftigt gewesen war. Der Journalist dagegen ließ durchblicken, dass er sich intensiv mit dem Fall beschäftigt hatte. Auf seiner privaten Website waren diverse weitere Artikel über die Ereignisse und die Beschuldigten zu finden. Es schien fast so, als habe sich der Mann mit dem Kürzel »wifi« sein halbes Leben mit diesem Fall auseinandergesetzt.

Und doch warf er am Ende nur weitere Fragen auf. Vor allem die entscheidende Frage, was genau in dieser kalten Nacht auf den 18. Januar 1996 tatsächlich passiert war. Wer damals überhaupt vor Ort gewesen war und wer nicht. Was in dem Haus geschehen und an welcher Stelle das Feuer ausgebrochen war. Und wer letztlich ein Interesse daran gehabt hatte, das Haus in Flammen aufgehen zu lassen. Denn im Grunde, so war sich Winter sicher, wusste auch dieser Journalist nichts über die wahren Hintergründe. Und doch waren die Thesen und Fragen, die der Mann formuliert hatte, einleuchtend. Einzig die Antworten fehlten.

Doch nun behauptete jemand zu wissen, was genau in dieser Nacht geschehen war. Sollte nach all diesen Beobachtungen, Verwicklungen, Beschuldigungen, Geständnissen und widerrufenen Geständnissen etwa ein einzelner Mann für die Anschläge verantwortlich sein, der nichts mit der Szene, in der ermittelt wurde, zu tun hat? Winter sträubte sich noch immer dagegen, der unbekannten Frau, die ihm vorgestern begegnet war, Glauben zu schenken. Doch was, wenn sie tatsächlich mehr wusste als alle anderen? Wenn sie denjenigen kannte, der damals das Feuer gelegt hatte. Einen zehnfachen Mörder, der zwanzig Jahre lang frei herumgelaufen war und in den vergangenen Wochen erneut zugeschlagen hatte, indem er Feuer in mehreren noch unbewohnten Flüchtlingsunterkünften gelegt hatte?

In drei Tagen jährte sich der Brandanschlag auf das Asylbewerberheim in der Hafenstraße 52 zum zwanzigsten Mal. Die Frau hatte eine Warnung ausgesprochen. Er musste irgendetwas unternehmen. Doch wo sollte er ansetzen?

Vielleicht war ein kurzer Besuch im Polizeipräsidium bei seinem alten Rivalen Birger Andresen die Lösung. Und wenn es nur wäre, um die Angelegenheit auf sauberste Art und Weise loszuwerden.

## GURKENSCHEIBE

Obwohl Simon Winter gleich mehrere Wege kannte, unbemerkt ins Innere des Polizeihochhauses zu gelangen, wählte er den Haupteingang. Er nickte dem Mann am Empfang zu und bat ihn, Kommissar Andresen Bescheid zu geben, dass er dringend mit ihm sprechen müsse.

»Nehmen Sie bitte Platz, es kommt gleich jemand.« Der Mann zeigte auf einige Besucherstühle, doch Winter lehnte dankend ab. Stattdessen begann er, den Flur auf und ab zu laufen.

In seinem Kopf kreiste seit Stunden dieselbe Frage. War es tatsächlich richtig, diesen Fall, sofern er denn überhaupt einer war, aus der Hand zu geben? Ausgerechnet an Andresen, der seine Hilfe in der Vergangenheit nicht selten zu seinem eigenen Vorteil ausgenutzt hatte? Wenn er ihn über die Aussagen dieser Frau in Kenntnis setzte, würde der ehemalige Chef der Lübecker Mordkommission keine Sekunde lang zögern, die Ermittlungen an sich zu reißen. Als Leiter der X-Einheit, einer Abteilung für alte unaufgeklärte Fälle, die erst vor Kurzem eingerichtet worden war, wäre Andresen gewissermaßen sogar dazu verpflichtet, der Sache nachzugehen.

Aber sollte Andresen wieder einmal die Lorbeeren einheimsen, obwohl er es war, den die Klienten kontaktierten, weil sie wussten, dass nur er ihnen helfen konnte? Winter kam nicht mehr dazu, seinen Gedanken zu Ende zu spinnen, weil sich im nächsten Moment die Tür eines der Fahrstühle öffnete.

Winter war erfreut, als nicht Andresen, sondern dessen Vorgängerin als Kommissariatsleitung aus dem Fahrstuhl trat und auf ihn zukam. Ida-Marie Berg. Sie kannten sich nicht persönlich, aber Winter hatte sie vor einigen Jahren eine Zeit lang beschattet, um zu wissen, mit wem er es im Kommissariat überhaupt zu tun hatte.

Dass sie psychisch labil gewesen war, hatte er bereits nach einem halben Tag Observation gewusst. Weit früher als ihre

Kollegen hatte er geahnt, dass sie dem Druck ihres Jobs nicht gewachsen war. Nach außen hatte sie stets die toughe Hauptkommissarin gespielt, doch sobald sie das Polizeihochhaus verließ, war ihre Fassade gebrochen. Der Tod ihres Freundes, der selbst Polizist gewesen und bei einem Einsatz ums Leben gekommen war, hatte tiefere Wunden gerissen, als sie sich eingestehen wollte. Und diese sonderbare Liaison, die sie damals mit Andresen eingegangen war, war kaum mehr als ein Ablenkungsmanöver, um mit dem Verlust klarzukommen.

Doch egal, wie angeschlagen sie auf ihn gewirkt hatte, da war etwas gewesen, das ihn auf seltsame Weise berührt hatte. In ihrer Trauer hatte sie eine Zerbrechlichkeit und ein widersprüchliches Verhalten an den Tag gelegt, das er nur allzu gut nachvollziehen konnte.

»Hauptkommissarin Ida-Marie Berg. Sie wollten mit Birger Andresen sprechen?«

»Richtig, mein Name ist Simon Winter. Ich bin Privatermittler, vielleicht haben Sie schon einmal von mir –«

»Natürlich habe ich das«, unterbrach sie ihn. »Und ich müsste lügen, wenn ich sage, dass das, was mein Kollege mir über Sie erzählt hat, positiv wäre.«

»Ist das so?«

»Ich kann mir kaum vorstellen, dass Sie das überrascht.«

»Andresen und ich kennen uns schon lange«, sagte Winter mit einer Spur zu viel Rechtfertigung in seiner Stimme. Sofort ärgerte er sich darüber. »Ich muss etwas Dringendes mit ihm besprechen. Würden Sie mich bitte zu ihm bringen?« Er wollte zur Sache kommen.

»Da muss ich Sie enttäuschen, mein Kollege ist heute nicht im Haus. Kann ich Ihnen denn vielleicht helfen?«

»Sie sind also wieder im Dienst?«, fragte Winter geradeheraus.

»Das bin ich«, antwortete Ida-Marie Berg. »Ich arbeite an Andresens Seite in der X-Einheit, falls Sie wissen, worum es sich dabei handelt.«

»Schon mal gehört«, antwortete Winter. »Freut mich für Sie.«

»Wie bitte?«

»Schon gut.« Winter winkte ab, als er merkte, dass sie ihn irritiert ansah. »Das, was ich Andresen mitteilen wollte, kann ich genauso gut auch Ihnen erzählen.«

»Ich fühle mich geschmeichelt«, entgegnete Ida-Marie Berg so kühl, dass Winter augenblicklich wieder ins Zweifeln kam. Trotzdem folgte er ihr und betrat den Fahrstuhl, der sie ins sechste Stockwerk bringen sollte.

Während der zwanzigsekündigen Fahrt schwiegen sie beide. Sie vermieden es sogar, dass sich ihre Blicke kreuzten. Winter fühlte sich unbehaglich in ihrer Nähe, obwohl er gleichzeitig froh war, nicht mit Andresen reden zu müssen.

Als sich der Fahrstuhl öffnete, gab sie ihm ein kaum sichtbares Zeichen, ihm zu folgen. In ihrem Büro nahm er gegenüber von ihrem Schreibtisch Platz.

»Ich bin gespannt, was Sie zu berichten haben«, sagte Ida-Marie Berg, nachdem auch sie sich gesetzt hatte. »So wie ich Sie einschätze, sind Sie wahrscheinlich an einer großen Sache dran.« Sie verzog ihren Mund zu einer Grimasse, die Winter nicht deuten konnte.

»Der Kollege Andresen scheint wirklich ganze Arbeit geleistet zu haben«, erwiderte er. »Leider vergisst er dabei immer, wie oft ich ihm schon geholfen habe.«

»Ich glaube, wir beide wissen genau, wie schwierig Andresen sein kann. Am besten, wir vergessen ihn jetzt einfach und Sie erzählen mir, weshalb Sie hier sind.«

Winter musterte Ida-Marie Berg. Sie war wieder in ihrer alten Rolle, die sie bis an die Spitze der Mordkommission geführt hatte. Fokussiert und ohne jede Schwäche. Es juckte ihn in den Fingern, sie mit all seinem Wissen über sie bloßzustellen. Aber etwas befahl ihm, ruhig zu bleiben und sich auf sein eigentliches Anliegen zu konzentrieren.

»Es ist wie so oft gewesen«, begann er ruhig, aber bestimmt. »Ich muss meistens gar nichts tun, man kennt mich ganz einfach. Die Klienten kommen zu mir, weil sie wissen, dass ich ihnen helfen kann.«

Winter lehnte sich auf seinem Stuhl zurück und fixierte

Ida-Marie. »Genauso war es auch vor zwei Tagen, als ich am späten Nachmittag an der Obertrave Enten gefüttert habe. Eine Frau um die fünfzig sprach mich an. Es stellte sich heraus, dass sie mich um Hilfe bitten wollte. Wie gesagt, das ist nichts Neues für mich, die meisten meiner Klienten kommen aufgrund von Mund-zu-Mund-Propaganda zu mir. Werbung habe ich noch nie machen müssen. Meine Arbeit ist die beste Werbung.«

»Verstanden«, sagte Ida-Marie Berg ungeduldig. »Es ist allgemein bekannt, dass Sie gewisse Qualitäten haben. Positiv wie negativ. Kommen Sie nun aber bitte zur Sache. Was ist so wichtig, dass Sie extra hierherkommen?«

»Werfen Sie mal einen Blick auf Ihren Kalender«, sagte Winter. »Wissen Sie, welches Datum übermorgen ist?«

Ida-Marie Berg kniff ihre Augen zusammen. Es war ihr förmlich anzusehen, wie angestrengt sie überlegte, worauf Winter hinauswollte.

»Der 18. Januar«, sagte er schließlich. »An diesem Tag vor zwanzig Jahren brannte das Asylbewerberheim in der Hafenstraße 52. Vielleicht ist das Ihnen als Hamburgerin nicht ganz so präsent?«

»Und ob es das ist«, entgegnete Ida-Marie scharf. »Ich war damals Anfang zwanzig und kann mich noch ziemlich genau daran erinnern. In den Nachrichten und Zeitungen wurde tagelang darüber berichtet. Davon abgesehen wird der Jahrestag natürlich hier bei uns ein Thema sein. Denn leider wiederholt sich Geschichte eben doch. Wie Sie wissen, gab es in den vergangenen Wochen einige Anschläge auf Flüchtlingsunterkünfte in Lübeck. Bislang ist zum Glück niemand zu Schaden gekommen.«

»Tja, wenn wir allerdings den Worten der Frau, die mich angesprochen hat, glauben können, wird sich das in Kürze ändern«, erklärte Winter. »Sie hat behauptet, dass es am Jahrestag der Brandkatastrophe erneut zu einem Anschlag auf eine Flüchtlingsunterkunft in Lübeck kommen wird, bei dem Menschen sterben sollen.«

»Ohne diese Warnung verharmlosen zu wollen«, sagte Ida-

Marie Berg, »aber solche Drohungen landen fast täglich bei uns. Wenn wir jeder nachgehen würden, müssten wir zum Schutz der Erstaufnahmeeinrichtungen und dauerhaften Unterkünfte so viele Kollegen abstellen, dass wir unsere übrige Arbeit sofort einstellen könnten.« Sie blickte ihn herausfordernd an. »Wollten Sie etwa deshalb mit Andresen sprechen? Weil irgendeine unbekannte Frau behauptet, dass am Jahrestag des Brandanschlags die Gefahr besteht, dass ein Nachahmer auf die Idee kommt, ebenfalls eine Unterkunft anzuzünden? Wie bereits erwähnt, ist das in den vergangenen Wochen ohnehin schon ein paarmal passiert.«

»Aber Sie haben den Täter noch nicht gefasst, oder?«

»Nein, bislang nicht.«

»Sehen Sie, wie können Sie die Aussage dieser Frau dann derart abtun?«, fragte Winter mit ruhiger Stimme. »Beim nächsten Mal ist es womöglich wirklich nicht mehr die unbewohnte Unterkunft, die brennt. Was, wenn tatsächlich Menschen in Gefahr sind?« Er sah sie streng an, ehe er weiterredete. »Um auf Ihre Frage zurückzukommen – das allein ist nicht der Grund, weshalb ich hier bin. Die Frau hat noch etwas anderes erwähnt, über das ich lange nachgedacht habe.«

»Und zwar?«

»Dazu muss ich etwas ausholen«, antwortete Winter. »1996 waren Sie gerade einmal Anfang zwanzig und ich sogar erst achtzehn Jahre alt.« Winter lächelte und hoffte darauf, die kühle Atmosphäre zwischen ihnen etwas auflockern zu können, doch Ida-Marie Berg blieb unbeeindruckt und blickte ihn weiterhin prüfend an.

»Ich muss zugeben, dass mir vieles von dem, was vor allem im Anschluss an diese Brandnacht passiert ist, nicht bekannt war. In den letzten zwei Tagen habe ich mich jedoch in den Fall eingelesen. Und mehr und mehr bin ich mittlerweile der Überzeugung, dass die Frau die Wahrheit gesagt haben könnte.«

»Wovon sprechen Sie?«

»Bis heute ist nicht klar, was damals wirklich geschehen ist. Niemand scheint zu wissen, ob es diese Rechtsradikalen aus Wismar gewesen sind, die das Feuer gelegt haben, oder vielleicht doch einer der Hausbewohner. Klar ist nur, dass der oder die Täter noch immer frei herumlaufen.«

»Was hat das mit dieser Frau zu tun?«, fragte Ida-Marie Berg mit hochgezogenen Augenbrauen.

»Sie behauptet, die einzige Person zu sein, die wisse, was damals vorgefallen ist.«

»Soll das heißen, sie kennt den Täter?«, fragte Ida-Marie skeptisch. »Hat sie Ihnen etwa einen Namen verraten?«

»Nein, sie ist sehr vage geblieben. Aber fragen Sie sich nicht auch, weshalb die Frau mit mir gesprochen hat und nicht mit der Kripo?«

»Sie ist vage geblieben? Vielleicht, weil sie gar nichts weiß und sich nur wichtigmachen wollte. Und Sie glauben, an einer großen Sache dran zu sein, weil die Frau sich an Sie gewandt hat.«

Winter musterte sie. Hatte er schon zu viel preisgegeben? Andresen hätte alles darangesetzt, jede Information, über die er verfügte, aus ihm herauszuquetschen. Dass er den Fall damit an die Kripo abgeben würde, war ihm spätestens in dem Moment klar gewesen, als er das Polizeihochhaus betreten hatte. Nur wollte er das wirklich?

Er wusste, dass Ida-Marie Berg letztlich ähnlich wie Andresen tickte. Sie gab sich ungerührt. Doch sobald er ihr verriet, was er wusste, hätte er nichts mehr mit der Sache zu tun. Sie würde genauso wenig wie Andresen mit ihm zusammenarbeiten wollen. Im schlimmsten Fall würde auch sie versuchen, ihn nur die Drecksarbeit erledigen zu lassen.

»Können wir uns vielleicht später in Ruhe unterhalten?«, fragte er plötzlich.

»Wie bitte?«

»Ich glaube, hier ist nicht der richtige Ort, um über die Einzelheiten zu reden. Besser, wir treffen uns woanders.«

»Das Polizeipräsidium ist nicht der richtige Ort für eine Zeugenaussage?« Ida-Marie Berg musterte Winter argwöhnisch. »Langsam glaube ich, dass Andresen mit seiner Meinung über Sie doch recht hatte. Wenn Sie mir etwas Wichtiges zu sagen haben, dann tun Sie es jetzt. Andernfalls muss ich mir überlegen, ob ich Sie vorladen lasse.«

Winter blickte Ida-Marie Berg starr an. Dann stand er auf, schloss den Reißverschluss seiner Jacke und nickte ihr zu.

In der Tür blieb er stehen und wandte sich noch einmal um. »Machen Sie nicht so sehr auf Andresen, das steht Ihnen nicht. Ich bin mir sicher, dass Sie anders sind als er.« Er lächelte und strich sich durch seine halblangen blonden Haare. »Würde mich freuen, wenn wir uns heute Abend noch sehen. Dann erzähle ich Ihnen alles, was ich weiß. Zwanzig Uhr in der Neuen Rösterei.«

Winter rührte gedankenverloren in seinem Kaffee, als er einen leichten Luftzug bemerkte. Ohne sich umzusehen, wusste er, dass Ida-Marie Berg soeben die Bar betreten hatte. Im nächsten Moment setzte sie sich bereits neben ihn auf den freien Hocker an die Theke.

»Ich war mir nicht wirklich sicher, ob Sie kommen«, sagte er lächelnd.

»Ich entscheide später, ob es eine gute Idee war.« Nachdem Ida-Marie Berg im Präsidium noch kaum eine Miene verzogen hatte, huschte nun auch über ihre Lippen ein kurzes Lächeln.

»Auch einen Kaffee?«

»Nicht um diese Uhrzeit«, antwortete sie bestimmt. »Bitte ein Pale Ale«, rief sie stattdessen in Richtung des jungen Mannes hinter der Theke.

»Darf ich Sie etwas Persönliches fragen?« Winter hatte einen Augenblick verstreichen lassen, ehe er die Frage stellte.

»Ich werde Sie wohl nicht daran hindern können.«

»Das stimmt.« Winters Lächeln ging in ein Grinsen über. »Mich würde wirklich brennend interessieren, ob das mit Ihnen und Andresen damals etwas Ernstes gewesen ist.«

»Ich wüsste nicht, was Sie das auch nur im Geringsten angeht«, erwiderte Ida-Marie. Ihr Gesichtsausdruck spiegelte eine gewisse Fassungslosigkeit wider.

»Im Grunde natürlich gar nichts«, sagte Winter. »Aber ich versuche zu verstehen, wie eine so attraktive und intelligente

Frau wie Sie sich mit jemandem wie Andresen einlassen kann. Ich meine, nicht nur, dass er um einiges älter ist als Sie, was macht diesen eigenbrötlerischen Kauz denn so attraktiv?«

»Ich glaube, Sie verstehen so einiges nicht. Aber um das noch einmal klarzustellen: Es geht Sie gar nichts an, was ich wann und mit wem tue. Ich bin nicht hier, um mit Ihnen über mein Privatleben zu reden.«

»Verstehe«, sagte Winter ungerührt. »Aber ich arbeite nun mal nur mit Menschen zusammen, denen ich vertrauen kann. Und da ich Birger Andresen nicht traue, habe ich gewisse Vorbehalte Menschen gegenüber, die sich mit ihm bereits ein Bett geteilt haben.«

»Da muss ich Sie wohl enttäuschen. Wir beide werden nicht zusammenarbeiten. Mich interessiert lediglich, was Sie zu sagen haben.«

»Um es klar zu sagen, ich habe nicht vor, die Sache komplett abzugeben«, sagte Winter. »Ich könnte in dieser Angelegenheit auch allein ermitteln. Spannend genug ist es. Ich denke jedoch, dass es im Interesse der Kriminalpolizei sein sollte, selbst etwas dazu beizusteuern, um diesen möglicherweise bevorstehenden Anschlag zu verhindern. Ich biete Ihnen also an, dass wir uns zusammentun. Und ich meine damit nicht Andresen und mich, sondern uns beide.«

»Sie haben tatsächlich ein unverwüstliches Ego, das hörte ich ebenfalls bereits.« Ida-Marie Berg nahm das gezapfte Bier entgegen und trank einen großen Schluck. Augenzwinkernd wischte sie sich den Schaum mit dem Handrücken ab.

Winter beobachtete sie. Seltsamerweise wirkte diese Geste bei ihr kein bisschen männlich. Das Gegenteil war der Fall. Als sie dann auch noch mit einem Lachen auf den Lippen ein leises Rülpsen von sich gab, musste er erneut grinsen.

»Ich heiße Ida-Marie«, sagte sie im nächsten Moment und hielt ihm die Hand hin.

»Simon.«

»Gut, Simon. Du sagst mir jetzt alles über diese Frau, und dann verrate ich dir, was ich bereits recherchiert habe. Also, was hat sie dir erzählt?«

Sie wollte die Regeln vorgeben, in dieser Eigenschaft war sie Andresen ähnlich. Aber anders als bei ihm hatte Winter das Gefühl, ihr vertrauen zu können.

»In Ordnung«, sagte er schließlich. »Ich sage dir, was ich denke, und stelle keine Bedingungen, da ich mich darauf verlasse, dass du dich auch in fünf Minuten noch daran erinnerst, was ich eben gesagt habe. Nämlich, dass ich nicht vorhabe, den Fall komplett aus der Hand zu geben.« Winter nippte an seinem Kaffee und wog innerlich noch einmal ab, wie viel er offenlegen würde. Dann begann er zu reden.

»Diese Frau, die mich angesprochen hat, behauptet also, zu wissen, wer damals das Feuer in der Hafenstraße 52 gelegt hat. Sie sagt, sie sei die einzige Person, die weiß, was passiert ist und was der Täter heute treibt. Sie ist der festen Überzeugung, dass es sich um dieselbe Person handelt, die in den vergangenen Wochen die noch unbewohnten Flüchtlingsunterkünfte angezündet hat und übermorgen den großen Anschlag plant. Warum behauptet sie so etwas? Wenn du mich fragst, weil sie denjenigen, den sie beschuldigt, gut kennt.«

»Klingt immer noch wenig glaubwürdig«, antwortete Ida-Marie trocken. »Wie gesagt, es hat schon viele Wichtigtuer gegeben, die plötzlich meinten, sie wissen, was damals wirklich geschehen ist. Letztendlich hat nie etwas Handfestes dahintergesteckt.«

»Dieser Frau ging es nicht darum, sich wichtigzumachen«, sagte Winter. »Mein Gefühl sagt mir, dass sie die Wahrheit gesagt hat. Sie war ängstlich und nervös und hat mich dennoch aufgesucht, damit ein Unglück verhindert wird. Und die Tatsache, dass sie unerkannt bleiben wollte, spricht ebenfalls nicht dafür, dass es ihr um Aufmerksamkeit ging. Sie hätte auch zur Polizei gehen können, um ihre Aussage zu machen, aber sie hat einen anderen Weg gewählt. Das ist nicht ohne Grund geschehen. Vielleicht fällt es ihr schwer, den Täter zu verraten.«

»Angenommen, sie meint es wirklich ernst«, sagte Ida-Marie nachdenklich, »worauf will sie dann hinaus? Spielt sie auf die Rechtsradikalen an, oder meint sie, es war jemand von den damaligen Bewohnern des Asylbewerberheims? Oder geht es um jemand ganz anderen?«

»Sie hat behauptet, alle Verdächtigen seien damals zu Recht freigesprochen worden. Sie sprach von einem Täter, der noch frei herumlaufe«, antwortete Winter.

»Soviel ich weiß, gehen die Ermittlungen hinsichtlich der Anschläge der letzten Wochen momentan in alle Richtungen. Unter anderem wird geprüft, ob jemand aus dem Block P etwas mit der Sache zu tun haben kann.«

Winter nickte. Er kannte den Häuserblock P im Stadtbezirk Marli, dessen Bewohner in der Vergangenheit immer wieder durch fremdenfeindlich motivierte Straftaten in Erscheinung getreten waren.

»Was ich nicht verstehe«, fuhr Ida-Marie fort, »wenn diese Frau den Täter offenbar kennt, weshalb hat sie dir dann nicht den Namen genannt?«

»Das habe ich sie natürlich auch gefragt. Ihre Antwort lässt zumindest Raum für Spekulationen. Sie will ihn auf keinen Fall verraten, denke ich, aber es ist ihr dennoch wichtig, dass wir ihn finden. Egal, wer es ist, das Motiv des Täters ist meines Erachtens eindeutig. Wenn nach zwanzig Jahren tatsächlich dieselbe Person erneut Anschläge auf Flüchtlingsunterkünfte verübt, müssen wir davon ausgehen, dass die Taten einen fremdenfeindlichen Hintergrund haben.«

»Und was, denkst du, sollten wir jetzt tun? Etwa den alten Fall noch einmal aufrollen?«

»Wäre das nicht genau dein Job in der X-Einheit?«, fragte Winter. »Oder ist das etwa eine Nummer zu groß?«

»Mir ist schon klar, dass die Fälle für dich nicht groß genug sein können. Du brauchst die ganz spektakulären Ermittlungen. Andresen hat so einiges von dir erzählt.«

»Nur das Schlechteste, nehme ich an.«

»Ich würde mal behaupten, er hat dich so beschrieben, wie du bist. Anstrengend, unnachgiebig, größenwahnsinnig, gelegentlich kriminell, aber im Großen und Ganzen genial.«

»Das hat er nie im Leben gesagt.«

»Doch, das hat er, genau so. Allerdings brauchst du nicht zu denken, dass er deshalb respektiert, was du tust. In jedem seiner Sätze über dich schwingt eine tiefe Abneigung mit. Zumindest ist das mein Eindruck. Zum Glück habe ich keine Ahnung, was zwischen euch in der Vergangenheit vorgefallen ist.«

»Eine längere Geschichte«, sagte Winter. »Ehrlich gesagt verstehe ich sein Problem auch selbst nicht so ganz. Nach dem, was im vergangenen Jahr auf dieser Fähre passiert ist, sollte er mir gegenüber etwas demütiger sein. Ein ›Danke‹ erwarte ich ja gar nicht, aber dass er mich immer noch als seinen Feind betrachtet, ist schon ziemlich absurd. Ohne mich hätte er weitaus weniger Ermittlungserfolge gehabt. Er hat nämlich vollkommen recht mit dem, was er sagt. Der Geniale von uns beiden bin ich.«

»Natürlich«, sagte Ida-Marie, während sie ihren Mund zu einer Grimasse verzog. »Was du aber vielleicht nicht weißt, ist, dass Andresen ziemlich viel Kritik einstecken musste. Vor allem, weil er deine Hilfe für die Ermittlungen in Anspruch genommen hat. Erst seit der Sache mit dem amerikanischen Außenminister ist er rehabilitiert.«

»Rehabilitiert«, wiederholte Winter spöttisch. »Schönes Understatement. Andresen wurde abgefeiert wie ein Popstar. Ich hoffe sehr, dass ihm der Ruhm nicht zu Kopf gestiegen ist.«

»Weshalb wolltest du, dass wir uns hier treffen?«, fragte Ida-Marie plötzlich. »Wollen wir etwa den ganzen Abend über Birger Andresen reden? Mir ist vollkommen egal, was zwischen euch beiden in der Vergangenheit gelaufen ist. Der Grund, weshalb ich hier sitze, ist die Geschichte, die du mir im Präsidium erzählt hast. Es hat mich neugierig gemacht, weil ich zumindest eine Ahnung habe, was bei den Ermittlungen nach dem Brand in der Hafenstraße schiefgelaufen ist. Und auch, weil sich die Kripo und die X-Einheit tagtäglich mit den fremdenfeindlichen Attacken auf die Flüchtlingsunterkünfte beschäftigen. Aktuell liegt nicht das geringste Anzeichen dafür vor, dass diese Anschläge etwas mit der Tat von damals zu tun haben.«

»Gut.«

»Gut? Was soll das heißen?«

»Offenbar seid ihr weiter, als ich gedacht habe«, antwortete Winter. »Geht ihr denn bereits einem konkreten Hinweis nach, der uns in dieser Sache helfen könnte?«

»Dazu kann ich nichts sagen«, antwortete Ida-Marie vieldeutig. »Mich interessiert aber, was du noch über diese Frau sagen kannst. Wie sah sie aus?«

»Sie trug einen dunklen Mantel, den sie bis unter das Kinn zugeknöpft hatte. Und eine dicke Wollmütze. Viel konnte ich also nicht erkennen. Aber ich bin mir relativ sicher, dass sie älter war als ich. Schätzungsweise um die fünfzig, aber das erwähnte ich ja bereits. Mich irritiert allerdings, dass ich sie überhaupt nicht zuordnen kann. Ich kenne viele Gesichter, aber ihres habe ich noch nie zuvor gesehen. Ich weiß nicht einmal, ob sie aus Lübeck kommt. Wahrscheinlich ist sie ein sehr scheuer Mensch.«

Winter macht eine Pause und gab dem Mann hinter der Theke ein Zeichen. »Einen Gin Tonic mit Gurke, bitte.« Ida-Marie zugewandt fuhr er fort. »So wie sie sich verhalten hat, halte ich es für denkbar, dass die Person, über die sie gesprochen hat, ihr nahesteht. Vielleicht jemand aus dem Bekannten- oder Verwandtenkreis. Es könnte auch sein, dass sie sich von dem Täter selbst bedroht fühlt und mir deshalb den Namen nicht nennt. Vielleicht hat sie Angst davor, diejenige zu sein, die den Täter verrät.«

»Also müssen wir doch im Grunde nur die Frau ausfindig machen«, sagte Ida-Marie flapsig. »Dann wissen wir wahrscheinlich ganz schnell, wen sie gemeint hat.«

»Genau das dürfte leider nicht ganz so einfach werden. Vor allem nicht in der wenigen Zeit, die uns bleibt.« Winter nahm das vor Eiswürfeln klimpernde Glas Gin Tonic entgegen. Mit konzentriertem Blick fingerte er die Gurkenscheibe heraus und legte sie beiseite.

»Was machst du da?«, fragte Ida-Marie. »Warum bestellst du dir Gin Tonic mit Gurke, wenn sie dich stört?«

»Ich mag den Geschmack von Gurke, aber ich kann es nicht leiden, wenn in meinem Getränk irgendwelche Gemüse- oder Zitronenscheiben herumschwimmen. Meine einzige Macke.«

Winter zwinkerte ihr zu. Dann setzte er das Glas an und nahm einen großen Schluck.

Er spürte den Alkohol binnen weniger Augenblicke, als injiziere ihm jemand Drogen in seine Venen. Da er so gut wie nie Alkohol trank, wirkte der Gin so schnell, dass er befürchtete, jeden Moment vom Barhocker zu kippen. Angestrengt hielt er sich am Tresen fest, bis sich das Gefühl halbwegs verzogen hatte und er wieder bei klarem Verstand war.

»Alles in Ordnung?«

»Klar«, antwortete Winter. Er nickte, als wollte er sich selbst davon überzeugen, dass er die Situation mit dem Alkohol im Griff hatte. »Wie gesagt, wir haben kaum noch Zeit«, fuhr er fort. »In etwas mehr als achtundvierzig Stunden jährt sich die Brandnacht von damals. Wenn wir bis dahin nicht wissen, wer die Frau ist und wen sie gemeint hat, müssen sämtliche Flüchtlingsunterkünfte in Lübeck durch die Polizei intensiv gesichert werden.«

»Und was schlägst du jetzt vor?«

»Dass wir beide alles daransetzen, diese Frau und den möglichen Täter zu finden.« Winter fuhr sich wieder durch seine Haare und machte ein hoffnungsvolles Gesicht. »Kein Andresen und auch sonst niemand, dem du davon erzählst.«

»Warum ich?«

»Andresen war nicht da, als ich ins Präsidium kam.«

»Sehr witzig. Mal ernsthaft, du verlangst von mir, dass ich meinen Chef hintergehe und niemanden meiner Kollegen darüber informiere, dass in gut zwei Tagen womöglich ein Anschlag auf eine bewohnte Flüchtlingsunterkunft verübt wird?«

»Wenn wir verhindern wollen, dass es passiert, halte ich das für die beste Vorgehensweise«, erklärte Winter. »Als ich heute Nachmittag zu euch aufs Präsidium gekommen bin, war ich tatsächlich fest entschlossen, Andresen die Angelegenheit zu überlassen. Allerdings hatte ich von Anfang an kein gutes Gefühl bei der Sache. Unser Verhältnis ist nun mal ziemlich angespannt. Er mag mich nicht, ich mag ihn nicht. Trotzdem schien es mir das Beste zu sein, meine Informationen weiterzugeben. Ich muss mich schließlich um andere Dinge kümmern. Zusehen, dass ich Geld verdiene. Und dafür benötige ich zahlungskräftige Klienten und keine mehr oder wenigen anonymen Hinweise.«

»Was ist passiert, dass du dich anders entschieden hast?«

»Der Fall wäre vielleicht meine größte Herausforderung«, antwortete Winter entschlossen. »Wenn ich mich entscheide, sie anzunehmen, bin ich, wie du sicherlich verstehen kannst, nicht sonderlich scharf darauf, sie gemeinsam mit Andresen anzugehen.«

»Das ist der Grund, warum du jetzt mit mir zusammenarbeiten willst?«

»Ich denke schon.« Winter spürte, dass er plötzlich unsicher klang. Es fiel ihm schwer, die richtigen Worte zu finden. Er wollte Ida-Marie gerne an seiner Seite haben.

»Na gut«, sagte sie nach einigen Sekunden des Schweigens. »Wir machen es so, wie du sagst. Ich gebe uns exakt vierundzwanzig Stunden. Danach werde ich Andresen und den anderen allerdings Bescheid geben. Da es im Moment außer den Aussagen dieser Frau aber keinerlei Hinweise auf eine konkrete Anschlagsgefahr gibt, sehe ich kein allzu großes Risiko, wenn wir den morgigen Tag dafür nutzen, uns ein wenig umzuhören. Auch wenn mir vollkommen unklar ist, was genau du vorhast.«

»Das lass einfach meine Sorge sein«, sagte Winter. »Es wäre schön, wenn du morgen früh die Ermittlungen zum Brandanschlag in der Hafenstraße 52 durchforstest. Mit Sicherheit gibt es irgendetwas, das mir entgangen ist. Oder etwas, das vielleicht außerhalb des Polizeihochhauses niemand weiß. Niemand wissen darf.«

»Eine Sache kann ich dir bereits verraten. Und wahrscheinlich wird sie dich sogar freuen. Es geht nämlich um Andresens Rolle in den damaligen Ermittlungen.« Ida-Marie griff nach dem kelchartigen Bierglas auf der Theke und ließ es in ihrer Hand kreisen.

»Ich habe vorhin noch einen Blick in die Akten werfen können«, fuhr sie fort. »Von den Verantwortlichen, die damals ermittelt haben, kenne ich niemanden. Interessant ist allerdings, dass auch Andresen für den Fall abgestellt war. Es existiert ein kurzes Schreiben, in dem ihm und zwei Kollegen indirekt vorgeworfen wird, falsche Entscheidungen getroffen zu haben, als es um die unmittelbaren Befragungen und Bewertungen der Verdächtigen ging. Offenbar hat er nicht alle Informationen, die ermittelt wurden, weitergegeben.«

»Der saubere Andresen?« Winter lag ein Lächeln auf den Lippen, das er jedoch zu unterdrücken versuchte. »Warum überrascht mich das nicht?«

»Birger ist nicht so ein schlechter Kerl, wie du denkst«, sagte Ida-Marie entschieden. »Er ist ein guter Kommissar, vielleicht sogar der beste, den die Lübecker Kripo je hatte. Ich werde niemals schlecht über ihn reden. Und nicht nur, weil er mir geholfen hat, als ich am Boden lag. Er ist stur, und manchmal agiert er, als gäbe es nur ihn auf dieser Welt, aber ich weiß, dass man sich auf ihn verlassen kann. Mit seiner Erfahrung würde er uns helfen können. Und wie gesagt, ich werde ihn spätestens morgen Abend ohnehin darüber in Kenntnis setzen, was du mir erzählt hast.«

Winter nickte gedankenverloren. Obwohl er das Gefühl hatte, Ida-Marie kämpfe für ihre eigenen Ziele, schien sie stärker unter Andresens Einfluss zu stehen, als er geglaubt hatte. Es war fraglich, ob sie seine Verbündete bei der Kripo werden konnte, doch er war gewillt, es zu versuchen. Er brauchte jemanden, der ihm Informationen besorgte, über die nur die Kripo verfügte. Vor allem jetzt, wo Kalle Hansen, der ihm bei solchen Dingen oft geholfen hatte, außer Gefecht gesetzt war.

»Halten wir Andresen bitte so lange wie möglich aus der Sache raus. Wir beide schaffen das.«

»Na dann, auf gute Zusammenarbeit.« Mit einem Lächeln auf dem Gesicht hielt Ida-Marie ihr Bierglas hoch und prostete ihm zu.

## 69

Als Winters Wecker gegen halb sieben klingelte, saß er bereits hellwach und aufrecht im Bett und befühlte seine Schläfen. Den leichten Kopfschmerz nach zwei weiteren Gin Tonic am gestrigen Abend hatte er bereits wegmassiert, doch noch weigerte sich seine Denkfabrik, anzuspringen.

Mühsam schwang er sich aus dem Bett und hielt im nächsten Moment inne. Er hörte Stimmen und Geräusche von nebenan aus dem Loft. Levkes Besuch von gestern Abend war offenbar noch immer da – zwei Frauen mittleren Alters, die in regelmäßigen Abständen vorbeikamen und vor ein paar Wochen gleich mehrere Tage geblieben waren.

Levke hatte ständig Besuch. Von anderen Künstlern, obskuren Kunsthändlern oder Freunden, die in der Wohnung herumhingen. Gestern Abend, als er nach Hause gekommen war, hatte er sich in sein Zimmer geschlichen, um in kein Gespräch verwickelt zu werden. Er war sich sicher, dass Levke und die beiden Frauen die Nacht durchgemacht hatten. Umso schwieriger würde es werden, ihnen heute Morgen zu entkommen.

Winter atmete tief durch, dann öffnete er seine Zimmertür und betrat den riesigen Raum mit den alten Dachbalken. Schon aus einigen Metern Entfernung nahm er einen süßlichen Cannabisgeruch war, der wie eine Wolke über der abgenutzten Sofagarnitur, die mittig im Raum stand, zu hängen schien. Winter erstarrte. Ungläubig versuchte er zu verstehen, was er sah.

Der Anblick der beiden halb nackten Frauen, die sich auf dem Sofa hin und her räkelten, jagte einen kalten Schauer über seinen Rücken. Erst jetzt erkannte er auch Levke. Sie stand neben ihrer Staffelei und schwang den Pinsel, während sie in der anderen Hand einen Joint hielt. Ein kurzer Blick auf das Bild verriet, dass Levke dabei war, einen Akt ihrer beiden Freundinnen zu malen.

Als Levke ihn im nächsten Augenblick erblickte, veränderten sich ihre Gesichtszüge schlagartig. Unvermittelt holte sie aus und warf den Pinsel in seine Richtung. Farbe spritzte durch die Wohnung. Und auf seine Füße.

»Was immer du da rauchst, nimm weniger davon«, sagte Winter scharf. Er griff nach einer Decke, die auf dem Boden herumlag, und warf sie über die unverhüllten Körper der beiden Frauen auf der Couch. Ihre empörten Blicke ignorierte er.

»Wie kannst du es wagen, so mit mir zu reden?«, zischte Levke. »Du hast kein Recht, mir zu sagen, was ich in meinen eigenen vier Wänden tun soll. Wenn es dir nicht passt, dann hau doch ab.«

»Ich würde dir empfehlen, dass du dich ein wenig hinlegst«, sagte Winter. »Du wirkst etwas hysterisch.«

»Hysterisch? Richtig, das bin ich auch. Und soll ich dir auch sagen, weshalb?« Levke ging auf Winter zu und baute sich vor ihm auf. »Dieser Scheißkerl vögelt sich durch Lübeck, und meine Tochter muss das alles mit ansehen. Du hattest den Auftrag, es herauszufinden. Warum muss ich es von meiner eigenen Tochter erfahren? Du weißt es doch auch, oder nicht?«

»Natürlich weiß ich davon«, antwortete Winter trocken. »Du kannst dir aber sicher sein, dass er zumindest Rücksicht auf Lara nimmt. Andererseits, sie ist schon vierzehn. Hast du ernsthaft geglaubt, ihr könntet ihr noch etwas vormachen? Ihr seid keine Vorbilder für sie. Sie weiß schon lange, was mit ihren Eltern los ist. Für Lara geht es doch nur um das kleinere Übel. Und das sehe ich definitiv nicht hier in diesem Chaos. Oder denkst du tatsächlich, dass das hier der richtige Ort für ein pubertierendes Mädchen ist? Wie kannst du mich ernsthaft auf deinen Ex ansetzen, damit ich irgendwelche schmutzigen Details über ihn herausfinde, wo du selbst nicht in der Lage wärst, auf deine Tochter aufzupassen? Das mache ich nicht mehr mit.«

»Dann pack doch deine Sachen und verschwinde von hier«, schrie Levke ihn an. »Ich will dich nie wieder sehen. Kein Geld, um die Miete zu bezahlen, aber einen auf dicke Hose machen. Ohne meine Hilfe würdest du doch längst auf der Straße leben.«

»Wo ich wahrscheinlich mehr Ruhe und Privatsphäre als in dieser Kommune hier finden würde.«

»Kommune gefällt mir«, sagte plötzlich eine der beiden Nackten auf dem Sofa. »Wir nennen uns einfach ›Kommune 69‹. Unser aller Jahrgang.«

»Eine hervorragende Idee«, stimmte Winter zu. »Bei dem Anblick kommt da auch bestimmt niemand auf falsche Gedanken.«

»Du kannst dir deine sarkastischen Anspielungen sparen«, keifte Levke weiter. »Sieh zu, dass du Land gewinnst. Ich will dich hier heute Abend nicht mehr sehen, verstanden?«

Winter starrte sie einige Sekunden lang regungslos an. Vom ersten Tag, an dem er hier eingezogen war, hatte zwischen ihnen eine angespannte Stimmung geherrscht. Trotzdem hatte er nicht damit gerechnet, dass die Situation derart plötzlich eskalieren würde. Im Grunde war er froh über den Rausschmiss. Er musste sich nicht länger wie ein Fremder in der Wohnung fühlen. Nicht länger ihre Launen und die ständigen Besuche ihrer durchgeknallten Bekannten ertragen.

Das Problem jetzt war jedoch: Wohin sollte er? Er hatte kein Geld, zumindest nicht genug, um sich eine neue Wohnung anzumieten. Wenn überhaupt, reichte es gerade mal für ein paar Nächte in einem billigen Hotelzimmer. Und Freunde, bei denen er Unterschlupf finden konnte, fielen ihm auch nicht ein.

»Ich hole nachher meine Sachen ab«, sagte er. »Ich habe ja nicht viel. Vielleicht bringe ich noch einen alten Freund mit. Du weißt ja, ich habe gute Verbindungen zur Polizei. Dort gibt es mit Sicherheit den ein oder anderen, der sich für das, was ihr hier so treibt, interessieren dürfte.«

Winter hob die Hand und verschwand in seinem Zimmer. Er schlüpfte rasch in seine Kleidung und zog sich die dicken Lederboots an. Gedankenverloren griff er nach dem nötigsten Kleinkram, der auf seinem Schreibtisch lag, und stopfte ihn in einen Rucksack.

Dann verließ er sein Zimmer, nicht ohne abzuschließen, und schlich durch das Loft aus der Wohnung. Aus dem Augenwinkel sah er, dass Levke aufgebracht mit ihrem Pinsel auf das Bild auf der Staffelei einschlug.

Er wollte keine Sekunde länger hierbleiben. Diese Frau war eine tickende Zeitbombe. Winter fürchtete regelrecht den Moment, da sie das nächste Mal auf ihren Ex träfe. Sie würde ihm direkt an die Kehle springen und womöglich Amok laufen. Doch eines war sicher: Dann wäre er längst nicht mehr hier. Den Fehler, bei ihr eingezogen zu sein, würde er heute noch beheben.

# ANGELA

»Simon Winter? Das gibt's ja nicht, was machen Sie denn hier?« Der kräftige Mann mit dem fast weißen Vollbart und dem grauen vollen Haar trat aus seinem Haus und schlug Winter zur Begrüßung so fest auf die Schulter, dass er um ein Haar das Gleichgewicht verloren hätte und auf den feuchten Waschbetonplatten weggerutscht wäre.

»Ich kam gerade hier vorbei und dachte mir, dass ich Ihnen nach all den Jahren doch mal wieder Hallo sagen könnte. Wie geht es Ihnen denn, Freddie?«

»Ich bin gerade auf dem Sprung. Heute Mittag findet ein kleiner Neujahrsempfang meiner ehemaligen Wache statt. Ich werde heute für meine außerordentlichen Leistungen in fünfundvierzig Berufsjahren bei der Lübecker Feuerwehr geehrt. Endlich ist Schluss, ich habe Feierabend, für immer. Jetzt freuen sich unsere Rosen über meine volle Aufmerksamkeit.«

»Ich will gar nicht lange stören«, sagte Winter. Er musterte den Mann, den er zuletzt vor mehr als zehn Jahren gesehen hatte. Die verblüffende Ähnlichkeit von Freddie Brüning mit Schleswig-Holsteins ehemaligem Landesvater Peter Harry Carstensen irritierte ihn. »Tatsächlich bin ich nicht ganz ohne Grund hier«, fuhr er schließlich fort. »Ich muss oft an Sie denken. Sie waren damals einer meiner ersten Klienten.«

»Worum geht es denn?«, fragte Freddie plötzlich hörbar skeptisch.

»Nun, wie soll ich sagen? Ich finde es irgendwie schade, dass wir uns nie darüber unterhalten haben, was damals während des Brandes in der Hafenstraße 52 vorgefallen ist.«

»Der Hafenstraßenbrand?« Freddie blickte Winter überrascht an. »Wie kommen Sie denn nach so vielen Jahren darauf? Sagen sie bloß, es gibt Neuigkeiten in dieser Angelegenheit?«

»Möglicherweise«, antwortete Winter knapp.

»Ich mache keinen Hehl daraus, dass ich es nach wie vor für einen unglaublichen Skandal halte, dass die Schuldigen nicht längst hinter Gittern sitzen«, ereiferte sich Freddie. »Umso begrüßenswerter wäre es, wenn sich das endlich ändern würde. Immerhin ist übermorgen der zwanzigste Jahrestag.« Freddie trat einen Schritt zurück und zog die Haustür so hinter sich zu, dass sie beinahe ins Schloss fiel. »Ich gebe zu, Sie haben mich neugierig gemacht«, sagte er leiser. »Sind Sie etwa an der Sache dran?«

»Nicht direkt«, sagte Winter. »Aber ein paar Informationen über die Brandnacht könnten vielleicht hilfreich sein. Sie waren doch damals vor Ort. Was glauben Sie, was passiert ist?«

»Was passiert ist?« Freddie lachte bitter. »Jeder weiß doch, was passiert ist. Mir ist es einfach ein Rätsel, wie Staatsanwaltschaft und Polizei damit durchkommen konnten, dass die feigen Dreckspenner niemals für diese widerliche Tat verurteilt worden sind.«

»Sie sprechen von Dennis Gudokeit und den anderen Männern aus Wismar?«

»Natürlich, von wem denn sonst?« Freddies Miene verfinsterte sich zunehmend. »Diese Typen dürften allesamt nicht mehr auf freiem Fuß sein und nie wieder aus dem Knast rauskommen. Ich erzähle Ihnen jetzt mal etwas. Als ich damals in der Hafenstraße ankam, waren diese Männer bereits da. Sie standen neben ihrem Wagen, so einer Ossigurke, und rauchten in aller Ruhe, als sähen sie sich ein belangloses Fußballspiel an. Als ich sie gefragt habe, was sie da denn machen, haben sie sich dumm gestellt. Dabei hätten sie das nicht mal tun müssen. Die Dummheit habe ich ihnen schon aus hundert Metern Entfernung angesehen. Übrigens, im Gegensatz zu heute war das damals noch um einiges einfacher, Nazis an ihrer Kleidung zu erkennen. Zumindest ich hatte vom ersten Moment an keinen Zweifel, dass Gudokeit ein Nazi ist. Und genau als solcher hat er sich schließlich ja auch herausgestellt.«

Freddie atmete einige Male tief ein und aus und versuchte, sich zu beruhigen.

»Wissen Sie, was ich mich frage? Wie kann es sein, dass dort Nazis stehen und genüsslich dabei zusehen, wie ein Asylbewerberheim abbrennt und zehn Menschen sterben?

Glauben Sie ernsthaft diese Geschichte, dass die Männer in Lübeck Autos geknackt haben und sich auf dem Rückweg nach Wismar einfach nur verfahren haben und rein zufällig in der Hafenstraße vorbeikamen? Das klingt nicht nur absurd, das ist es auch. Jeder, der in der Nacht dort gewesen ist, war sich sicher, dass diese Typen das Heim in Brand gesteckt haben. Alles ging seinen normalen Weg. Am nächsten Tag wurden die Männer festgenommen. Zuerst die drei, die wir am Tatort gesehen haben, und dann auch noch dieser Wiegand, der laut ihrer eigenen Aussage ihr Alibi sein sollte, weil er mit dem gestohlenen Wagen nach Wismar zurückgefahren ist.«

»Sie haben also keinerlei Zweifel daran, dass sie es waren?«

»Nicht den geringsten.«

»Was ist mit Amin Reda? Warum hat er die Tat in dieser Nacht zugegeben?«

»Ich habe keine Ahnung, was er genau gesagt hat. Aber man sollte bedenken, dass er unter Schock stand. Alle ihm vorgeworfenen Varianten, wie er das Feuer hätte legen können, sind von der Feuerwehr und Sachverständigen widerlegt worden. Außerdem hatte er überhaupt kein Motiv. Es war beinahe so, als hätte die Staatsanwaltschaft nur jemanden gesucht, dem sie die Sache in die Schuhe schieben konnte.«

Freddie fuhr sich mit der Hand durch den dichten Bart. Für einen kurzen Moment blitzte die rote Haut auf seinen Wangen durch. Er hatte sich in Rage geredet. Der Brand in der Hafenstraße und die Tatsache, dass niemand dafür zur Verantwortung gezogen worden war, gingen ihm sichtlich nahe.

»Wie zum Teufel kann es sein, dass sie einfach wieder freigelassen wurden? Ich verstehe das nicht. Ihre Haare waren angesengt. Und laut Rechtsmedizin waren die Spuren frisch. Gudokeit hat später mehrfach ein Geständnis abgelegt. Weshalb sind diese Typen immer noch auf freiem Fuß?«

Freddie holte erneut Luft, bevor er noch einmal ansetzte: »Wenn Sie mich fragen, stinkt da irgendetwas ganz gewaltig. Es muss mit diesem Wiegand zusammenhängen. Sie kennen ja sicherlich diese Gerüchte, dass er möglicherweise ein V-Mann gewesen sein soll.«

Winter blickte den pensionierten Feuerwehrmann fragend an. »Ja. Und?«

»Es fing an, seltsam zu werden, als die Männer zwei Tage nach dem Brand plötzlich ein Alibi hatten, weil sie von Polizisten angeblich an einer Tankstelle gesichtet worden waren«, berichtete Freddie. »Genau zu der Zeit, als das Feuer ausgebrochen sein soll.«

»Moment«, ging Winter dazwischen. »Es war doch tatsächlich so, dass sich die Männer um drei Uhr neunzehn in dieser Nacht an der Shell-Tankstelle im Padelügger Weg aufgehalten haben. Es existiert sogar eine Quittung, die das beweist. Vom zeitlichen Ablauf ist es also kaum vorstellbar, dass sie in fünfzehn oder zwanzig Minuten von der Tankstelle bis in die Hafenstraße gefahren sind und offenbar unbemerkt das Feuer gelegt haben.«

»Was weiß ich?«, entgegnete Freddie. »Vielleicht waren es ja gar nicht die drei, sondern Wiegand. Er war doch allein unterwegs und wollte mit dem geklauten Golf schon vorfahren. Vielleicht hat er einen Schlenker über die Hafenstraße gemacht. Wenn ich mich richtig erinnere, war er auch einer der beiden Männer, von denen es hieß, sie hätten Stress wegen irgendwelcher Drogengeschäfte mit den Asylbewerbern gehabt. Könnte es nicht sein, dass es Wiegand war, den Zeugen kurz vor dem Ausbrechen des Feuers beobachtet haben? Es gab doch solche Zeugenaussagen, oder?«

»Kann sein.« Winter blieb vage. Er wollte Freddie nicht widersprechen. Seine Theorie klang nicht abwegig, und gleichzeitig war er froh für jeden Hinweis.

»Genau so könnte es sich abgespielt haben«, sagte Freddie und nickte zufrieden.

»Die offizielle Geschichte lautet ein wenig anders. Die vier Männer knacken in dieser Nacht einen VW Golf in Lübeck-Buntekuh. Wiegand soll das Auto nach Wismar fahren. Die vier machen einen Treffpunkt in Schlutup aus, um gemeinsam mit den beiden Wagen nach Hause zu fahren. Aber Wiegand verfährt sich und findet den Treffpunkt nicht. Stattdessen steuert er den Golf direkt nach Wismar.« Winter wurde nachdenklich.

»Jetzt versuche ich, Ihre Aussagen zu verstehen. Danach macht Wiegand einen Zwischenstopp in der Hafenstraße und steckt den Vorbau des Hauses in Brand. Später, als Wiegand bereits weitergefahren ist, kommen seine Kumpels vorbei und sehen sich seelenruhig an, wie verzweifelte Menschen in den Tod springen. Es stimmt, was Sie vorhin gesagt haben. Kurz bevor das Feuer gelegt wurde, haben mehrere Zeugen eine auffällige Person in der Nähe des Asylbewerberheims gesehen. Angesichts der Beschreibungen ist es jedoch unwahrscheinlich, dass es sich hierbei um Wiegand gehandelt hat. Die Aussagen des Hafenbahnmitarbeiters und des Anwohners an der Untertrave passen einfach nicht zu Wiegand. Wenn überhaupt, dann eher zu Gudokeit.«

»Natürlich«, sagte Freddie kopfschüttelnd und mit einem trotzigen Lächeln auf den Lippen. »Sie glauben also auch daran, dass das alles nur Zufall gewesen ist und irgendein Unbekannter, von dem niemand etwas mitbekommen haben will, der Täter ist.«

»Ich glaube gar nichts«, sagte Winter. »Ich versuche lediglich, Fakten zu sortieren. Und mir fällt auf, dass es Indizien für die These gibt, dass die Wismarer den Brand gelegt haben. Einiges spricht aber auch dagegen.«

»Und weshalb wollen nun ausgerechnet Sie von mir wissen, was damals passiert ist?«, fragte Freddie plötzlich ungeduldig. »Das Ganze ist doch kein Fall für einen Privatermittler. Warum kümmert sich die Kripo nicht darum, dass die Sache neu aufgerollt wird? Um diese Schweine ein für alle Mal hinter Gitter zu bringen.«

»Niemand plant, den Fall neu aufzurollen«, sagte Winter unbeeindruckt. »Auch ich nicht. Tatsächlich geht es um die Anschläge auf die Flüchtlingsunterkünfte in den vergangenen Wochen. Wir prüfen derzeit Zusammenhänge.«

»Wir?«

»Ich unterstütze die Kripo bei den –«

Winter kam nicht dazu, seinen Satz zu vollenden. Eine laute Stimme unterbrach ihn. Im nächsten Moment erschien eine Frau um die fünfzig in der Tür. Winter erschrak, als er sie sah. Vor ihm stand Angela, Freddies ehemalige Frau. Sie war der Grund dafür gewesen, dass Freddie ihm vor zwölf Jahren einen seiner ersten Aufträge als Privatdetektiv gegeben hatte. Er hatte sie zwei Wochen lang beschatten sollen, weil Freddie den Verdacht hegte, sie betrüge ihn.

Dass seine Sorge nicht unbegründet gewesen war, hatte Winter bereits am ersten Tag seiner Observation feststellen müssen. Angela hatte sich in einem Hotel auf der Altstadtinsel mit einem Mann getroffen, der seinem Äußeren nach zu urteilen ein Geschäftsmann gewesen sein musste. Im Laufe der Woche hatten sich die beiden dreimal in verschiedenen Hotels getroffen, bis es Winter schließlich dank eines persönlichen Kontakts zu einem Hotelangestellten gelungen war, eine Kamera in ihrem Zimmer anzubringen.

Was er auf den Videos sah, war derart verstörend gewesen, dass er die Observation sofort abgebrochen hatte. Diese Frau dabei zu beobachten, wie sie einen gestandenen Anzugträger demütigte und mit diversen Hilfsmitteln verprügelte, wollte er sich keine Sekunde länger als nötig antun.

Freddie war ihm durchaus sympathisch gewesen. Eine ehrliche Haut, die besorgt um seine Ehe war. Und er war großzügig gewesen. Hatte ihm ein Honorar bezahlt, von dem er damals nur hatte träumen können. Aber Winter hatte es nicht übers Herz gebracht, ihm zu erzählen, was seine Frau tatsächlich trieb. Mit einer wenig glaubhaften Begründung hatte er sich aus der Affäre gewunden und Freddie in dem Glauben gelassen, dass in seiner Ehe alles in Ordnung sei.

Doch Angela Brüning hatte Winter nicht einfach so davonkommen lassen wollen. Er hatte sie mit seinen Aufnahmen konfrontiert und schließlich dazu gezwungen, sich von Freddie zu trennen, falls sie nicht wolle, dass er das Video zu sehen bekäme.

Nun stand diese Frau eine halbe Körperlänge von ihm entfernt und blickte ihn aus entgeisterten Augen an. Obwohl auch er sich im Laufe der Jahre optisch verändert hatte, schien sie ihn sofort zu erkennen.

»Sie beide sind wieder …?« Winter sprach den Satz nicht zu Ende, weil er merkte, wie überflüssig seine Frage war.

»Das Leben ist eine große Wundertüte«, antwortete Freddie lächelnd. »Nicht nur die traurigen Momente kommen manchmal wie aus dem Nichts. Manchmal sind es auch die schönen, die einen überraschen. So einer war vor fünf Jahren, als Angie zu mir zurückgekehrt ist. Sie hat eingesehen, dass ich doch der Richtige für sie bin.«

»Das ist …« Winter zögerte. Sein Blick wanderte zwischen den beiden hin und her. »Also, das freut mich wirklich ungemein«, sagte er schließlich.

»Danke.« Freddie klopfte Winter erneut freundschaftlich auf die Schultern. Dann zog er die Tür hinter sich ins Schloss. »Wir müssen jetzt los, sonst komme ich noch zu meiner eigenen Ehrung zu spät. Wenn Sie noch etwas Wichtiges wegen damals herausfinden, dann lassen Sie es mich wissen. Sie kennen jetzt auf jeden Fall meine Meinung.«

»Wer ist dieser Mann?«, hörte Winter Angela fragen, während sie an Freddies Seite zu ihrem Wagen ging, der vor dem Haus geparkt war.

»Eine lange Geschichte«, antwortete Freddie. »Ich erzähle sie dir ein andermal.«

Winters Füße zuckten. Er war drauf und dran, hinter den beiden herzueilen und Freddie mit der Wahrheit zu konfrontieren. Doch die Vernunft siegte. Er würde Freddies Glück nicht zerstören. Sollte er doch zusammenleben, mit wem er wollte.

## LAMMWÜRSTCHEN

»Für mich bitte Makanek und einen Minztee.«

Die junge, arabisch aussehende Frau nickte und verschwand in der Küche des libanesischen Restaurants in der Großen Burgstraße. Winter war schon früher einige Male hier gewesen, zuletzt vor knapp vier Jahren, als sein damaliger Klient, ein Türsteher eines Lübecker Nachtclubs, ihn hierher zum Essen eingeladen hatte, um mit ihm über sein Problem zu reden.

Als Winter sich damals zu dem jungen Libanesen an den Tisch gesetzt hatte, war er sofort versucht gewesen, wieder aufzuspringen und das Restaurant zu verlassen. Und auf den Auftrag zu pfeifen. Die ganze Situation war ihm plötzlich unheimlich gewesen. Doch allein der Blick des Mannes, der problemlos professioneller Bodybuilder hätte sein können, war derart unmissverständlich gewesen, dass Winter das Essen und ihr Gespräch über sich ergehen ließ.

Bis zum Dessert war ihm nicht klar gewesen, was genau eigentlich das Anliegen von Tarik Faour, so der Name des Mannes, war. Seine Befürchtung, er wolle ihn als Auftragskiller engagieren, hatte sich in dem Moment verstärkt, als Faour sein T-Shirt angehoben und ihm eine frische und beängstigend tiefe Stichwunde gezeigt hatte. Umso überraschter war er schließlich gewesen, als ihn Faour lediglich darum bat, den Schuldigen für diese Verletzung ausfindig zu machen. Denjenigen aufzuspüren, der ihm ein paar Tage zuvor in den frühen Morgenstunden aufgelauert und ein Messer knapp an der Milz vorbei in den Oberkörper gerammt hatte.

Winter hatte erleichtert aufgeatmet und Faour versichert, alles in seiner Macht Stehende zu versuchen, um den Täter zu finden. Drei Tage später war es dann so weit gewesen. Er hatte Namen und Adresse in Erfahrung bringen können und Faour die Information gegen Zahlung seines Honorars übermittelt. Winter hatte nicht weiter nachgefragt, was Faour mit dem kurdischstämmigen Mann anstellen wollte. Weil er ganz genau wusste, was passieren würde.

Stattdessen war er zurück an den Pönitzer See gefahren und hatte sich zwei Wochen lang in seinem Camper eingeschlossen. Der Gedanke, indirekt ein Menschenleben auf dem Gewissen zu haben, hatte ihm zugesetzt. Die Erinnerung an seine Eltern, die von einem skrupellosen Killerkommando erschossen worden waren, hatten ihn mit voller Wucht überrannt. Tagelang hatte er während dieser Zeit regelrecht apathisch in seinem Bett gelegen.

Nach vierzehn Tagen war er schließlich aufgestanden. Damals hatte er sich nicht nur geschworen, nie wieder solche Jobs anzunehmen, bei denen er das Leben anderer Menschen aufs Spiel setzte. Es war auch der Augenblick gewesen, in dem die Entscheidung in ihm gereift war, eines Tages die Mörder seiner Eltern zu finden und die wahren Hintergründe, die die Kriminalpolizei niemals hatte aufklären können, ans Tageslicht zu bringen. So schmerzvoll dieser Prozess auch werden würde.

»Makanek ist eine gute Wahl, glaub mir, Bruder. Du wirst diese Lammwürstchen lieben. Aber nun erzähl, Bruder, was ist los mit dir? Weshalb wolltest du mit mir sprechen?«

Winter sah Tarik Faour an, der ihm gegenübersaß. Von dem unmissverständlichen Blick von damals war in diesem Moment nichts zu sehen. Winter glaubte sogar, etwas Sorgenvolles in Faours Augen erkennen zu können.

»Ich bin hier, weil ich ein paar Fragen habe, die du mir vielleicht beantworten kannst.«

»Klar, Bruder«, sagte Faour mit einem milden Lächeln auf den Lippen. »Frag, was du fragen musst. Und wir werden sehen, ob ich dir helfen kann.«

Winter musterte Faour. Mit dem Dreitagebart und den längeren, nach hinten gegelten Haaren wirkte er deutlich älter als damals. Unter seiner schwarzen Kunstlederjacke zeichneten sich noch größere Muskelberge ab, als er in Erinnerung hatte.

»Es geht um jemanden, den du vielleicht kennst«, sagte Winter mit gedämpfter Stimme. Er wollte vermeiden, dass einer der anderen Gäste im Restaurant ihr Gespräch verfolgte. »Genauer gesagt geht es vor allem darum, was ihm vorgeworfen wurde. Ich spreche von deinem Landsmann Amin Reda. Kennst du ihn?«

Faours Gesichtsausdruck veränderte sich von einer auf die andere Sekunde. Freundlichkeit und Milde verschwanden, der durchdringende Blick voller Argwohn und Kompromisslosigkeit kehrte zurück. »Weshalb fragst du?«, stieß er leise, beinahe zischend aus.

»Nicht aufregen, Tarik«, sagte Winter, während er seinen Tee entgegennahm. »Du darfst nicht immer gleich an die Decke gehen. Ich weiß selbst, was Amin Reda alles durchgemacht hat. Die Vorwürfe gegen ihn waren wahrscheinlich auch für euch alle hier ein Schlag ins Gesicht. Er ist schließlich euer Bruder.«

»Amin ist kein Bruder«, sagte Faour etwas zu laut, sodass sich einige der anderen Restaurantbesucher zu ihnen umdrehten. »Kein Bruder von mir und auch nicht von den anderen hier. Amin ist ein Mörder.«

»Was meinst du damit?«, fragte Winter überrascht.

»Keine Ahnung, was damals in dem Heim passiert ist.« Faour war noch immer aufgebracht. »Ich glaube aber, dass Amin diese Menschen auf dem Gewissen hat. Auch unschuldige Libanesen sind dabei ums Leben gekommen, verstehst du?«

»Warum glaubst du das?«

»Alle hier denken das.«

»Das ist keine Antwort auf meine Frage.«

»Brüder von uns waren dabei, sie haben erzählt, dass Amin damals Streit mit anderen Leuten in diesem Haus hatte. Mit Afrikanern, aber auch mit Arabern.«

»Wer sind diese Brüder von dir?«

»Das spielt keine Rolle, ich glaube meinen Brüdern«, antwortete Faour bestimmt. »Einige sind zusammen mit ihm nach Deutschland gekommen. Amin war aber trotzdem niemals einer von uns.«

»Er ist zweimal freigesprochen worden«, entgegnete Winter. »Es gab keinerlei Beweise gegen ihn, und ein einleuchtendes Motiv konnte auch nicht gefunden werden. Die Anklage gegen ihn beruhte immer nur auf dieser Aussage, die er in der Brandnacht einem Rettungssanitäter gegenüber getätigt haben soll.«

»Er hat es gestanden«, sagte Faour mit zusammengekniffenen Lippen, während er seine Fäuste ballte. »Wieso hat man ihn nicht verurteilt? Amin hat unsere gesamte Gemeinschaft in Verruf gebracht. Wir hatten damals große Probleme mit fremdenfeindlichen Attacken. Unsere Wohnungen und Geschäfte wurden beschmiert, wir wurden auf der Straße übel beleidigt.«

Winter nickte. Gut möglich, dass Faour die Wahrheit sagte. Zumindest die Wahrheit, wie er sie für erwiesen hielt. Denn es war offensichtlich, dass er Amin Reda nicht einmal persönlich kannte. Er versuchte lediglich wiederzugeben, was die libanesische Gemeinschaft Lübecks über Reda dachte. Doch wirklich schlüssig klang das nicht.

»Nachdem er aus der Untersuchungshaft raus war, haben Leute aus Amins Umfeld damit gedroht, dass uns das Gleiche passieren würde wie denen aus dem Heim, wenn wir Amin nicht dabei unterstützten, wieder ein normales Leben innerhalb der libanesischen Gemeinschaft Lübecks zu führen. Verstehst du, sie wollten uns töten.«

»Das klingt sehr dramatisch«, sagte Winter ruhig. »Wenn ich das richtig sehe, warst du damals acht Jahre alt, als es passiert ist. Du und deine Eltern haben noch gar nicht in Lübeck gelebt. Genauer gesagt seid ihr zu dieser Zeit noch nicht einmal in Deutschland gewesen, sondern in Italien. Ich will nicht sagen, dass ich dir nicht glaube, aber zu behaupten, Amin Reda habe das Asylbewerberheim in Brand gesteckt, finde ich nach allem, was an Fakten vorliegt, reichlich gewagt.«

»Was soll das hier werden?« Faour rutschte unruhig auf seinem Stuhl hin und her. Der muskulöse Körper zuckte in kurzen Intervallen.

Winter stellte sich vor, wie Faour jeden Moment aufspringen und ihn am Kragen packen würde, ehe er ihn mit seinen kräftigen Armen durch das Restaurant schleudern würde.

»Kann es sein, dass deine ›Brüder‹ noch ein anderes Problem mit Amin Reda gehabt haben?«, fragte er nach einigen Sekunden des Schweigens.

»Ich verstehe nicht.«

»Du weißt genau, dass deine ›Brüder‹ damals in den Fokus der Kriminalpolizei geraten sind, nachdem rein routinemäßig sämtliche Kontakte von Amin Reda überprüft wurden«, erklärte Winter. »Die Polizei hat im Zuge der Ermittlungen in den Folgejahren systematisch eure Drogenverstecke entdeckt und ausgehoben. Einige deiner ›Brüder‹ mussten dafür in den Bau gehen. Unter anderem auch dein Vater.«

»Wenn Amin nicht gewesen wäre, hätten die Bullen uns nie erwischt.« Faours Stimme bebte jetzt. »Und das Wichtigste: Mein Vater wäre noch am Leben. Diese Schweine haben ihn einfach im Knast verrecken lassen.«

»Er ist von einem Mithäftling niedergestochen worden.«

»Auf welcher Seite stehst du eigentlich?« Faour beugte sich über den Tisch. Er kam Winter so nahe, dass sich ihre Köpfe für einen kurzen Augenblick berührten.

»Ich werde dir nie vergessen, was du damals für mich getan hast«, flüsterte er in Winters Ohr. »Aber du solltest dennoch aufpassen, was du sagst und mit wem du dich hier anlegst. Amin Reda und seine gesamte Familie sind für uns Libanesen ein rotes Tuch. Hast du das verstanden?«

»Ich denke schon«, antwortete Winter unbeeindruckt. »Vor allem habe ich verstanden, dass du keine Ahnung hast, was damals passiert ist. Amin Reda hat das Feuer jedenfalls nicht gelegt.«

»Ich habe dich gewarnt«, sagte Faour und lehnte sich wieder zurück. »Misch dich nicht in unsere Angelegenheiten ein. Amin hat viel Leid über meine Brüder und die Menschen in dem Asylbewerberheim gebracht. Hätte er sich nicht aus dem Staub gemacht, wäre er längst ein toter Mann.«

»So wie Kemal Ardalan?«

»Du denkst offenbar, du wüsstest, wie wir ticken?« Faour lächelte, ehe er sich wieder nach vorne beugte und mit beiden Fäusten auf den Tisch schlug. »Einen verdammten Scheiß weißt du. Dieses Schwein hat damals versucht, mich abzustechen. Er hat bekommen, was er verdient.«

Aus dem Augenwinkel erkannte Winter, dass die junge Frau

wieder an ihren Tisch trat. Sie schien verunsichert. Wortlos blickte sie Faour an und schüttelte den Kopf. Dann ging sie zurück in Richtung Küche.

Faour nickte und wandte sich wieder Winter zu. »Keine Makanek für dich, Bruder«, sagte er leise. »Hier haben die Wände Ohren. Und das, was du gesagt hast, wird nicht gerne gehört. Such dir einen anderen Ort und lass die Finger von dieser Sache. Die Leute hier haben mit Amin abgeschlossen. Niemand will, dass es wieder von vorne losgeht. Ich sag dir das, weil du mir damals geholfen hast. Und weil ich glaube, dass du ein guter Mensch bist. Aber das hier ist nicht deine Welt, verstehst du? Ich gebe dir also den Rat, verschwinde von hier, bevor es ungemütlich für dich wird.«

Winter lächelte müde und griff nach seinem Teeglas. Dann fischte er mit Daumen und Zeigefinger die frischen Minzblätter heraus und legte sie auf die Untertasse. »Kleine Marotte von mir«, sagte er achselzuckend. Er trank den Tee mit einem großen Schluck aus und erhob sich von seinem Stuhl. Faour blieb sitzen und vermied es, Winter anzusehen.

»Schade, ich hatte mich wirklich auf die Lammwürstchen gefreut«, sagte Winter, nachdem er sich seine Jacke angezogen hatte. »Vielleicht können wir das ein andermal nachholen. Vorher werde ich aber erst einmal meiner Arbeit nachgehen und herausfinden, wer den Brand in der Hafenstraße 52 wirklich gelegt hat. Ob Amin Reda vielleicht doch etwas damit zu tun hat, wie du behauptest. Ich werde allerdings keine Rücksicht darauf nehmen, was du und deine Brüder davon halten. Ich habe mir nämlich noch niemals bei meinen Ermittlungen reinreden lassen. Und um es ganz deutlich zu sagen: Es ist mir vollkommen egal, ob ihr ein Problem damit habt. Verstehst du das, Bruder?«

Winter blickte Faour entschlossen an, dann beugte er sich noch einmal zu ihm hinunter. »Ich habe es schon mit anderen Kalibern als der Libanesen-Mafia aufgenommen«, flüsterte er ihm ins Ohr. »Eine falsche Aktion von euch, und die Bullen erfahren, dass du Ardalan auf dem Gewissen hast. Sag das auch deinen Brüdern.«

Ohne auf eine Reaktion von Faour zu warten, wandte sich Winter ab und ging in Richtung Ausgang. Während er die Tür öffnete, schloss er für einen Moment die Augen und atmete tief durch. Dann verließ er hastig das Restaurant und rannte, ohne sich noch einmal umzusehen, die Große Burgstraße hinab in Richtung Koberg.

## AUFGETAUCHT

Die Tür fiel so laut ins Schloss, dass Simon Winter zusammenzuckte. Alles, was blieb, war Stille. Mit Ausnahme der knarzenden Schritte von Ida-Marie im Treppenhaus, die sekündlich immer leiser wurden, bis sie schließlich nicht mehr zu hören waren.

Jetzt stand er hier. In ihrer Wohnung. Mit einem Koffer in der Hand und einem großen Reiserucksack auf dem Rücken. Mehr hatte er nicht mitgenommen, als er am späten Nachmittag noch einmal Levkes Wohnung aufgesucht hatte. Die wenigen Möbel, die ihm gehörten, hatte er stehen lassen. Und seinen Wohnungsschlüssel einfach auf einem Tisch im Loft abgelegt.

Kurz nachdem er aus dem libanesischen Restaurant in der Großen Burgstraße geflohen war, hatte Ida-Marie ihn auf seinem Handy angerufen, um sich zu erkundigen, wie es um seine Ermittlungen stand. Kurzerhand hatte er ihr von seiner misslichen Situation erzählt und nur mit halbem Ernst gefragt, ob er für eine Weile bei ihr Unterschlupf finden könne. Dass sie sofort Ja gesagt hatte, war für ihn völlig überraschend gekommen, schließlich hatte er am Vorabend noch daran gezweifelt, ob sie überhaupt miteinander arbeiten könnten.

Nun stand er tatsächlich in Ida-Maries Wohnung in der Engelsgrube, um hier für die nächsten Tage zu wohnen, bis er eine neue, dauerhafte Lösung gefunden hatte.

Die Wohnung war so klein, dass er Probleme hatte, sich mit seinem Koffer über den Flur zu bewegen. Mehrfach stieß er an Möbelstücke und Bilderrahmen, mit denen die Wände dutzendfach behängt waren. Am Ende des Flurs lag das Zimmer, das Ida-Marie ihm für einige Tage zur Verfügung stellen wollte.

Zimmer war vielleicht der falsche Begriff, handelte es sich doch eher um eine fensterlose Abstellkammer, in die kaum mehr hineinpasste als die Matratze, die auf dem Boden lag.

Winter stellte seinen Koffer ab und ging in die Küche. Die Arbeitsplatte stand voll mit dreckigem Geschirr und Töpfen. Selbst auf dem hohen Bistrotisch stapelten sich gebrauchte Gläser und Tassen. Ohne im Kühlschrank nach etwas Essbarem zu sehen, verließ er die Küche wieder.

Wohnzimmer und Badezimmer machten keinen besseren Eindruck. Auch hier standen überall leere Gläser auf den Tischen, Fensterbänken und Regalen herum. Winter redete sich ein, dass Ida-Marie vor Kurzem eine Party veranstaltet haben musste und offenbar noch nicht dazu gekommen war, aufzuräumen.

Er schnappte sich die vollen Aschenbecher auf der Spüle und im Rest der Wohnung und kippte sie in den Müll. Dann krempelte er seine Ärmel hoch, ließ Wasser in das Spülbecken laufen und begann damit, das Chaos in der Wohnung zu beseitigen.

Gegen halb sieben saß Winter an dem Bistrotisch und ließ zufrieden seinen Blick durch die aufgeräumte Wohnung schweifen. Ida-Marie war noch nicht wiederaufgetaucht. Sie hatte sich bislang nicht einmal bei ihm gemeldet. Keinerlei Neuigkeiten, die sie möglicherweise in Erfahrung gebracht hatte. Ihm kam der unangenehme Gedanke, dass sie ihm womöglich gar nicht verriet, dass sie längst gemeinsam mit Andresen an dem Fall arbeitete.

In weniger als drei Stunden lief ihre Vereinbarung ab, fuhr es ihm durch den Kopf. Bis dahin hatte er noch Zeit, herauszufinden, wer die Frau war, die ihn vor einigen Tagen angesprochen hatte, und wen sie gemeint hatte, als sie davon sprach, der Täter des Brandanschlags von 1996 laufe noch immer frei herum und plane in Kürze einen neuen Anschlag, bei dem Menschenleben in Gefahr seien.

Wie sollte er es anstellen, die Frau zu finden? Winter musste sich eingestehen, dass seine alten Kontakte ihm bislang nicht den geringsten Anhaltspunkt geliefert hatten. Er hatte auch nicht viel mehr über die Verdächtigen von damals in Erfahrung bringen können.

Immerhin, die Gespräche waren nicht wertlos gewesen,

denn einiges von dem, was Freddie und Tarik Faour ihm berichtet hatten, war neu für ihn gewesen. Nach dem heutigen Tag war er überzeugt davon, dass weder die vier Wismarer noch der Libanese Amin Reda das Feuer in der Hafenstraße 52 gelegt hatten. Obwohl es so manche Ungereimtheiten gab und das Verhalten sowohl von Wiegand und Gudokeit auf der einen als auch von Amin Reda auf der anderen Seite ausreichend Argumente lieferte, sie zu verdächtigen, sprachen letztlich zu viele Dinge dagegen.

Winter stand auf und zog sich seine Jacke über. Er musste noch einmal raus vor die Tür und etwas frische Luft schnappen. Den Kopf freikriegen. In Betracht ziehen, dass er diesmal nicht erfolgreich sein würde. Er, der bislang noch jeden Fall aufgeklärt hatte, wenn er ihn denn angenommen hatte, würde tatenlos dabei zusehen müssen, wie Andresen und Ida-Marie den angekündigten Anschlag auf die Flüchtlingsunterkunft verhindern und den Täter stellen würden. Andresen würde sich damit brüsten, dass es ihm nach zwanzig Jahren gelungen war, endlich den Zehnfachmörder von 1996 dingfest gemacht zu haben.

Winter atmete tief durch. Mit einem Mal überkam ihn eine gewaltige Wut auf Andresen. Er ballte seine Hände in den Jackentaschen. Dann verließ er hastig Ida-Maries Wohnung.

Die blinkenden Blaulichter wirkten im aufkommenden Nebel diffus. Wie Discolichter. Oder die Magellanschen Wolken, über die Winter erst kürzlich einen wissenschaftlichen Artikel gelesen hatte. Doch je näher er kam, desto weniger Faszination übten die blauen Blitze auf ihn aus. Denn an der Kreuzung Engelsgrube/An der Untertrave musste ein schwerer Unfall passiert sein. Bereits aus einiger Entfernung konnte er Streifenwagen, mehrere RTW und einen kompletten Löschzug der Feuerwehr erkennen.

Wie immer in solchen Momenten brachen sich auch jetzt wieder die Bilder von damals Bahn. Die von Kugeln durchlöcherten Körper seiner Eltern, das viele Blut, das an den Wänden klebte, und die dunkle Lache auf dem Dielenboden. Die endlose Stille, nachdem die Mörder die Wohnung verlassen hatten. Und schließlich die Blaulichter der Einsatzfahrzeuge, die nach einer Weile eingetroffen waren. In eines dieser Fahrzeuge war er eingestiegen. Sie hatten ihn weggebracht. Weit weg. So weit, dass er nie wieder einen Schritt in die elterliche Wohnung gesetzt hatte.

Vieles von dem, was in den folgenden Monaten passiert war, wusste er nicht mehr. Dass sie ihm Medikamente gegeben hatten, konnte er nur mutmaßen. Es schien ihm angesichts seiner psychischen Probleme, die ihn während seiner Teenagerzeit begleitet hatten, jedoch mehr als wahrscheinlich. Einzig an die zuckenden Blaulichter konnte er sich noch genau erinnern. Als säße er wieder auf dem Rücksitz dieses Streifenwagens und um ihn herum herrschte das tobende Gewitter aus furchterregenden blauen Blitzen.

Als er nur noch fünfzig Meter entfernt war, erkannte Winter, dass der Grund für den Einsatz gar kein Verkehrsunfall war. Auf der Untertrave waren mehrere Feuerwehr- und Polizeiboote im Einsatz. An der Ecke zur Drehbrücke hatten die Beamten der Kripo große Strahler positioniert, die ins Wasser leuchteten. Direkt daneben knieten mehrere Feuerwehrmänner und versuchten offenbar, nach etwas im vereisten Wasser zu greifen.

Winter wusste, dass es in regelmäßigen Abständen vorkam, dass Wasserleichen aus der Trave gezogen wurden. Ältere Menschen, die gestürzt waren und sich nicht mehr aus dem Wasser hatten retten können. Oder Betrunkene, die nach einer durchzechten Nacht in Lübecks Kneipen aus Übermut am Rand der Kaikante balanciert waren. Nur ganz selten handelte es sich um Menschen, die einem Verbrechen zum Opfer gefallen waren.

Winter näherte sich dem Absperrband, das die Techniker links vom Schuppen 6 in einem Abstand von einigen Metern zur Kaikante gezogen hatten. Ein Dutzend Schaulustiger hatte sich bereits versammelt. Sie hielten Handys in die Luft und fotografierten und filmten den Einsatz der Rettungskräfte.

Erst jetzt fiel ihm auf, wie hoch der Wasserstand der Untertrave war. Der steife Ostwind trieb das vereiste Wasser in die Stadt. Einzelne Eisschollen schwappten sogar an Land.

Endlich tat sich etwas. Winter beobachtete, wie die Feuerwehrmänner mit der Hilfe der Rettungskräfte auf den Booten soeben einen leblosen Körper aus der Untertrave zogen. Er nutzte die hektische Betriebsamkeit und bückte sich unter dem Absperrband hindurch, um aus nächster Nähe einen Blick auf den Körper werfen zu können.

Die Person, die nur wenige Meter von ihm entfernt auf den Pflastersteinen abgelegt wurde, war ohne jeden Zweifel tot. Polizisten und Rettungskräfte versuchten hektisch, mit Sichtschutztüchern den Blick auf die Person zu verdecken. Jemand hatte ihn bemerkt und schob ihn unter lautstarken Anweisungen unsanft einige Meter zur Seite hinter das Absperrband.

Winter hatte nicht viel gesehen und dennoch genug. Die Leiche war männlich. Um die dreißig, schätzte er. Obwohl sie bereits vom Wasser aufgequollen war und kaum mehr menschlich wirkte, hatte er erkannt, dass der Tote kein Mitteleuropäer war. Er kam sich seltsam vor, diesen toten Menschen mit seinem entstellten Gesicht so zu kategorisieren, doch hatte er keinen Zweifel, dass es sich bei dem Mann um einen Flüchtling handelte. Denn da war noch etwas anderes, das ihm aufgefallen war.

Aus dem Augenwinkel sah er plötzlich Birger Andresen näher kommen. Der Mann, mit dem ihm eine innige Feindschaft verband, wirkte aufgebracht und schnappte sich den erstbesten Streifenpolizisten, der ihm über den Weg lief. Winter spürte augenblicklich, wie die Wut auf den Leiter der X-Einheit zurückkam. Seit der Ermittlung auf der Fähre im vergangenen Jahr war er ihm nicht mehr begegnet.

Er schloss für einige Sekunden die Augen, bis er überzeugt war, ihm gegenübertreten zu können, ohne handgreiflich zu werden.

»Sieh zu, dass diese Menschen von hier verschwinden«, hörte er Andresen rufen. »Diese Gafferei ist unerträglich.«

Der Polizist, den Andresen sich vorgeknöpft hatte, nickte

wortlos. Dann wandte sich der junge Beamte um und ging auf die Leute hinter dem Absperrband zu. »Darf ich Sie bitten zu gehen?« Er sprach so leise und verunsichert, dass sich niemand der Passanten angesprochen fühlte.

Winter ließ seinen Blick über die Gruppe der Schaulustigen schweifen. Er erkannte unter ihnen auch einen Fotografen der Lokalpresse.

Er überlegte nicht lange und sprang dem Polizisten kurzerhand zur Seite. »Ich gebe Ihnen exakt zehn Sekunden Zeit, dann sind Sie alle hier verschwunden«, sagte er mit lauter Stimme. »Andernfalls nehmen wir Ihre Personalien auf. Das wird dann ein Ordnungsgeld nach sich ziehen. Und wenn Sie sich noch weiter weigern, diesen Ort zu verlassen, dürfen Sie sich auf eine Anzeige freuen.«

Die Unmutsäußerungen der Gaffer verhallten nach wenigen Sekunden, dann drehten die meisten ab und verschwanden im immer dichter werdenden Nebel.

»Danke.«

Winter blickte zur Seite. Direkt neben ihm stand Andresen.

»Was tun Sie hier?«, fragte Winter unbeeindruckt. »Sind Sie etwa zurück in der täglichen Ermittlungsarbeit?«

»Ich bin auf dem Nachhauseweg vom Präsidium vorbeigekommen«, antwortete Andresen. »Und wenn ich sehe, was hier los ist, muss ich sagen, dass ich die Mordkommission kein Stück vermisse. Erst diese Leiche und dann Sie, ich könnte mir Besseres vorstellen.«

»Ist der Mann ertrunken oder auf andere Weise ums Leben gekommen?«, fragte Winter, ohne auf Andresens Kommentar einzugehen.

»Sie stellen schon wieder Fragen, die bei mir sofort die Antennen ausfahren lassen«, antwortete Andresen. »Ich frage mich eher, was Sie hier überhaupt zu suchen haben. Das hier ist eine Angelegenheit der Kripo.«

»Da ich immer gut aufgepasst habe, weiß ich, dass von einem Fremdverschulden ausgegangen wird, wenn die Kripo ermittelt«, entgegnete Winter unbeeindruckt.

»Ich gehe von gar nichts aus«, sagte Andresen zunehmend genervt. »Wie Sie selbst mitbekommen haben, konnte ich gerade einmal ein paar Sekunden einen Blick auf die Leiche werfen. Das ist mein Kenntnisstand. Und selbst wenn ich mehr wüsste, würde ich es bestimmt nicht Ihnen verraten.«

»Es handelt sich um einen Flüchtling, richtig?«

»Wie kommen Sie darauf?«

»Ich habe auf der Jacke des Mannes arabische Schriftzeichen gesehen. Genau gesagt steht auf seiner Jacke ›Meine Heimat Aleppo‹.«

»Sie verstehen Arabisch?«

»Zumindest so viel, dass es mir helfen kann«, antwortete Winter.

»Es ist einfach immer wieder schön, Sie zu treffen«, sagte Andresen mit einem Lächeln auf den Lippen. »Überzeugendes Auftreten bei totaler Ahnungslosigkeit.«

»Das denken Sie also über mich?«, fragte Winter. »Dafür, dass ich so ahnungslos bin, haben Sie in letzter Zeit aber erstaunlich oft meine Hilfe in Anspruch genommen. Um nicht zu sagen, Sie haben mich die Arbeit machen lassen, um sich anschließend selbst mit dem Ermittlungserfolg zu schmücken.«

»Ich kann mich nicht erinnern, dass ich jemals auf Sie zugekommen wäre, um Sie um Hilfe zu fragen. Tatsächlich war doch das Gegenteil der Fall.«

»Hören Sie auf, Andresen«, sagte Winter kopfschüttelnd. »Wir beide wissen, dass Sie mehr von mir profitiert haben als andersherum. Ich erwarte gar nicht, dass Sie in aller Öffentlichkeit ein Loblied auf mich singen, aber ein wenig mehr Dankbarkeit wäre vielleicht angebracht.«

»Wollen wir das allen Ernstes jetzt hier ausdiskutieren?«, fragte Andresen ungehalten. »Da drüben liegt die Leiche eines Mannes. Möglicherweise ein Flüchtling, wie Sie selbst sagen. Es dürfte auch Ihnen klar sein, was das für eine Aufmerksamkeit erzeugen wird.«

»Aber nicht, wenn es ein Unfall gewesen ist.«

»War es aber nicht«, sagte Andresen.

»Sondern?«

»Der Mann hat eine Stichverletzung am Hals. Keine Ahnung, ob sie die Todesursache ist, aber so wie ich die Kollegen vorhin verstanden habe, müssen wir wohl davon ausgehen, dass wir es mit Fremdverschulden zu tun haben. Und was das zu bedeuten hat, können Sie sich wohl vorstellen.«

»Das klingt aber ziemlich tendenziös.«

»Mir ist vollkommen egal, ob Sie das tendenziös finden oder nicht«, antwortete Andresen gereizt. »Mich würde allerdings interessieren, was Sie hier eigentlich zu suchen haben. Irgendein Fall, von dem ich noch nichts weiß?«

»Reine Neugier«, antwortete Winter und hob entschuldigend die Arme. »Genau wie Sie kam ich gerade zufällig hier vorbei, als ich etwas frische Luft schnappen wollte.«

»Habe schon gehört, dass Sie wieder in Lübeck leben. Erstaunlich, dass wir uns in den letzten Monaten nicht über den Weg gelaufen sind.«

»Wirklich erstaunlich«, sagte Winter. »Und unheimlich schade.«

Andresen verzog seinen Mund zu einem schrägen Lächeln. Dann klopfte er Winter freundschaftlich auf die Schulter und wandte sich wieder von ihm ab.

Winter hatte das Gefühl, als habe sich ihr Verhältnis mit einem Mal entspannt. Als habe Andresen endlich erkannt, dass er nicht mehr der Simon Winter von vor fünfzehn Jahren war, der des Öfteren Ärger mit der Polizei hatte, sondern der beste Privatermittler mindestens in Norddeutschland.

Das Vibrieren des Handys in der Hosentasche unterbrach seine Gedanken. Seine Hand war so kalt, dass er Probleme hatte, das Telefon aus der Tasche zu fischen. Als es ihm schließlich gelang, sah er, dass Ida-Marie anrief. Hastig meldete er sich.

»Wo steckst du?« Sie kam direkt zur Sache.

»Da, wo dein Chef auch gerade ist.«

»Wovon redest du?«

»Weißt du es noch gar nicht? In Höhe Drehbrücke wurde vorhin eine Leiche aus dem Wasser gezogen. Ich wollte nur etwas an die frische Luft, und dann habe ich gesehen, was hier los ist. Ich bin mir ziemlich sicher, dass es sich bei dem Toten um einen Flüchtling handelt. Andresen sagt, der Mann wäre einem Gewaltverbrechen zum Opfer gefallen.«

»Was macht er denn überhaupt dort?«

»Angeblich ist er zufällig hier vorbeigekommen«, antwortete Winter. »Aber ich habe meine Zweifel, dass das stimmt.«

»Ich befürchte, er wird nie ganz von seinem alten Kommissariat loskommen«, sagte Ida-Marie. »Weshalb ich aber eigentlich anrufe: Wir sprachen vorhin ja kurz darüber, dass jemand versucht hat, die geplante Flüchtlingsunterkunft in Moisling anzuzünden. Zum Glück ist kein so großer Schaden entstanden wie bei den Anschlägen zuvor. Anwohner haben rechtzeitig die Feuerwehr gerufen, sodass der Brand schnell gelöscht werden konnte.«

»Und?«

»Es hat sich ein Zeuge gemeldet, der einen Mann beobachtet haben will, der den Brandsatz auf das Dach des Gebäudes geworfen hat.«

»Wie bitte?«, fragte Winter leise. Eine kurze Pause entstand, er versuchte sich zu sammeln. »Wenn ihn tatsächlich jemand gesehen hat, ist das unsere Chance«, sagte er schließlich. »Weißt du schon etwas Genaueres? Was hat der Mann gesagt?«

»Keine Ahnung«, antwortete Ida-Marie knapp. »Ich habe nur mitbekommen, dass der Zeuge vor einer knappen Stunde im Präsidium angerufen hat. Alles, was ich weiß, ist, dass es sich um einen Mann handeln soll, der von dem Täter offenbar auch leicht verletzt wurde.«

»Wir müssen so schnell wie möglich mit ihm sprechen. Kannst du das einfädeln?«

»Unmöglich.«

»Wieso?«, fragte Winter verständnislos. »Das ist doch genau die Information, auf die wir gehofft haben. Die vierundzwanzig Stunden, die du uns gegeben hast, sind zwar bald abgelaufen, aber nun haben wir womöglich ein Gesicht zu dem Täter.«

»Durch den Anruf des Zeugen sind die Kollegen aus dem

Kommissariat 2 doch längst alarmiert«, entgegnete Ida-Marie. »Verstehst du, dieser Fall ist nicht mehr die Sache von uns beiden. Wenn ich die Information, die du mir gestern Abend gegeben hast, noch länger unterschlage, mache ich mich strafbar. Und bei allem Respekt vor deinen Fähigkeiten als Privatermittler glaube ich, dass die Angelegenheit bei einem Kommissariat unter Leitung von Ben Kregel besser aufgehoben ist. Ich gehe davon aus, dass auch Andresen nichts mit dem Fall zu tun haben wird.«

»Nur ein Gespräch«, drängte Winter. »Noch heute Abend, nicht länger. Lass uns nur noch mit diesem Zeugen reden. Wenn du selbst nicht dabei sein willst, dann gib mir wenigstens den Namen des Zeugen. Ich erledige das heute Abend. Wenn der Mann nichts zu sagen hat, das uns weiterhilft, gebe ich auf. Dann bin ich raus aus der Nummer. Versprochen.«

»Ich kann das, was diese Frau dir erzählt hat, nicht länger verschweigen. Tut mir leid, aber ich will nicht dafür verantwortlich sein, dass am Ende Menschen sterben. Es führt kein Weg daran vorbei, dass die Flüchtlingsunterkünfte in Lübeck unverzüglich mit zusätzlichem Wachpersonal ausgestattet werden.«

»Wenn du es den Kollegen sagst, wird es nicht passieren«, sagte Winter leise.

»Was wird nicht passieren?«

»Dass wir den Täter fassen«, antwortete Winter. »Oder glaubst du ernsthaft, er wird einen Brandanschlag verüben, wenn die Unterkünfte massiv von Sicherheitskräften geschützt werden?«

»Ich durchschaue, wie du mich beeinflussen willst«, sagte Ida-Marie. »Aber das funktioniert bei mir nicht. Ich verhindere lieber eine Straftat, als dass ich unnötige Risiken eingehe. Was ist, wenn es dir nicht gelingen sollte, bis morgen Abend den Täter zu finden? Nimmst du für dieses Vorgehen allen Ernstes in Kauf, dass weitere Menschen sterben müssen?«

»Du zweifelst an dem, was ich sage«, stellte Winter nüchtern fest. »Das ist nicht gut.«

»Aber durchaus legitim.«

»Nur diese eine Chance, bitte. Wir müssen den Täter finden.« Winter sprach noch immer leise, doch seine Worte klangen eindringlich. »Und denk nur mal daran, dass wir dann womöglich auch wissen, wer das Feuer in der Hafenstraße 52 gelegt hat. Für dich und deine X-Einheit wäre das doch ein Riesenerfolg.«

»Ich verstehe immer mehr, was Andresen gemeint hat, als er gesagt hat, dass es schwierig wäre, mit dir zusammenzuarbeiten, weil du ganz anders denkst. Weil du andere Interessen verfolgst.«

»Weshalb redet ihr darüber, wie es ist, mit mir zusammenzuarbeiten?«, fragte Winter überrascht.

»Weil Andresen sich nach der Sache auf diesem Schiff gefragt hat, ob es nicht sinnvoll wäre, dich ins Team zu holen.«

»Was das Thema Andresen angeht, bin ich nicht zu Scherzen aufgelegt.«

»Kein Scherz«, sagte Ida-Marie. »Letzten Sommer war er kurz davor, dich anzurufen. Aber im letzten Moment hat er sich dann doch noch anders entschieden.«

»Ich weiß ehrlich gesagt nicht, was ich davon halten soll.«

»Ist jetzt auch nicht so wichtig. Sag mir lieber, was genau die Frau zu dir gesagt hat.«

»Was meinst du?«

»Den exakten Wortlaut, als sie von den angeblichen Plänen des Täters berichtet hat.«

»Ich erinnere mich genau«, sagte Winter nachdenklich. »Ihre Worte sind mir die ganze Nacht durch den Kopf gegangen. Sie sagte wörtlich: ›Der Täter von damals läuft noch immer frei herum. Und seit einigen Wochen zündelt er wieder. Bislang hat er es zum Glück nur auf unbewohnte Gebäude, die als Flüchtlingsunterkünfte hergerichtet werden, abgesehen. Aber das wird sich ändern. Ich weiß, dass schon bald, wenn sich die Nacht des Brandanschlags zum zwanzigsten Mal jährt, erneut Menschen sterben werden.‹«

»Wenn das stimmt, besteht tatsächlich erst ab morgen Abend die akute Gefahr eines erneuten Brandanschlags.«

»Moment«, sagte Winter etwas zu laut, sodass er aus dem

Augenwinkel erkannte, wie Andresen irritiert zu ihm herübersah. »Willst du damit etwa sagen, du wärst bereit, doch noch ein paar Stunden dichtzuhalten, damit wir uns mit dem Zeugen unterhalten können?«

»Ich glaube weiterhin nicht daran, dass wir bis morgen Abend wissen, wer diese ominöse Frau ist. Geschweige denn, dass wir den Täter bis dahin ausfindig gemacht haben. Aber ja, ich gebe uns noch ein paar Stunden. Ich hole dich in einer halben Stunde vor meiner Wohnung ab, dann fahren wir nach Moisling.«

»Danke.«

»Du solltest wissen, dass ich mir nicht sicher bin, ob es richtig ist, was ich tue.«

»Natürlich ist es richtig«, sagte Winter beruhigend. »Spätestens in einer Stunde haben wir ein Gesicht zu dem Ganzen.«

»Lass gut sein, du brauchst mich nicht länger zu überzeugen. Wir machen es. Also, bis gleich.«

Winter wollte sich noch ein weiteres Mal bedanken, doch Ida-Marie hatte bereits aufgelegt.

Langsam ließ er sein Handy zurück in seine Jackentasche gleiten, dann wandte er sich um. Andresen stand etwas abseits der Leiche und telefonierte ebenfalls. Für einen kurzen Moment trafen sich ihre Blicke.

Ein seltsames Gefühl überkam Winter. Andresen und er hatten jahrelang im Clinch miteinander gelegen, und vor allem Andresen hatte keinen Hehl aus seiner Abneigung ihm gegenüber gemacht. Selbst als sie gemeinsam ermittelt hatten, war es Winter immer so vorgekommen, als würden sie vielmehr gegeneinander arbeiten. Zu groß war Andresens Misstrauen gewesen, zu verfestigt seine Meinung über ihn.

Umso erstaunlicher, wenn Andresen im vergangenen Sommer darüber nachgedacht hatte, ihn in sein Team zu holen. Es fiel Winter schwer zu glauben, dass er es tatsächlich ernst meinte und auf einmal nicht mehr zählte, was ihn immer an Winter gestört hatte. Es musste noch etwas anderes hinter Andresens Idee, ihn für die X-Einheit zu gewinnen, stecken.

Winter versuchte, ein freundliches Gesicht zu machen,

während er Andresen ansah. Er spürte jedoch, wie schwer es ihm fiel. Mit einem Nicken wandte er sich schließlich ab und entfernte sich von der Absperrung, um zurück in Richtung Engelsgrube zu gehen. In knapp dreißig Minuten würde ihn Ida-Marie dort abholen, um mit ihm den einzigen Zeugen in diesem Fall aufzusuchen.

# DONALD

»Hauptkommissarin Berg.« Ida-Marie hielt dem Streifenpolizisten, der vor dem Hauseingang stand, ihre Marke hin und bedeutete, dass sie es eilig hatte. »Wahrscheinlich waren meine Kollegen bereits hier, aber Kommissar Sommer und ich müssen dringend noch einmal mit dem Zeugen sprechen.«

»Ich fürchte, das geht nicht«, erklärte der junge Polizist mit einem entschuldigenden Achselzucken. »Ich habe die Anweisung bekommen, dass heute Abend niemand mehr zu Herrn Welslau durchgelassen werden soll.«

»Sagt wer?«

»Der behandelnde Arzt. Ich habe auch Hauptkommissar Kregel vorhin telefonisch darüber informiert, dass Gespräche mit dem Zeugen erst wieder ab morgen früh möglich sind.«

»Dann wissen Sie wohl noch nicht, dass es wichtige Neuigkeiten gibt, die es erfordern, dass wir sofort mit Herrn Welslau reden«, sagte Ida-Marie eindringlich. »Die Sache ist außerordentlich wichtig, Sie haben sicherlich bereits davon gehört, dass heute Abend eine Leiche in der Untertrave gefunden wurde.«

»Und was genau hat das mit dem alten Mann hier zu tun?«

»Hören Sie mal.« Ida-Marie klang für ihre Verhältnisse aufgebracht. »Sie stehen hier, weil Sie das Haus, in dem ein wichtiger Zeuge wohnt, bewachen sollen. Und nicht, damit Sie der Kripo Fragen stellen, ist das klar? Wir führen hier die Ermittlungen und müssen uns so schnell wie möglich mit dem Mann unterhalten.«

»Tut mir leid, aber ich darf nicht einfach …«

»Manchmal sollte man darüber nachdenken, für wen man arbeitet«, sagte Ida-Marie mit einer Schärfe in der Stimme, die Winter nicht kannte. »Kai, ruf bitte sofort Kregel an und sag ihm, was hier los ist.«

Winter zückte sein Handy und tat so, als wählte er eine Nummer.

»Fünf Minuten«, sagte der Schutzpolizist plötzlich. »Und

niemand erfährt, dass ich Sie heute Abend noch zu ihm gelassen habe.«

»Wir nehmen uns so viel Zeit, wie wir benötigen«, sagte Ida-Marie. »Aber schön, dass Sie Ihren Job so ernst nehmen.« Sie drängte sich an dem jungen Polizisten vorbei. Winter folgte ihr mit einem Grinsen im Gesicht.

Hartmut Welslau blickte die beiden aus trüben Augen an, als er die Tür öffnete. Der graue unmodische Jogginganzug, der an mehreren Stellen Flecken aufwies, verstärkte den leicht ungepflegten Eindruck, den Winter bereits beim Betreten des Zwei-Familien-Hauses gewonnen hatte.

Welslau mit seinem schütteren Haar und dem grauen Oberlippenschnäuzer schätzte er auf etwa siebzig. Ida-Marie hatte auf der Fahrt hierher jedoch erwähnt, dass er noch berufstätig war und bei der Friedhofsverwaltung arbeitete. Auf Welslaus Stirn klebte ein großes Pflaster. Seine Oberlippe war geschwollen, auch ein blauer Fleck unterhalb der rechten Augenhöhle zeugte von dem Angriff des Täters.

Ida-Marie erklärte kurz ihr Anliegen und bat um Einlass. Wortlos wandte sich Welslau ab und verschwand im Innern seiner Wohnung. Ida-Marie und Winter sahen sich fragend an, dann schlossen sie die Wohnungstür und gingen dem Mann hinterher.

Mit einer knappen Geste bedeutete Welslau den beiden, auf einer abgesessenen Ledercouch im Wohnzimmer Platz zu nehmen. In einer Ecke des Raums fiel Winter ein kleiner Mischlingshund auf, der teilnahmslos in seinem Körbchen saß.

Während Welslau ihnen ohne zu fragen Kaffee einschenkte, ließ Winter seinen Blick durch das Zimmer schweifen. Die Wohnung war einfach eingerichtet. Altbacken wie auch ihr Bewohner selbst. An der gegenüberliegenden Wand hingen einige Fotos. Sie alle zeigten dieselbe Frau. Meistens allein, auf einigen Bildern auch gemeinsam mit Welslau.

»Danke.« Ida-Marie unterbrach die Stille, während sie ihre Tasse in die Hand nahm. »Wir wollen gar nicht lange stören. Aber leider müssen wir Sie doch bereits heute noch einmal befragen. Würden Sie uns bitte schildern, was Sie vorgestern Abend beobachtet haben?«

Welslau nahm zwei Stücke Würfelzucker, legte sie auf einen Löffel, den er in seine Tasse eintauchte. Während er langsam begann umzurühren, räusperte er sich kaum hörbar.

»Wissen Sie«, sagte er schließlich. »Es ist nicht so, als käme das, was passiert ist, überraschend. Die Stimmung hier bei uns im Viertel ist schon seit längerer Zeit angespannt. Es war klar, dass irgendwann etwas passiert. Dass ausgerechnet Donald und ich da hineingeraten, hätte ich aber nicht für möglich gehalten.«

»Donald?«

»Der Einzige an meiner Seite, der mir noch geblieben ist.« Welslau machte eine Kopfbewegung in Richtung des Hundes, der mit einem Mal aufrecht saß und sein Herrchen mit großen Augen ansah.

Ida-Marie lächelte und setzte ihre Kaffeetasse an. Im letzten Moment hielt sie inne und stellte sie wieder ab. Winter senkte seinen Blick. Sofort fielen ihm die Essensreste am Tassenrand ins Auge. Dann sah er wieder hoch, in die leeren Augen des Mannes, der ihm gegenübersaß, und trank seinen lauwarmen Kaffee in einem Zug aus.

»Ich kenne die Leute hier ganz genau«, sagte Welslau. »Jeden Einzelnen. Und deshalb bin ich mir auch sicher, dass es niemand von ihnen war.«

»Das glauben wir gerne, aber beschreiben Sie bitte, was vorgestern Abend im Detail passiert ist«, drängte Ida-Marie.

»Sie denken ernsthaft, dass das hier schneller geht, wenn Sie Druck auf mich ausüben?« Welslau verzog seinen Mund zu einer schiefen Grimasse. »Wenn Sie wissen wollen, was vorgefallen ist, dann hören Sie mir einfach zu.«

»Bitte«, sagte Ida-Marie und lehnte sich widerwillig auf der Couch zurück.

»Ich war vorgestern wie jeden Abend mit Donald unterwegs. Wir gehen immer dieselbe Runde. Vorbei an der neuen Flüchtlingsunterkunft und wieder zurück bis nach Hause. Als ich die Straße hochging, sah ich schon von Weitem, dass da dieser Mann auf der Straße stand. Normalerweise treffe ich um diese Uhrzeit nur andere Hundebesitzer.« Welslau machte eine kurze Pause und nippte an seiner Tasse, ehe er weitersprach.

»Als ich näher kam, sah ich dann bereits das Feuer. Es war noch nicht groß, aber ich glaubte, helfen zu müssen. Plötzlich spürte ich, dass mit dem Mann etwas nicht stimmte. Ich hatte das Gefühl, als verhielte er sich irgendwie auffällig. Ich hab mich gefragt, ob er womöglich für das Feuer verantwortlich ist. Als er sich zu mir umgedreht hat, habe ich wahrscheinlich das Falsche gesagt.«

»Und zwar?«

»Ich habe gefragt, ob er das Feuer gelegt hat. Im nächsten Moment hat er mich bereits niedergeschlagen und getreten. Noch schlimmer war, dass er auch auf Donald losgegangen ist. Zum Glück habe ich den schlauesten Hund der Welt. Donald konnte jedem seiner Tritte ausweichen.«

»Heißt das, der Mann hat nicht mit Ihnen gesprochen?«

»Das weiß ich leider nicht mehr.«

»Keine Stimme, die Ihnen in Erinnerung geblieben ist?«

»Nein.«

»Sie sind sich aber sicher, dass dieser Mann den Brandsatz in die Unterkunft geworfen hat?«, hakte Winter nach. »Obwohl Sie es offenbar nicht mit eigenen Augen gesehen haben?«

»Ich wusste, dass Sie mir diese Frage stellen werden. Leider kann Ihnen nicht mit hundertprozentiger Sicherheit sagen, dass er es gewesen ist. Aber weshalb sollte er mich dann niederschlagen und nach mir treten? Wenn Donald nicht gewesen wäre, hätte mich der Mann vielleicht sogar zu Tode geprügelt. Und das Feuer hätte womöglich einen viel größeren Schaden angerichtet.«

»Wie meinen Sie das?«

»Donald hat mich beschützt und den Mann in die Flucht geschlagen. Durch sein Bellen sind die Anwohner aufmerksam geworden und haben Schlimmeres verhindert. Sie haben die Feuerwehr gerufen.«

»In Ordnung«, sagte Ida-Marie. »Dann lassen Sie uns darüber reden, was genau Sie über den Mann sagen können. Wie würden Sie ihn beschreiben?«

»Das ist das Problem«, antwortete Welslau. »Normalerweise kann ich mir Gesichter sehr gut merken, aber leider fällt es mir schwer, mich an ihn zu erinnern. Ich weiß noch, dass er dunkle Kleidung trug und eine Wollmütze auf dem Kopf hatte. Und ich meine, schwarze Haare unter der Mütze erkannt zu haben. Aber es war ziemlich dunkel.«

»Was schätzen Sie, wie alt der Mann war?«, fragte Winter.

»Nicht älter als vierzig, würde ich sagen. Und nicht jünger als zwanzig.«

»Ist das Ihr Ernst?« Winter schüttelte ungläubig den Kopf. »Sie können das Alter des Mannes nicht genauer bestimmen? Zwischen zwanzig und vierzig, was sollen wir damit anfangen?«

»Tut mir leid«, sagte Welslau. »Wenn ich versuche, mir diese Person vor Augen zu rufen, sehe ich da immer nur ein Allerweltsgesicht. Glatt rasiert und auch sonst keinerlei Merkmale. Auf jeden Fall niemand von hier. Ich kenne die Leute, die meisten sogar persönlich.«

»Vielleicht irgendeine Auffälligkeit an seiner Kleidung? Etwas, das darauf schließen lässt, dass wir es mit einem fremdenfeindlichen Anschlag zu tun haben?«

»Wie gesagt, ich weiß, wie die Jungs aussehen, von denen Sie sprechen. Hier im Viertel gibt es wirklich einige von ihnen. Aber das war keiner von denen, er hatte keine Ähnlichkeit mit ihnen. Er war schwarz gekleidet und erinnerte mich am ehesten an …« Welslau hielt inne und kratzte sich an der Innenseite seines linken Oberschenkels.

Winter beobachtete Ida-Marie. Als Welslaus Hand immer weiter Richtung Leistengegend fuhr, wandte sie ihren Blick beschämt ab.

»Entschuldigung«, sagte Welslau. »Als mich der Schlag im Gesicht getroffen hat und ich zu Boden ging, habe ich mir hier was gezerrt.« Er zeigte auf seine Leiste.

»Können Sie sagen, woran die Kleidung des Mannes Sie erinnert hat?«, drängte Winter.

»Wie bitte?«

»Sie sagten vorhin, dass die Kleidung Sie an etwas erinnert hätte.«

»Ach ja.« Welslau wirkte plötzlich verwirrt. Als hätte er den Faden verloren und wüsste nicht mehr, was er vor wenigen Sekunden angedeutet hatte. »Ich weiß es nicht mehr genau, aber ich glaube, er war schwarz gekleidet.«

»Das sagten Sie bereits.«

»Tatsächlich?« Welslaus Blick flirrte. Er schien mit einem Mal abwesend.

»Geht es Ihnen gut?«, fragte Ida-Marie. »Oder sollen wir vielleicht einen Arzt rufen?«

»Ich brauche keinen Arzt«, entgegnete Welslau energisch. »Aber es wäre besser, wenn Sie jetzt gehen. Ich brauche meine Ruhe.«

»Einen Moment«, sagte Winter. »Bevor wir gehen, will ich wissen, woran Sie die Kleidung des Mannes erinnert hat. Denken Sie bitte noch einmal scharf nach.«

»Die Schuhe.«

Winter sah Welslau fragend an.

»Die Schuhe«, wiederholte er. »Ich glaube, die waren es. Sie sahen aus wie die Schuhe eines Feuerwehrmanns.«

»Sind Sie sich absolut sicher?«

»Nein, ich habe keine Ahnung, wie Schuhe von Feuerwehrleuten aussehen.«

»Sie wollen uns wohl auf den Arm nehmen«, entfuhr es Winter etwas zu ruppig. Ida-Marie legte ihre Hand auf seinen Arm und schüttelte den Kopf.

»Sie haben mich gefragt, woran mich die Kleidung des Mannes erinnert hat«, fuhr Welslau unbeeindruckt fort. »Und wenn ich an die Situation zurückdenke, habe ich das Bild eines Feuerwehrmanns vor Augen.«

»Aber offenbar ohne irgendeinen konkreten Anhaltspunkt?«, fragte Winter.

Welslau zuckte mit den Schultern. Seine Augen waren leer, der Blick verlor sich irgendwo im Raum.

Je länger Winter ihn betrachtete, desto schwerer erschienen ihm seine Gesichtsverletzungen. Das Hämatom unterhalb des rechten Auges schimmerte in allen Farben. Die Schwellung ließ sein hageres Gesicht seltsam deformiert wirken. Vielleicht hatte Welslau sogar ein Schleudertrauma davongetragen, das der behandelnde Arzt nicht diagnostiziert hatte. Möglich, dass seine plötzlichen Erinnerungslücken von dem Schlag herrührten.

Winter strich seine halblangen Haare zurück und stand auf. Er reichte Welslau die Hand. »Ich denke, es ist besser, wenn Sie sich jetzt erst einmal ausruhen«, sagte er. »Wir kommen morgen früh noch einmal wieder. Vielleicht können Sie sich dann so weit erinnern, dass wir bestenfalls sogar ein Phantombild des Mannes anfertigen können.«

»Aber ich habe Ihnen doch bereits alles gesagt, was ich weiß«, sagte Welslau. »Was wollen Sie denn noch von mir?« Seine Stimme klang seltsam weit weg. Als verstehe er gar nicht mehr, was um ihn herum geschieht.

»Sie sind unser einziger Zeuge«, antwortete Winter. »Es ist wirklich wichtig, dass Sie sich an diese Person erinnern.«

»Wenn Sie das so sagen, bleibt mir wohl gar nichts anderes übrig, als noch einmal mit Ihnen zu reden.« Mit einem unsicheren Lächeln schob er hinterher: »Vielleicht waren es ja auch Springerstiefel.«

## DURCH DEN SPALT

Angespannt trommelte er mit den Fingern auf das Lenkrad des Opels. In den Nachrichten hatte es keine neue Meldung über Mahmoud Said gegeben. Er konnte sich nicht einmal sicher sein, dass es wirklich Said gewesen war, der vor ein paar Stunden aus der Trave gezogen worden war.

Bislang war nur die Rede von einer männlichen Leiche gewesen, die schon ein paar Tage im Wasser geschwommen sein musste. So weit passte die Information. Aber die Nachrichtensprecherin hatte weder gesagt, dass es sich bei der Leiche um die eines Flüchtlings handelte, noch hatte sie die Stichwunde am Hals erwähnt, die er ihm zugefügt hatte. So wie es aussah, würde er einfach abwarten müssen und hoffen, dass sie nicht dahinterkämen, dass die Brandanschläge und der Mord an Said zusammenhingen.

Er war aus einem weiteren Grund sehr nervös. Das, was vorgestern in Moisling passiert war, hatte er eigentlich um jeden Preis vermeiden wollen. Der Worst Case war eingetreten, und er hatte ihn nicht verhindern können.

Natürlich war es möglich, dass er sich vollkommen umsonst Sorgen machte. Wahrscheinlich hatte sich der Alte sein Gesicht in der kurzen Zeit gar nicht einprägen können. Oder er konnte sich durch den Schlag, den er ihm verpasst hatte, nicht mehr daran erinnern, was passiert war. Doch es war riskant. Die Sache war einfach gründlich schiefgegangen. Nicht nur, dass er gesehen worden war, der Brand war auch noch so schnell entdeckt worden, dass er sich nicht so ausgebreitet hatte wie bei den Anschlägen zuvor.

Said war eine andere Geschichte. Als er die beiden vor ein paar Wochen zum ersten Mal zusammen gesehen hatte, war ihm sofort klar gewesen, dass er sterben musste. Er konnte nicht zulassen, dass dieser Mensch sein Leben noch weiter zerstörte.

Es hatte nicht lange gedauert, bis er seinen Namen herausgefunden hatte. Mahmoud Said, syrischer Flüchtling aus Aleppo.

Tagelang war er ihm quer durch die Stadt gefolgt. Von der Erstaufnahmestätte am Volksfestplatz durch das Burgtor in die Altstadt und spätabends wieder zurück. Bis vor einigen Tagen endlich der richtige Moment gekommen war. Said schöpfte keinen Verdacht, und ihn selbst beobachtete niemand.

Als es bereits dunkel gewesen war, hatte er ihn auf der Burgtorbrücke angegriffen. Er hatte ihm ein Messer in den Hals gerammt und ihn anschließend in die Kanaltrave gestoßen. Das Ganze war einfacher gewesen, als er gedacht hatte. Said hatte keinen Mucks von sich gegeben. Starr vor Angst hatte er sich seinem Schicksal ergeben.

Heute Abend hatte man nun seine Leiche gefunden. Ein paar Stunden zu früh, sodass der Fahndungsdruck in den nächsten Stunden wahrscheinlich massiv zunähme. Doch er war sich sicher, dass Saids Leiche nicht den geringsten Rückschluss auf ihn zuließ.

Wieder musste er an vorgestern denken. Vielleicht war der missglückte Brandanschlag der notwendige Schuss vor den Bug zur richtigen Zeit gewesen. Das Signal, nicht nachlässig zu werden. In jedem Moment voll konzentriert zu sein. Denn alles Bisherige war nur der Probelauf gewesen für das, was in etwas mehr als vierundzwanzig Stunden folgen würde.

Um sich langsam heranzutasten und auf den großen Anschlag vorzubereiten, hatte er die leer stehenden und sich im Bau befindlichen Unterkünfte ausgewählt. Das ganze Land würde in den nächsten Wochen und Monaten darüber reden.

Morgen Nacht würde er nur die eine Chance haben, dann musste alles reibungslos funktionieren. Das Feuer würde eine Weile unentdeckt bleiben müssen, damit nicht das Gleiche wie in Moisling passierte. Die Feuerwehr sollte nicht eintreffen, bevor die Flammen bereits wüteten.

Eine Sache hatte er nicht proben können. Die Herausforderung, weiterhin unentdeckt zu bleiben, wenn er plötzlich seine Maske fallen ließ und nicht mehr der war, der die mehr als fünfzig Flüchtlinge in der Unterkunft beschützte. Nicht aufzufallen und zugleich die Ruhe zu bewahren, würde ihm alles abverlangen. Niemand durfte ihn sehen, denn schließlich wollte er mit dem Gefühl der Genugtuung in Freiheit weiterleben.

Er schaltete das Autoradio aus und öffnete die Fahrertür. Der eiskalte Wind schlug ihm sofort entgegen. So heftig, dass er am liebsten gleich wieder eingestiegen wäre. Doch das, was er heute Abend noch erledigen musste, ließ sich nicht aufschieben. Er musste den Fehler von vorgestern so schnell wie möglich beheben.

Noch heute Abend würde er den Zeugen, an dessen Adresse er nicht so zügig herangekommen wäre, wenn die Polizei nicht so umsichtig gewesen wäre, vor dem Haus, in dem der Alte wohnte, einen Streifenpolizisten zu positionieren, aus dem Weg räumen. Die Gefahr, kurz vor dem Ziel durch dessen Aussage womöglich noch aufzufliegen, war viel zu groß. Das Risiko, trotz des Sicherheitspostens in die Wohnung des Mannes einzusteigen und ihn auszuschalten, war dagegen kalkulierbar.

Er näherte sich langsam dem Haus, das in einer für Moisling typischen Wohngegend lag. Ein einfaches Nachkriegshaus, in dem zwei Parteien wohnten. In der Dunkelheit erkannte er den Sicherheitsbeamten, der noch immer vor der Haustür stand, exakt dort, wo er ihn heute Nachmittag entdeckt hatte, als er auf der Suche nach dem alten Mann im Umkreis von einigen hundert Metern um die Flüchtlingsunterkunft durch die Straßen gefahren war.

Als er nur noch etwa fünfzig Meter entfernt war, bog er rechts in eine Auffahrt ein, die vorbei an einem heruntergekommenen Haus in einen verwilderten Garten führte. Aus dem Augenwinkel hatte er erkannt, dass aus einem der Fenster im Erdgeschoss schwaches Licht fiel. Der Alte war also zu Hause.

In der Dunkelheit versuchte er, sich zu orientieren. Zwischen ihm und dem Haus, in dem der Mann lebte, lagen noch drei weitere Grundstücke, die allesamt durch Maschendrahtzäune voneinander getrennt waren. Aus den Fenstern der Häuser drang gerade so viel Licht, dass er sich einen Weg durch die Gärten bahnen konnte.

Vorsichtig stieg er über den ersten Zaun und lief weiter.

Durch die Fenster erkannte er ältere Menschen, die schlaftrunken durch ihre Wohnungen gingen. Niemand würde ihn sehen, da war er sich sicher.

Als er schließlich auf der Rückseite des Hauses angekommen war, atmete er erleichtert durch. Weder drang Licht aus der Wohnung des Mannes, noch hatte sich auf der Terrasse ein Bewegungsmelder eingeschaltet. Im oberen Stockwerk waren die Jalousien genau wie schon zur Straße hin heruntergelassen. Weit und breit war niemand zu sehen, der ihn hätte beobachten können.

Leise die Terrassentür aufzubrechen, war einfacher als gedacht. Nahezu geräuschlos schlich er in die Wohnung, die, wie er hoffte, tatsächlich die richtige war. Obwohl es so dunkel war, dass er seine eigenen Füße nicht erkennen konnte, bewegte er sich zielstrebig durch den Raum, bei dem es sich, wie er vermutete, um die Küche handelte.

Als er nach einigen Metern einen Türgriff zu fassen bekam, hielt er kurz inne, um sich zu sammeln. Dann öffnete er die Tür ganz langsam. Nur einen Spalt.

Vor ihm führte ein lang gezogener Flur entlang. Beiger Linoleumboden, der seine besten Jahre längst hinter sich hatte, und Raufasertapeten, die vor Jahrzehnten sicherlich in strahlendem Weiß geglänzt hatten. Ein altmodisches schmales Schränkchen war das einzige Möbelstück auf dem Gang. Als er die Tür weiter aufzog, wurde er vom grellen LED-Licht der Deckenlampe so stark geblendet, dass er für einige Sekunden die Augen zukneifen musste. Dann öffnete er die Tür so leise wie möglich und betrat den schmalen Flur.

An der linken Stirnseite des Gangs erkannte er die Wohnungstür. Etwa vier Meter von ihm entfernt zweigte zu beiden Seiten jeweils ein weiterer Raum ab. Eine Zimmertür hinten links stand offen, schwaches Licht drang auf den Flur.

Wahrscheinlich das Wohnzimmer, überlegte er. Der Alte saß bestimmt in seinem Sessel und schlummerte vor sich hin. Mit dem würde er problemlos fertigwerden. Sorge bereitete ihm eher der Hund. Sein Bellen würde womöglich bis auf die Straße zu hören sein. Jeden Moment rechnete er damit, dass dieser kleine Köter um die Ecke gestürmt kam und sich an seiner Jeans festbiss.

Doch nichts passierte, während er sich immer näher in Richtung des Wohnzimmers bewegte. Nicht das geringste Geräusch war zu hören. Kein Geräusch eines Fernsehers, nicht einmal ein Atmen.

Plötzlich überkam ihn der absurde Gedanke, der Mann sei womöglich gar nicht zu Hause. Vielleicht stand der Polizist aus einem anderen Grund vor der Tür und bewachte das Haus, und der Alte lag nach dem Schlag, den er ihm vorgestern Abend verpasst hatte, im Krankenhaus.

Seine Nervosität stieg, als er den Gedanken weiterspann. Was, wenn er sich nicht einmal in der richtigen Wohnung befand? Plötzlich verunsicherte ihn die Anwesenheit des Polizisten vor dem Haus. Wohnte der Mann, der ihn vorgestern Abend beobachtet hatte, als er den Molotowcocktail auf das Dach der Flüchtlingsunterkunft ein paar Straßen weiter geworfen hatte, wirklich hier?

Er wich einige Schritte zurück. Vielleicht war es das Beste, die Wohnung einfach sofort wieder zu verlassen. Darauf zu hoffen, dass sich der alte Kerl nicht mehr an sein Gesicht erinnerte. Dass er der Polizei keine Hinweise liefern konnte, die ihn in Gefahr brachten.

Das plötzliche Klingeln an der Wohnungstür ließ ihn im nächsten Augenblick erstarren. Er fuhr herum und blickte den Flur entlang. Hinter dem Milchglas der Tür erkannte er die Umrisse von zwei Personen.

Ein Gefühl der Panik stieg in ihm auf. Der ganze Körper zitterte, sein Herz schlug so schnell, dass er befürchtete, zu hyperventilieren. Im letzten Moment fing er sich wieder. Er stürmte in Richtung Küche, durch die er die Wohnung betreten hatte. Um ein Haar wäre er gestolpert. Doch schließlich schaffte er es, die Tür hinter sich zuzuziehen, bevor Schritte und ein schnelles Trippeln auf dem Linoleum zu hören waren.

Vorsichtig blinzelte er durch den schmalen Spalt, den die Tür noch offen stand. Keinen Meter entfernt von ihm ging der alte Mann vorbei in Richtung Wohnungstür. Der Mischlingshund klebte förmlich an seinen Beinen. Kurz wandte der Mann ihm das Gesicht zu. Er schreckte zurück. Das Veilchen, das er dem Mann verpasst hatte, war größer, als er geglaubt hatte. Sein Gesicht schimmerte in allen erdenklichen Farben.

Er sollte abhauen. Doch anstatt einfach durch die Terrassentür zu fliehen, verharrte er und legte sein Ohr an die Tür. Es vergingen einige Sekunden, ehe er endlich Stimmen aus dem Flur vernahm.

»Entschuldigen Sie, dass wir noch einmal stören müssen. Wir haben noch eine Frage, die wir Ihnen unbedingt heute stellen müssen.«

Zweifelsohne eine Frauenstimme. Sie klang zurückhaltend und dennoch bestimmt.

»Dürfte ich fragen, wer Sie sind?«

Er erkannte die Stimme des alten Mannes sofort. Weshalb fragte er, wer dort vor ihm stand, wenn der Besuch, bei dem es sich dem Auftreten nach um Kriminalbeamte handelte, offenbar schon einmal hier gewesen war?

»Herr Welslau, wir sind von der Kriminalpolizei. Wir waren bereits hier und haben mit Ihnen darüber gesprochen, was Sie vorgestern Abend beobachtet haben. Der Unbekannte, der die Flüchtlingsunterkunft angezündet hat. Erinnern Sie sich nicht mehr?«

»Woher wissen Sie, was ich vorgestern Abend gemacht habe? Ich kenne Sie überhaupt nicht.«

»Vergiss es«, hörte er eine männliche Stimme sagen. »Das bringt nichts.«

»Ein letzter Versuch«, sagte die Frau. »Sie sagten vorhin, dass der Täter Sie an einen Feuerwehrmann erinnert hat. Wir müssen dringend von Ihnen wissen, woran Sie das erkannt haben. Gibt es außer den Schuhen noch irgendetwas, das ...?«

Die Tür, hinter der er stand, wurde mit einem Mal aufgeschoben. Licht fiel in den Raum hinein. Im nächsten Moment zerrte etwas an seiner Hose. Panisch blickte er an sich hinunter. Der Hund des alten Mannes machte sich an seinem Bein zu schaffen.

Das Knurren des Köters war zum Glück so leise, dass es

auf dem Flur hoffentlich nicht zu hören war. Dennoch war die Gefahr, entdeckt zu werden, zu groß. Ein einziges Bellen würde womöglich schon genügen, und alles wäre vorbei. Er musste dringend etwas unternehmen.

Die Zähne des Hundes rissen immer stärker an seinem Hosenbein. Bei jedem Zuschnappen spürte er einen leichten Schmerz in der Wade. Die spitzen Zähne des Hundes waren nicht groß, aber effektiv.

Vorsichtig ging er in die Knie, seine Hände nach vorne gestreckt. Als sie das Fell des Hundes fast berührten, stoppte er kurz. Auch das Tier hielt inne. Aus dem Knurren wurde ein leises Schnaufen. Als ahnte der Hund bereits, was er mit ihm vorhatte.

Der Griff ins Genick und die ruckartige Drehung des Kopfes um fast hundertachtzig Grad erfolgten so schnell, dass der Hund keine Chance hatte, ein warnendes Bellen abzugeben. Er war auf der Stelle tot.

Kein guter Wachhund, fuhr es ihm durch den Kopf, während er den erschlafften Körper etwas beiseiteschob. Er mochte keine Tiere, aber wenn er doch jemals in die Situation kommen würde, sich einen Hund anschaffen zu müssen, dann sicherlich nicht so einen.

Langsam richtete er sich wieder auf. Gerade als er einen erneuten Blick durch den Spalt werfen wollte, hörte er, dass die Wohnungstür wieder ins Schloss fiel. Erleichtert atmete er durch. Die Polizisten waren verschwunden. Niemand wusste, dass er hier war. Und er konnte sich sicher sein, dass er sich in der richtigen Wohnung befand.

»Donald?«, rief der alte Mann. »Wo bist du? Diese Leute sind weg.« Langsam schlurfte Welslau, wie der Mann offenbar hieß, über den Flur zurück in Richtung Wohnzimmer. Nur wenige Zentimeter an ihm vorbei.

Als er schließlich aus seinem Blickfeld verschwand, umklammerte er mit beiden Händen die Klinke. Er würde die Tür öffnen und auf den Flur stürmen, um Welslau von hinten zu packen.

Im nächsten Moment bewegte sich die Tür. Er schrak zusammen, als er durch den Spalt die Augen des alten Mannes aus nächster Nähe sah.

Sein Herz pochte, während er langsam zur Seite wich und darauf wartete, dass sich die Tür vollständig öffnete.

»Donald, du weißt doch, dass du nicht in die Küche rennen sollst.«

Die Tür ging auf. Er sah, dass der Alte langsam hereinkam. Plötzlich ging das Licht an. Welslau stand in der Tür und blickte ihn aus trüben Augen an. Noch ehe der alte Mann verstand, dass Donald bereits das Zeitliche gesegnet hatte, stürzte er auf ihn zu und legte seinen rechten Arm um Welslaus Hals. Die linke Hand presste er auf seinen Mund.

Er hatte nicht erwartet, dass sich der Alte zur Wehr setzen würde. Doch dass gar keine Reaktion erfolgte, irritierte ihn. Welslau hing in seinem Griff, als hätte er bereits nach wenigen Sekunden das Bewusstsein verloren.

Für einen winzigen Augenblick lockerte er den Griff. Was war mit Welslau los? Hatte er vielleicht einen Infarkt erlitten? Doch dann besann er sich und packte noch fester zu.

Während er die ruckartige Bewegung an dem schon leblosen Körper, der sich wie der einer Gummipuppe anfühlte, vornahm, wartete er vergeblich auf das Geräusch des brechenden Genicks. Eine knappe Minute rüttelte er an Welslau, dann ließ er ab. Er hatte keinen Zweifel mehr daran, dass er tot war.

Langsam glitt der Körper durch seine Arme auf den Boden. Er rollte ihn quer durch den Raum in die Ecke, in der auch der Hund lag.

Er warf einen letzten Blick zurück. Dann schaltete er das Licht wieder aus und verließ das Haus auf demselben Weg, wie er es betreten hatte. Diesmal hatte er es noch eiliger, über die Maschendrahtzäune der Nachbargrundstücke zu klettern. Denn die Tatsache, dass die Polizei ihm mittlerweile näher war, als er geplant hatte, jagte ihm Angst ein.

## KÜCHENPSYCHOLOGIE

»Wenn du auch nur eine Sekunde daran denkst, mich anzumachen, dann solltest du dich nicht wundern, wenn du morgen mit einem blauen Auge aufwachst.«

Winter schmunzelte. Die Vehemenz in Ida-Maries Stimme war echt, und es fiel ihm nicht schwer, sich vorzustellen, wie sie ihre Worte in Taten umsetzen würde.

»Einmal habe ich zu so einem Typen gesagt, er solle es niemals auch nur wagen, mich anzusehen, andernfalls würde ich …« Sie winkte ab.

»Nun sag schon.«

»Glaubst du etwa allen Ernstes, was ich da gerade erzähle?«, fragte Ida-Marie lächelnd. »Denkst du, ich sei jemand, der mit Männern flirtet, um ihnen dann die kalte Schulter zu zeigen?« Sie lehnte sich über den Küchentisch und blickte ihn herausfordernd an.

»Keine Ahnung, ich kenne dich erst seit gestern«, antwortete Winter achselzuckend.

»Ich dachte, du wärst ein brillanter Ermittler, der die Menschen sofort durchschaut. Dann sollte es dir doch nicht schwerfallen, zu merken, was ich sagen will.«

Winter blickte Ida-Marie starr an und versuchte, keine Miene zu verziehen. Das seltsame Gefühl, das er in diesem Moment empfand, begleitete ihn seit Monaten. Diese Mischung aus Schwäche, nicht mehr in jedem Augenblick die richtigen Schlüsse zu ziehen und nicht mehr auf alle Fragen die richtigen Antworten liefern zu können, einerseits und etwas wie Erleichterung andererseits, und zwar aus genau denselben Gründen. Weil er allmählich dem Zwang entkam, der beste Ermittler weit und breit zu sein. Diese Verantwortung, die er im Wesentlichen sich selbst auferlegt hatte, begann er abzulegen und sich Fehler, die er beging, einzugestehen. Ein befreiendes Gefühl, das ihm nach der Sache mit Anna geholfen hatte, einen neuen Lebensabschnitt einzuläuten, in den er gerade erst eingetreten war. Mit der für ihn noch immer surrealen Hoffnung, trotz seiner Vergangenheit irgendwann ein ganz normaler Mensch zu werden.

»Vielleicht hast du die besondere Begabung, schneller zu denken als andere. Vielleicht bist du auch intelligenter als die meisten Menschen«, sagte Ida-Marie. »Vor allem schneller als Kriminalbeamte, sofern du diese überhaupt als Menschen betrachtest. Aber in einer Sache kannst du mir nichts vormachen: Du bist nicht dieser unnahbare Typ, der du möglicherweise gerne wärst. Ich kenne deine Geschichte, habe mir alles bis ins kleinste Detail durchgelesen. Niemand auf dieser Welt könnte das, was du erlebt hast, ohne psychische Auffälligkeiten wegstecken. Da kommt wahrscheinlich einiges bei dir zusammen. Autismus, soziale Inkompetenz, Geltungsbedürfnis …«

»Es reicht«, sagte Winter. »Du willst meine Psychologin sein? In Ordnung. Ich besuche seit zwanzig Jahren keine Therapiesitzung mehr. Wenn du möchtest, kannst du den Job übernehmen. Aber nicht so. Ich will weder Mitleid noch Erklärungen, weshalb ich so bin, wie ich bin. Das, was ich durchgemacht habe, ist ein Teil von mir. Ich will das nicht noch einmal durchleben müssen. Ich will nach vorne blicken und die ganzen dunklen Gedanken hinter mir lassen.«

»Es tut mir leid, das sagen zu müssen, aber es wird nicht funktionieren, wenn du es nicht an dich heranlässt«, sagte Ida-Marie knapp. »Du bist das, was das Leben aus dir gemacht hat. Ich kann dein Schicksal nur zum Teil nachvollziehen, aber auch meine Geschichte ist, vorsichtig gesagt, nicht einfach. Ich sehe, dass du versuchst, alle Erinnerungen zu verdrängen. Aber du vergisst dabei, mit dem Erlebten abzuschließen. In deinem Kopf leben deine Eltern noch immer weiter. Als Über-Ich, als die wichtigste Instanz in deinem Leben. Der Gedanke an sie treibt dich an. Du willst es ihnen recht tun. Dein Ehrgeiz, der beste Ermittler zu sein, hat damit zu tun, dass du allen zeigen willst, dass dir so etwas, was mit deinen Eltern geschehen ist, niemals passieren kann.«

Winter zitterte. Nicht sichtbar, aber in ihm brodelte es. Es war, als habe Ida-Marie mit wenigen Sätzen alle inneren Mauern durchschlagen, die er sich in den vergangenen Jahrzehnten mühsam aufgebaut hatte.

»Wir sollten das Thema wechseln«, sagte er schließlich. »Ich glaube, wir haben Wichtigeres als meine Gemütslage zu bereden.«

»Natürlich. Entschuldige, ich wollte dir nicht zu nahe treten. Aus eigener Erfahrung kann ich dir jedoch sagen, dass du es nicht schaffen wirst, einen Schlussstrich zu ziehen, wenn du nicht –«

»Ich weiß, dass du auch etwas Tragisches erlebt hast«, unterbrach Winter sie erneut. »Aber glaub mir, es lässt sich nicht miteinander vergleichen. Ich war damals acht Jahre alt. Bislang habe ich in meinem Leben noch niemanden getroffen, der auch nur ansatzweise nachvollziehen könnte, was mir widerfahren ist. So viele Kinder, die im Grunde mit ansehen müssen, wie ihre Eltern von skrupellosen Männern erschossen werden, gibt es nun mal nicht.«

»Du solltest dich nicht durch das, was du erlebt hast, zu etwas Besonderem machen«, sagte Ida-Marie. »Es wird dir nicht helfen. Im Gegenteil, es macht dich einsam. Du bist nichts Besonderes, weil deine Eltern tot sind und du ohne sie aufwachsen musstest. Du bist etwas Besonderes, weil du so geworden bist, wie du bist. Weil du trotz aller Ecken und Kanten, die du zweifelsohne hast, ein guter Mensch bist. Natürlich bringt dich nur der Blick nach vorne weiter. Aber das eine funktioniert nicht ohne das andere. Du hast die Sache von damals längst noch nicht aufgearbeitet. Damit meine ich nicht nur den Moment, als es passiert ist, sondern vor allem die Jahre danach. Geh offen damit um, rede mit jemandem über diese Zeit. Gesteh dir ein, wie sehr du gelitten hast. Nur dann kannst du irgendwann mit deiner Vergangenheit abschließen.«

»Psychologiestudium zweites Semester«, sagte Winter. »Was glaubst du eigentlich, wie oft ich diese Weisheiten schon gehört habe? Ich habe keine Lust mehr, immer und immer wieder meine Vergangenheit aufzuarbeiten und mich mit meiner Kindheit und Jugend auseinanderzusetzen. Es macht mich krank, wenn ich daran zurückdenke. Ob ich etwas Besonderes bin oder nicht, vermag ich nicht zu beurteilen, ich weiß nur, dass ich ein anderer Mensch wäre, wenn das damals nicht passiert wäre. Nur lässt sich die Zeit nun mal nicht zurückdrehen. Vielleicht gelingt es mir, ein wenig mehr Normalität zu erlangen. Es gibt keinen besseren Ermittler als mich, aber ich lege mittlerweile nicht mehr so viel Wert darauf, es ständig zu betonen. Das ist vielleicht ein erster Schritt in die richtige Richtung.«

Winter taxierte Ida-Marie und wartete auf eine Reaktion. Es vergingen einige Sekunden, dann atmete sie tief aus und schüttelte nur den Kopf.

»Danke, dass du dir Sorgen um mich machst, obwohl wir uns gar nicht kennen. Aber ich befürchte, ich bin ein hoffnungsloser Fall. Lass uns jetzt lieber über Welslau sprechen. Was hältst du davon, was er gesagt hat?«

»So wie ich das sehe, müssen wir warten, bis es ihm wieder besser geht und er eine brauchbare Aussage zu Protokoll geben kann«, antwortete Ida-Marie.

»Ich befürchte, dass es ihm weder morgen noch nächste Woche besser gehen wird.« Winter kratzte sich nachdenklich am Kopf. »Diese Erinnerungslücken haben nichts mit seinen Verletzungen zu tun. Welslau ist ein alter, verwirrter Mann. So hart es auch klingt, wir können nicht einmal davon ausgehen, dass seine Geschichte überhaupt stimmt.«

»Du meinst, er hat sich das alles nur ausgedacht?«

Winter zuckte mit den Schultern.

»Und die Verletzungen?«

»Könnte es nicht sein, dass er einfach nur gestürzt ist? Vielleicht hatte er Panik, als er das Feuer in der Flüchtlingsunterkunft gesehen hat. Er wollte weglaufen und ist gestürzt.«

»Wie kommst du denn plötzlich auf diese Theorie?«, fragte Ida-Marie überrascht. »Es ist doch ganz normal, dass ein Mann in seinem Alter nach so einem Vorfall unter Schock steht.«

»Das dachte ich im ersten Moment auch. Aber reagiert man nicht anders, wenn man unter Schock steht? In diesem Fall dürfte er gar keine Erinnerungen abrufen können. Zwischendurch schien Welslau meines Erachtens aber bei ganz klarem

Verstand zu sein. Wenn du mich fragst, ein Zeichen dafür, dass er dement ist.«

Winter trank einen Schluck Ingwerwasser, das Ida-Marie ihm eingeschenkt hatte. Dann strich er sich nachdenklich durch die Haare. »Egal, was er zu Protokoll gibt«, fuhr er fort, »wir können uns einfach nicht sicher sein, ob es der Wahrheit entspricht. In einem Moment behauptet er das eine, im nächsten das andere. Alter, Haarfarbe und Kleidung des Täters, alles war bloß geraten. Sein Gehirn scheint voller Löcher zu sein. Schweizer Käse. Leider kann er uns nicht weiterhelfen.«

»Das stimmt so aber nicht ganz, sagte Ida-Marie energisch. »Ich habe ihm zumindest geglaubt, als er behauptet hat, dass er den Mann nicht kennt. Und dass er nicht so gekleidet war wie die Rechten aus seiner Nachbarschaft.«

»Selbst wenn das der Wahrheit entspricht, bringt es uns nicht weiter. Den typischen Nazi, der an seiner Kleidung zu erkennen ist, gibt es doch heute kaum noch. Aber eine konkrete Beschreibung des Täters, die wir für ein Phantombild nutzen könnten, wird er uns nicht liefern. Der einzige Weg, herauszufinden, was hinter den Anschlägen steckt, führt letztendlich über diese Frau, die mich angesprochen hat. Damit wären wir wieder am Anfang von allem.«

Winter griff erneut nach seinem Glas, als Ida-Maries Handy, das auf dem Tisch lag, vibrierte. Sie hatte eine SMS bekommen. Ihr Gesichtsausdruck nach einem kurzen Blick auf das Telefon zeigte ihm, dass es wichtig war. Sie nahm das Handy und las die Nachricht.

»Alles in Ordnung?«, fragte Winter nach einigen Sekunden des Schweigens.

»Andresen weiß Bescheid. Der Kollege vor Welslaus Haus hat offenbar kalte Füße bekommen.«

»War zu erwarten«, antwortete Winter knapp. »Wie wütend ist er?«

»Wütend ist das falsche Wort.« Sie reichte ihm das Handy.

»Ich weiß nicht, ob ich das wirklich lesen will.«

»Lies es.«

Widerwillig senkte Winter seinen Blick und las.

»Gerade gehört, dass du heute Abend bei diesem Welslau gewesen bist. Bin gespannt, was du mir morgen berichten wirst. Allerdings frage ich mich schon, was du dort zu suchen hast. Ach ja, bevor ich es vergesse. Vielleicht habe ich was verpasst, aber arbeitet Winter mittlerweile für uns? Wir sprechen morgen, Gruß Birger.«

»Das ist nicht der Andresen, den ich kenne«, sagte Winter. »Früher wäre er jedem, der hinter seinem Rücken ermittelt, sofort an die Gurgel gesprungen. Aber es passt zu dem, was du mir erzählt hast. Es irritiert mich, dass er darüber nachdenkt, mich in sein Team zu holen.«

»Ich glaube, er hat sich verändert«, sagte Ida-Marie. »In manchen Dingen ist er immer noch der Alte, aber seine Verbissenheit hat er in den vergangenen Monaten abgelegt. Gut möglich, dass seine neue Partnerin damit zu tun hat.«

»Etwa diese Krankenschwester?«, fragte Winter überrascht. »Sind die beiden inzwischen ein Paar?«

»Ich denke schon.«

»Jetzt reden wir schon wieder über Andresen«, sagte Winter. »Kann es eigentlich sein, dass er noch immer eine große Rolle in deinem Leben spielt?«

»Bestimmt nicht so, wie du vielleicht denken magst«, antwortete Ida-Marie. »Aber tatsächlich fühle ich mich auf eine gewisse Art noch verbunden mit ihm. Und ich bin mir sicher, dass er genauso denkt.«

»Auf gewisse Weise sind wir beide mit ihm verbunden«, sagte Winter lächelnd. Er legte ihr Handy wieder zurück auf den Tisch, als es plötzlich erneut vibrierte. Die Nachricht auf dem Display war so kurz, dass er sie lesen konnte, ohne herunterscrollen zu müssen.

»Was ich noch vergessen habe zu erwähnen: Wie du dir sicherlich denken kannst, geht es hier gerade ziemlich rund. Bitte ab sofort keine Aktionen dieser Art mehr. Und schon gar nicht mit Winter. Das Ganze ist nicht unsere Angelegenheit. Verstanden? Schönen Abend noch!«

## WIEDER ALLEIN

Da ist wieder dieses Poltern aus dem Treppenhaus. Es klingt nicht nur bedrohlich. Er weiß augenblicklich, dass es das auch ist.

Mit aller Kraft stemmt er sich gegen die Kinderzimmertür. Aber er ist gerade einmal acht Jahre alt. Wie soll er sich da gegen diese kräftigen, unheimlichen Männer wehren können?

Plötzlich hört er gar nichts mehr. Kein Poltern, kein leises Kratzen an der Tür. Absolute Stille um ihn herum. Tausende Gedanken gehen ihm in diesem Moment durch den Kopf. Vielleicht hat er sich doch geirrt, und es sind gar nicht diese Männer, die in den Wochen zuvor schon ein paarmal hier aufgetaucht sind. Vielleicht sind es lediglich die anderen Kinder aus dem Stockwerk über ihnen.

Ängstlich wagt er einen Blick durch das Schlüsselloch seiner Zimmertür. Er dreht sich sofort wieder weg. Doch dann versteht er, dass sie es tatsächlich sind. Die Männer sind zurück. Und er weiß genau, weshalb sie hier sind. Sie haben es auf seinen Vater abgesehen. Bei den früheren Malen haben sie ihn nur bedroht und einmal sogar ins Gesicht geschlagen, doch heute sehen sie noch viel böser aus. Und sie halten Waffen in den Händen.

Heute wird es nicht mehr bei Drohungen bleiben, fährt es ihm durch den Kopf. Sie werden seinen Vater töten. Erschießen.

Er schließt seine Augen und versucht, sich die Ohren zuzuhalten. Über den nächsten Sekunden hängt in seiner Erinnerung ein seltsamer Schleier. Bis dann die fürchterlichen Geräusche einsetzen. Acht Schüsse erschüttern die Wohnung. Sie sind so laut, dass sein Körper bei jedem einzelnen Knall zusammenzuckt, als gäbe ihm jemand kleine Stromstöße.

Die Schreie seiner Eltern sind so grauenhaft, dass er sie trotz zugehaltener Ohren hören kann. Doch dann verstummen sie plötzlich. Von einer Sekunde auf die andere.

Langsam kriecht er weg von der Tür. Er versteckt sich unter seinem Schreibtisch. Zittert am ganzen Körper. Kauert sich zusammen. Er denkt an schöne Momente mit seinen Eltern. An den letzten Urlaub. An seine Freunde in der Schule.

Als die Polizisten schließlich nach einer gefühlten Ewigkeit kommen und ihn mitnehmen, ist er ganz ruhig. Es fühlt sich an, als habe sein Herz aufgehört zu schlagen. Obwohl er zu klein ist, um zu verstehen, was wirklich passiert, ahnt er, dass sein Leben ab jetzt nicht mehr dasselbe sein wird. Niemand wird ihm jemals helfen können. Von nun an ist er allein. Für immer.

Die Polizisten führen ihn über den Flur aus der Wohnung. Sie wollen ihn beschützen, er soll die grausame Wahrheit nicht sehen. Aber aus dem Augenwinkel erkennt er, was die Männer getan haben. Seine Eltern sind jetzt im Himmel.

»Simon, nun wach schon auf! Du hast einen Alptraum.«

Winter verstand die Worte, nur richtig zuordnen konnte er sie noch nicht. Es vergingen einige Sekunden, in denen er seinen Traum beiseiteschob, um in die Realität zurückzufinden. So wie beinahe jeden Morgen.

Als er seine Augen schließlich öffnete, sah er dicht vor sich Ida-Marie, die sich über ihn gebeugt hatte und an seinen Schultern rüttelte. Etwas zu unsanft stieß er sie von sich.

»Was machst du hier?«, fragte er irritiert. »Weshalb weckst du mich auf?«

»Du hast lauthals um Hilfe gerufen. Sieh dich mal im Spiegel an, du bist nass geschwitzt.«

»Na und?«, reagierte Winter genervt. »Träumst du etwa nie schlecht?«

»Doch, aber ich verdränge nicht. Im Gegenteil, ich spreche mit meinem Psychologen über meine Träume.«

»Jetzt geht das schon wieder los. Ich dachte, ich hätte mich gestern Abend klar genug ausgedrückt. Ich brauche keine klugen Ratschläge.«

»Ging es in deinem Traum um das, was damals passiert ist? Um den Mord an deinen Eltern?«

»Worum denn sonst?« Winter richtete sich auf und wischte sich den Schweiß von seiner Stirn. Sein Rücken schmerzte. Die dünne Matratze, auf der er geschlafen hatte, war so durchgelegen, dass er in der Nacht das Gefühl gehabt hatte, jede einzelne Holzdiele des Fußbodens zu spüren.

»Wie oft hast du denn diesen Alptraum?«, fragte Ida-Marie nach einer Weile. »Etwa jede Nacht?«

»Und wenn schon«, sagte Winter. »Es ist einzig und allein mein Problem. Ich bin wirklich froh, dass du mich momentan bei dir schlafen lässt. Aber es wäre schön, wenn du dich nicht in meine Angelegenheiten einmischen würdest. Ich habe das dreißig Jahre lang mit mir allein ausgetragen und beabsichtige nicht, das zu ändern.«

»Okay, ich habe es verstanden«, sagte Ida-Marie. »Dürfte ich dir dennoch eine letzte Frage stellen?«

»Du darfst sie stellen, ob ich sie beantworte, werden wir dann sehen.«

»Ich weiß, dass die Täter damals nicht gefasst worden sind, obwohl es einige Hinweise gab, aus welchem Milieu sie kamen«, sagte Ida-Marie und versuchte dabei, ihm tief in die Augen zu sehen. »Was mich wirklich interessiert: Hast du nie darüber nachgedacht, nach diesen Männern zu suchen? Ich meine, du bist doch auch Privatermittler geworden, weil du Verbrechen bekämpfen und für Gerechtigkeit sorgen willst. Und dann unternimmst du nichts, um die Mörder deiner Eltern zu finden?«

»Die beste Frage, die du mir bislang gestellt hast«, antwortete Winter und lächelte müde. »Es ist die Frage, die ich mir selbst jeden Tag immer wieder aufs Neue stelle. Seit etwa zwanzig Jahren.«

»Und du hast noch keine Antwort auf diese Frage gefunden?«

»Nein«, antwortete er ehrlich. »An manchen Tagen bin ich fest entschlossen, herauszufinden, wer diese Männer sind und wo ich nach ihnen suchen muss. An anderen will ich einfach nur vergessen. Aber ich weiß, dass es immer unwahrscheinlicher wird, sie zu finden, je mehr Zeit vergeht. Gut möglich, dass einige von ihnen gar nicht mehr am Leben sind.«

»Hast du Angst vor ihnen?«, fragte Ida-Marie. »Dass alles wieder hochkommt, wenn du anfängst zu graben? Ansonsten verstehe ich einfach nicht, warum du die Mörder deiner Eltern nicht zur Rechenschaft ziehen willst. Das bist du ihnen schuldig.«

»Ich kann einfach nicht«, sagte Winter. »Wahrscheinlich hast du recht, ich bin zu feige. Weil ich mich davor fürchte, diesen Gesichtern, die ich damals durch das Schlüsselloch gesehen habe, irgendwann persönlich gegenüberzustehen. Ich habe es versucht, aber es geht nicht.«

»Du musst es aber tun«, drängte Ida-Marie. »Dann würde sich auch jede Psychotherapie erübrigen.«

»Ich war sogar schon einmal so weit, dass ich diesen Typen dicht auf den Fersen war, aber so einfach ist es leider nicht.« Winter ließ sich zurück auf sein Kissen fallen und starrte an die Decke. »Die Männer, die meinen Vater auf dem Gewissen haben, sind vom KGB«, sagte er schließlich. »Mein Vater war offenbar das, was man einen Doppelagenten nennt. Er hat anfangs für die Sowjets gearbeitet und sich später auch von den Amerikanern einbinden lassen. Letztendlich hat er seinen Tod in Kauf genommen, als er sich darauf einließ. Also was soll ich deiner Meinung nach tun? Ernsthaft nach diesen Männern suchen, die damals ihren Job ausgeführt und meine Eltern erschossen haben? Nein, das kann es nicht sein. Und um ehrlich zu sein, diese Männer sind mir im Grunde sogar egal. Ich habe keinen Hass auf sie. Weil ich weiß, dass sie nur ein Teil des Ganzen gewesen sind.«

»Ich habe nicht gewusst, was genau –«

»Schon gut«, unterbrach Winter sie. »Es gibt kaum jemanden, der das weiß. Und die, die es wissen, haben nie darüber geredet. Es wurde einfach totgeschwiegen.«

»Dann tut es mir leid, dass ich mich überhaupt eingemischt habe.«

»Das braucht es nicht«, sagte Winter. »Du liegst mit allem, was du gesagt hast, richtig. Das Problem ist nur, es gibt keine Lösung.« Winter richtete sich wieder auf und rang sich ein Lächeln ab.

»In Ordnung«, sagte Ida-Marie. »Wenn du drüber reden willst, dann sag einfach Bescheid. Ich höre dir zu. Jetzt mache ich uns beiden aber erst einmal Frühstück. Und danach muss ich dringend los. Der Tag wird anstrengend.«

»Allerdings«, sagte Winter. »Nach dem, was Andresen gestern Abend geschrieben hat, habe ich vor dem Einschlafen noch lange darüber nachgedacht, wie wir vorgehen können.«

»Wir?«, fragte Ida-Marie überrascht. »Es wird kein ›Wir‹ mehr geben in dieser Angelegenheit. Birgers Ansage war doch klar und deutlich. Ich werde ihn gleich anrufen und ihm alle Informationen geben, die ich von dir bekommen habe. Sodass bis heute Abend alle Flüchtlingsunterkünfte der Stadt mit zusätzlichem Wachpersonal ausgestattet sein werden. Und was die Ermittlungen im Fall des toten Flüchtlings betrifft, ist die X-Einheit ohnehin nicht zuständig. Kregels Team leitet die Ermittlungen.«

»Weißt du vielleicht trotzdem, ob es da schon Neuigkeiten gibt?«

»Soviel ich weiß, handelt es sich bei dem Toten um einen Syrer, der in der Unterkunft am Volkfestplatz untergebracht war. Es wird geprüft, ob ein Zusammenhang zu den Brandanschlägen bestehen könnte.«

»Das ist vernünftig«, sagte Winter leise.

»So leid es mir tut, Simon«, sagte Ida-Marie, »denn ich habe gerne mit dir zusammengearbeitet, aber an dieser Stelle ist nun Schluss. So wie ich dich einschätze, wirst du wahrscheinlich auf eigene Faust weitermachen. Daran kann und will ich dich nicht hindern.«

Winter nickte, ohne etwas zu sagen. So hatten sie es vereinbart. Und doch war er in diesem Moment enttäuscht. Obwohl sie bei ihren gemeinsamen Ermittlungen nicht den entscheidenden Durchbruch erzielt hatten, würden ihm die beiden vergangenen Tage in Erinnerung bleiben. Er wusste nicht, ob und wann er zuletzt so offen mit jemandem geredet hatte. Nicht einmal gegenüber Molli und ihrer Tochter Anna hatte er derart viel von sich preisgegeben.

»Darf ich hier noch duschen, bevor ich verschwinde?«

»Du sollst nicht verschwinden«, sagte Ida-Marie. »Das eine hat mit dem anderen doch nichts zu tun. Du kannst so lange bleiben, bis du etwas Richtiges gefunden hast. Ich glaube, es wäre allerdings vernünftig, wenn Andresen erst einmal nichts davon erfährt. Irgendwann wird er wahrscheinlich ohnehin dahinterkommen.«

»Er hat dich ganz schön im Griff«, sagte Winter.

»Ach ja? Tatsächlich war es zwischen ihm und mir schon immer genau andersherum.« Ihr Lächeln wirkte seltsam gestellt. Als wäre sie selbst nicht davon überzeugt, was sie sagte. »Ich rufe ihn jetzt an, damit die Kollegen von der Kripo endlich Bescheid wissen.«

»Wirst du ihm sagen, dass du es schon seit zwei Tagen weißt?«

»Hältst du mich tatsächlich für so naiv?«

»Ich wollte es nur erwähnen.« Winter hob entschuldigend seine Hände. »Es wäre wohl besser, wenn niemand davon erfährt.«

»Obwohl mir Andresen ja einiges über dich erzählt hat, wissen wir im Grunde nicht wirklich viel übereinander«, sagte Ida-Marie plötzlich. »Ich hätte nichts dagegen, wenn sich das noch ändert.« Ihre Mundwinkel zuckten kurz, dann verließ sie das kleine Zimmer, in dem Winter geschlafen hatte.

»Du weißt mehr über mich als jeder andere Mensch«, sagte Winter leise. Er ließ sich erneut auf die Matratze zurückfallen und faltete die Hände hinter seinem Kopf.

Er war also wieder auf sich allein gestellt. So wie immer. Zeit seines Lebens war er ein Einzelkämpfer, und er hatte nie etwas anderes gewollt. Und doch wurde ihm bewusst, dass sich die wenigen Beziehungen, die er hatte, veränderten. Dass sie ihn veränderten. Der Tod von Molli und Annas Abschied hatten seine Entscheidung ausgelöst, zurück nach Lübeck zu ziehen. Kalle Hansen, mit dem er bisweilen eng zusammengearbeitet hatte, kämpfte in diesen Stunden um sein Leben. Und schließlich war er sich nicht mehr über das seltsame Verhältnis zu Birger Andresen im Klaren, diese komplizierte Mischung aus gegenseitigem Respekt und totaler Abneigung, die sie seit

Jahren pflegten. Hatte Andresen ernsthaft in Erwägung gezogen, ihn in sein Team zu holen?

Was sollte er davon halten? Für Andresen war er immer ein Krimineller gewesen, ein Aussätziger, mit dem er unter keinen Umständen kooperieren wollte. Und das, weil er nach seiner verkorksten Kindheit und Jugend ein paar Dinge getan hatte, die ohne Zweifel nicht in Ordnung gewesen waren. Oder steckte etwas anderes hinter Andresens Abneigung? Etwas, das er niemals zugeben würde? Sie beide verband wahrscheinlich mehr miteinander, als Winter sich selbst eingestehen wollte. Weil ihm genau dieselben absurden Gedanken durch den Kopf gingen wie diesem Kriminalkommissar. Angetrieben von Neid und Missgunst, dass der jeweils andere sich mit einer erfolgreichen Ermittlung profilierte.

Während Winter noch darüber nachdachte, wie oft er Andresen in schwierigen Situationen geholfen hatte, richtete er sich auf und verließ das Zimmer, um ins Bad zu gehen. Auf dem Flur blieb er stehen, als er plötzlich Ida-Maries Stimme aus der Küche hörte. Sie telefonierte, offenbar mit Andresen. Ihre Stimme klang beunruhigt. Gerade als er versuchte, Wortfetzen aufzuschnappen, beendete sie das Gespräch mit einem knappen »Danke, bin gleich da«.

Im nächsten Moment erschien Ida-Marie ebenfalls auf dem Flur. Als sich ihre Blicke trafen, wusste Winter sofort, dass etwas passiert sein musste.

»Wir haben einen schweren Fehler begangen«, sagte sie mit belegter Stimme. »Welslau wusste offenbar doch mehr, als wir vermutet haben. Jetzt ist er tot.«

# BRÜCKENGEDANKEN

Winter dachte an Amsterdam, während er auf der Fußgängerbrücke stand, die über die Obertrave führte, und auf die mittlerweile durchgehende Eisschicht sah. Er dachte an die Grachten. An die vielen Menschen auf ihren Schlittschuhen. Und diesen süßlichen Geruch, der ihn damals immerzu umgeben hatte.

Er war siebzehn gewesen, als er sich eines Samstagmorgens in einen Zug am Lübecker Hauptbahnhof gesetzt und sich schwarz bis nach Amsterdam durchgeschlagen hatte.

Zwei Wochen lang war er dortgeblieben. Hatte in einer heruntergekommenen Jugendherberge geschlafen und die Tage damit verbracht, von einem Coffeeshop zum nächsten zu ziehen. Es war der Beginn eines völligen Kontrollverlusts gewesen. Er war durch immer heftigere Alkohol- und Drogenexzesse in ein Umfeld geraten, das er heute selbst dann vermied, wenn er sich im Rahmen einer Ermittlung in diesem Milieu umhören musste.

Es hatte eine ganze Zeit lang gedauert, ehe er sich aus eigener Kraft aus diesem Sumpf wieder herausgekämpft hatte. Ausschlaggebend war ein Brief seines Vaters gewesen. Er hatte ihn am Tag seines achtzehnten Geburtstags von der Staatsanwaltschaft überreicht bekommen. Gemeinsam mit einigen anderen persönlichen Dingen seiner Eltern, die nach ihrem Tod aufbewahrt worden waren. Verpackt in drei Umzugskartons.

Damals hatte er die Kisten nicht sofort geöffnet. Die Wut war in dieser Zeit einfach zu groß gewesen. Er hatte nicht verstehen können, wie der Vater sein eigenes Leben, aber auch das seiner Familie durch seine Geschäfte aufs Spiel hatte setzen können. Er hatte zu diesem Zeitpunkt noch nicht die Wahrheit über seinen Vater gekannt. Keine Ahnung gehabt, dass er ein Doppelleben als Spion geführt hatte. Damals war er nur der Mann gewesen, der für sein verpfuschtes Leben verantwortlich war.

Als Winter die Kisten eines Tages doch noch geöffnet und den Brief gefunden hatte, war er gerade kurz davor gewesen, sich Heroin zu spritzen. Der finale Schritt, der ihn restlos kaputt gemacht hätte, war nur ein paar Stunden entfernt gewesen. Die Bestellung bei seinem Dealer hatte er bereits aufgegeben. Er hatte keine Angst gehabt, sich das Zeug in die Adern zu spritzen, der goldene Schuss wäre vielleicht seine einzige Rettung gewesen.

Es war anders gekommen an diesem Tag. Er hatte den Brief aus dem Umschlag gefischt und mit einem Gefühl der Gleichgültigkeit zu lesen begonnen. Er hatte keinerlei Erwartungen gehabt. Das Verhältnis zu seinem Vater war, soweit er sich erinnern konnte, kühl gewesen. Überhaupt war sein Vater jemand gewesen, der nicht viel geredet hatte. Jemand, der die Dinge rational betrachtet hatte, ohne Emotionen zu zeigen.

Doch schon nach den ersten Sätzen war ihm klar gewesen, dass alles ganz anders war. Es waren die schönsten Worte, die je ein Mensch für ihn übriggehabt hatte. In jedem einzelnen Satz hatte sein Vater die Liebe zu ihm zum Ausdruck gebracht. Auf seine ganz eigene Art und Weise. Für seine Verhältnisse wohl sehr emotional und vor allem ehrlich. Er war sich im Klaren darüber gewesen, dass er kein normaler Vater war. Nicht einmal ein guter, wie er schrieb. Aber das Wichtigste, das, was er niemals vergessen sollte, egal, was auch passierte, war die Tatsache, dass er ihn über alles liebte. Mehr als jeden anderen Menschen auf der Welt. Bei den letzten Zeilen hatte Winter Tränen in den Augen gehabt.

Er hatte die Worte damals immer und immer wieder gelesen. Sie waren die Energie, die er gebraucht hatte, um sich aus seiner Lebenskrise zu befreien.

Das Vertrauen, das sein Vater ihm geschenkt hatte, als er im weiteren Verlauf des Briefes davon berichtet hatte, dass er eine Halbschwester namens Ona besaß, hatte ihn glücklich gemacht. Entstanden aus einer kurzen Affäre in der damaligen Sowjetunion, wenige Wochen bevor er seine Mutter kennengelernt hatte. Winter war der Einzige, der davon wissen sollte.

Er atmete tief durch. Vor knapp einem Jahr war er Ona

begegnet. Er war nach Klaipeda gereist, um sie zu sehen und sich davon zu überzeugen, dass es ihr gut ging. Doch anstatt auf sie zuzugehen und ihr zu sagen, dass sie einen Bruder besaß, von dem sie nichts wusste, hatte er sich nicht zu erkennen gegeben.

Plötzlich bewegte sich etwas in seinem Rücken. Er fuhr herum und sah, dass hinter ihm eine Frau mittleren Alters über die Brücke ging. Ihr Mantelkragen reichte bis unter die Nase, die Wollmütze war tief ins Gesicht gezogen. Nur die Augenpartie war zu erkennen. Die vage Hoffnung, dass sie die Frau war, der er vor drei Tagen genau hier begegnet war, zerschlug sich rasch. Sie hatte anders ausgesehen. Nicht nur die Augenpartie, auch die Kleidung.

Eine Mischung aus Enttäuschung und Frustration überkam Winter augenblicklich. Er würde in diesem Fall kapitulieren müssen, obwohl ihm unwohl war bei dem Gedanken an die Katastrophe, die schon in wenigen Stunden auf sie zukommen würde, wenn die Frau mit ihrer Prophezeiung recht gehabt hatte.

Die Frau kannte den Täter persönlich, so viel war sicher. Sie wusste nicht nur, wer er war, sie musste ihm auch nahestehen. Weshalb sonst hatte sie ihm den Namen nicht einfach verraten? Weshalb war sie mit ihren Informationen nicht zur Polizei gegangen und hatte gebeten, den Mann zu stoppen? Letztendlich gab es nur eine Erklärung: Der Täter musste ihr als Mensch so wichtig sein, dass sie ihn auf keinen Fall selbst verraten wollte.

Gut möglich, dass er sogar ein Familienmitglied war, überlegte Winter. Jemand, den sie möglicherweise zwei Jahrzehnte lang gedeckt hatte. Obwohl sie gewusst hatte, dass sie mit einem Zehnfachmörder womöglich sogar in einem Haus gelebt hatte, hatte sie geschwiegen. Die Beschuldigungen gegen die Wismarer und auch Amin Reda hatte sie verfolgt, ohne die Wahrheit zu verraten. Sie hatte sich damit strafbar gemacht.

Winter vermutete, dass die Brandanschläge der vergangenen Wochen ihre Zweifel ausgelöst hatten. Die Befürchtung, dass der Mensch, über den sie so lange Zeit schützend die Hand gelegt hatte, erneut zum Mörder werden konnte, hatte sie letztlich dazu bewegt, zu handeln.

Da es ihm nicht gelungen war, ihre Identität gemeinsam mit Ida-Marie zu klären, musste er sich noch einmal mit der Frage beschäftigen, woher sie seinen Namen hatte. Wer hatte ihr gesagt, dass nur er in der Lage war, herauszufinden, wer den Brand vor zwanzig Jahren gelegt hatte, ohne dass sie sich verriet?

Winter blickte auf sein Handy. Es war kurz vor fünfzehn Uhr. Noch war es hell. Doch schon in Kürze würde die Dämmerung einsetzen, die Nacht auf den 18. Januar 2016 stand bevor. Es blieben ihm nur noch ein paar Stunden, um den Mann zu stoppen. Auch wenn er in diesem Moment noch immer keine Ahnung hatte, wie ihm das gelingen sollte.

## BLOCK P

»Was wollen Sie denn schon wieder hier?« Angela Brüning schob die Tür, die sie gerade erst geöffnet hatte, wieder ein Stück zu und sah ihn nur durch einen schmalen Spalt an.

Winter musterte sie und erkannte am Zucken ihres rechten Augenlids, dass sie nervös war.

»Keine Sorge, ich bin nicht Ihretwegen hier«, sagte er schließlich. »Was und mit wem Sie es treiben, ist mir im Grunde vollkommen egal. Wobei ich mich damals, wenn ich mich richtig erinnere, ziemlich eindeutig ausgedrückt habe. Sie sollten Freddie verlassen und ihn für immer in Ruhe lassen.«

»Sie verstehen das einfach nicht«, sagte Angela. »Ich liebe ihn. Wir sind glücklich miteinander. Wir waren auch damals glücklich, wenn Sie nicht Ihre Nase in Dinge gesteckt hätten, die Sie nichts angehen.«

»Was reden Sie denn da?«, fragte Winter aufgebracht. »Freddie hat mich damals beauftragt, Sie zu observieren. Ich habe kein Problem damit, zu sagen, dass er eine Frau wie Sie einfach nicht verdient hat.«

»Sie glauben also tatsächlich, dass Freddie ein Heiliger ist?«, fragte Angela Brüning entrüstet. »Dass er nicht selbst auch Dinge getan hat, die mich verletzt haben? Tut mir leid, aber falls dem so ist, wissen Sie wirklich gar nichts über uns. Freddie und ich sind quitt miteinander, und genau deshalb sind wir auch noch immer ein Paar.«

»Und Sie sind sich sicher, dass Freddie genauso darüber denken würde, wenn ich ihm sage, was ich damals gesehen habe?«

»Ich weiß es«, antwortete Angela Brüning trotzig. Sie grinste ihn an und öffnete die Tür so weit, dass er sie in Gänze betrachten konnte. Sie trug einen kurzen Satinbademantel. Lasziv streckte sie ihr rechtes Bein hervor. Für einige Sekunden wusste Winter nicht, wohin er blicken sollte. Angela war zwar um die fünfzig, doch ihr Körper sah tatsächlich noch immer aus wie der einer Dreißigjährigen.

»Nervös?«

»Nicht mehr als Sie«, antwortete Winter. »Aber vielleicht hören wir auf mit diesen Spielchen. Ist Ihr Mann da?«

»Natürlich bin ich da.« Aus dem Hintergrund drängte sich Freddie an Angela vorbei und postierte sich im nächsten Augenblick vor Winter. Von dem gemütlich und gutmütig wirkenden Mann war in diesem Moment nur noch wenig übrig. Wie ein grimmiger alter Seemann sah er aus. Er schien wütend zu sein.

»Warum sind Sie schon wieder hier?«, fragte er argwöhnisch. »Ich habe kein Interesse daran, dass Sie in diesen alten Sachen herumwühlen und mich ständig belästigen.«

»Tut mir leid, dass ich nicht lockerlasse«, sagte Winter. »Aber wir versuchen noch immer herauszufinden, was damals passiert ist, um mögliche Verbindungen zu den aktuellen Anschlägen zu überprüfen.«

»Ich habe Ihnen alles gesagt, was ich weiß. Hier sind Sie falsch.«

»Weshalb reagieren Sie plötzlich so schroff? Ich hoffe, es hat nichts mit Ihrer Frau zu tun.«

»Was soll das denn jetzt?«, fragte Freddie überrascht. »Wie kommen Sie darauf, dass Angela etwas damit zu tun hat?«

Winter fixierte den ehemaligen Feuerwehrmann. Hatte seine Frau ihm ihre Affären und seltsamen Vorlieben etwa gebeichtet?

»Sie kennen die Feuerwehrleute Lübecks wie kein anderer«, sagte er schließlich. »Können Sie sich vorstellen, dass einer von ihnen die Anschläge auf die Flüchtlingsunterkünfte in den vergangenen Wochen begangen hat?«

»Wie kommen Sie denn darauf?«

»Ich kann Ihnen keine Details nennen, aber es gibt Hinweise, dass der Brandstifter womöglich aus Ihren Reihen kommt«, antwortete Winter. »Wir gehen zumindest Hinweisen nach, die in diese Richtung deuten.«

»Was soll eigentlich dieses ›Wir‹?«, fragte Freddie. »Ich habe mich nämlich etwas schlaugemacht. Und ich weiß, dass Sie nicht mit der Kripo zusammenarbeiten. Warum sind Sie also wirklich hier?«

»Es ist ganz einfach«, sagte Winter. »In ein paar Stunden wird es höchstwahrscheinlich einen ähnlichen Anschlag wie vor zwanzig Jahren geben, und ich versuche alles, um zu verhindern, dass es dazu kommt. Wenn Sie also irgendeine Vermutung haben, wäre es jetzt an der Zeit, diese zu äußern. Denken Sie bitte noch einmal ganz genau nach: Gibt es vielleicht irgendeinen Kollegen, von dem Sie sich vorstellen könnten, dass er zu so etwas fähig wäre?«

Freddies Mundwinkel zuckten kurz, dann atmete er tief durch. »Sie denken also ernsthaft, dass jemand, der sein Leben für das anderer riskiert, dazu fähig wäre, ein Asylbewerberheim anzustecken?«

Seine Stimme bebte, während er sich nervös durch den Bart fuhr. »Ich sage Ihnen jetzt mal etwas und gebe Ihnen den Rat, gut zuzuhören. Ich habe fünfundvierzig Jahre als Feuerwehrmann gearbeitet. Mein Bruder arbeitet seit mehr als dreißig Jahren als Sozialarbeiter für die Stadt, und mein Neffe ist seit einigen Jahren ebenfalls Feuerwehrmann. Niemand von uns käme auch nur im Entferntesten auf den Gedanken, dass einer unserer Kollegen zu solch einer unfassbaren Tat fähig wäre. Ich lege meine Hand dafür ins Feuer, dass es keiner von uns gewesen ist und niemand Derartiges im Sinn hat. Haben Sie das verstanden?«

Er trat einen Schritt auf Winter zu und sah ihn abschätzig an. »Ich denke, damit wäre alles zu dem Thema gesagt. Wenn Sie schon meinen, auf eigene Faust ermitteln zu müssen, dann hören Sie sich bei irgendwelchen fremdenfeindlichen Gruppierungen um. Davon gibt es ja leider genug in unserer Stadt.«

»Das werde ich tun«, sagte Winter. »Trotzdem danke, dass Sie sich noch einmal die Zeit genommen haben, mit mir zu reden.« Er reichte Freddie die Hand und wandte sich von ihm ab. Als er sich bereits einige Meter vom Haus der Brünings entfernt hatte, drehte er sich noch einmal zu Freddie um. »Sie hatten damals recht«, sagte er.

»Was meinen Sie jetzt schon wieder?«

»Sie wissen genau, wovon ich rede«, sagte Winter. »Ich werde Ihnen das Geld, das Sie mir gezahlt haben, zurückgeben. Ich habe meinen Job zwar erledigt, aber Ihnen nie gesagt, was ich tatsächlich über Ihre Frau herausgefunden habe. Ich habe meinen Job also nicht erfüllt. Es tut mir wirklich leid für Sie. Passen Sie einfach auf, dass es nicht wieder passiert.« Winter nickte. Dann wandte er sich endgültig ab.

Es gab nicht viele Orte in Lübeck, an denen sich Winter unwohl fühlte, doch der Häuserblock auf Marli, vor dem er gerade stand und wartete, jagte ihm schon einen kalten Schauer über den Rücken, obwohl er noch nie einen Fuß in eines der großen Häuser gesetzt hatte. Es genügte der pure Gedanke an diese Typen.

Das Gebäude war gemeinhin als Block P bekannt. Ein Problemviertel. Stadtbekannte Rechtsradikale, die alle auf derselben Etage dieses Blocks wohnten, sofern sie nicht gerade in der nur einen Steinwurf entfernten Justizvollzugsanstalt Lauerhof einsaßen.

Obwohl er sich innerlich sträubte, wollte Winter die letzte Chance nutzen, die er noch sah. Sofern die Anschläge der vergangenen Wochen einen fremdenfeindlichen Hintergrund hatten, war es zumindest nicht unwahrscheinlich, dass der oder die Täter in Verbindung zu den Personen standen, die in diesem Komplex lebten.

Soweit er wusste, gab es keinerlei Verbindungen zwischen den Leuten hier und den Wismarern, die vor zwanzig Jahren unter Verdacht gestanden hatten. Trotzdem waren einige der Bewohner in den letzten Jahren mehrfach durch eindeutig fremdenfeindliche Parolen und Schmierereien an Gebäuden aufgefallen. Einige von ihnen auch durch gewalttätige Übergriffe auf Ausländer.

Winter wunderte sich, dass es hier nach allem, was an Informationen mittlerweile vorlag, noch keine Polizeipräsenz gab. Die Kripo hätte zumindest in Erwägung ziehen müssen, dass der oder die Täter aus diesem Problembereich der Stadt stammten.

Mit ein paar von ihnen hatte Winter vor einigen Jahren im Rahmen einer Ermittlung zu tun gehabt. Damals ging es um einen Überfall auf einen türkischen Friseur, der bei dem Angriff schwer verletzt worden war. Er hatte alles versucht, um nicht preiszugeben, wer sein Mandant war. Hatte sogar optisch dafür gesorgt, einer von ihnen zu sein, indem er sich die Haare abrasiert und entsprechende Szenekleidung zugelegt hatte. Und doch war es unmöglich gewesen, den Männern irgendeine brauchbare Information zu entlocken.

Das Ganze war irgendwann eskaliert. Sie waren dahintergekommen, dass er nicht zu ihnen gehörte. Und ihren anfänglichen Drohungen hatten sie schließlich Taten folgen lassen, indem sie ihm aufgelauert und die Nase gebrochen hatten. Sie hatten es nicht dabei belassen wollen und ihm weitere Konsequenzen angedroht, falls er nicht aufhören würde, herumzuschnüffeln.

Winter hatte schließlich klein beigegeben und sich eine andere Quelle gesucht, die ihm geholfen hatte, die nötigen Infos zu beschaffen. Wenigstens ein paar von ihnen hatte es am Ende erwischt. Er war dafür verantwortlich, dass sie noch immer und hoffentlich auch noch für einige Zeit hinter Gittern saßen.

Obwohl er schon so einige Male in ernste Schwierigkeiten geraten war und selbst Schießereien mit den Bandidos erlebt hatte, waren die Gestalten in diesem Wohnblock das Furchteinflößendste gewesen, das er in seiner Zeit als Privatermittler erlebt hatte. Die Aggressivität, mit der sie ihm begegnet waren, war derart massiv gewesen, dass er in den Wochen nach der Verhaftung der Männer nachts kaum ein Auge zugemacht hatte, weil er die Rache Gleichgesinnter fürchtete. Doch er war davongekommen. Bis heute mit einem mulmigen Gefühl.

Nichts lag ihm also ferner, als die Tür zum Treppenhaus dieses Gebäudes aufzustoßen und das heruntergekommen wirkende Haus zu betreten. Deshalb wartete er hier bei minus acht Grad, wie das Thermometer an der Apotheke am Kaufhof angezeigt hatte. In der vagen Hoffnung, dass die Frau, die er suchte, vielleicht hier anzutreffen war. Dass sie hier lebte und verhindern wollte, dass jemand, der ihr nahestand, etwas tat, das sie offenbar verhindern wollte.

»Was stehen Sie hier rum und glotzen so?«

Winter fuhr herum und blickte einem Mann um die fünfzig in die Augen. Er brauchte ein paar Sekunden, doch dann verstand er, wer der Mann war. Es handelte sich um Axel Brauner. Er war der Vater eines der Typen, gegen den er damals ausgesagt hatte. Till war sein Name. Bei ihm war der Nachname Programm gewesen.

Winter musterte den Mann. Sein grobporiges Gesicht und die gelb schimmernden Augen zeugten von jahrzehntelangem Alkoholkonsum. Mit der verschlissenen Jeansjacke über dem Kapuzenpulli wirkte der Mann wie ein Relikt der achtziger Jahre. Winter schien es nicht abwegig, dass der Mann seit seiner Jugend nie etwas anderes getragen hatte.

»Kann es sein, dass wir uns kennen?«, fragte er mit ruhiger Stimme.

»Allerdings«, sagte Axel Brauner. »Mutig, dass Sie sich hierhertrauen. Mein Sohn ist seit ein paar Monaten wieder draußen. Ein kurzer Anruf bei ihm und er ist in zehn Sekunden hier unten. Dann können Sie wohl für immer einpacken.«

»Daran habe ich keinen Zweifel«, sagte Winter. »Aber ich bin nicht hier, um die alten Geschichten aufzuwärmen.«

»Sondern?«

»Ich bin auf der Suche nach einer Frau, die mich vor ein paar Tagen angesprochen hat. Ich muss dringend mit ihr reden.«

»Eine Frau?«, fragte Axel Brauner argwöhnisch. »Und was wollen Sie dann hier?«

»Ich habe die Hoffnung, sie hier zu finden.«

»Tatsächlich?« Axel Brauner zog die Augenbraue hoch und kam einen Schritt näher. »Und wer bitte schön soll diese Frau sein?«

»Das weiß ich leider nicht«, antwortete Winter achselzuckend. »Sie hat ihren Namen nicht verraten.«

»Sie wollen mich also verarschen«, sagte Axel Brauner, während er an seinem rechten Ohrläppchen zupfte. »Haben Sie diese Frau etwa gebumst? Oder sind Sie doch nur hier, weil Sie

Ihre dreckige Nase mal wieder in Dinge reinstecken wollen, die Sie einen Scheißdreck angehen?«

»Beides nicht so ganz«, entgegnete Winter. Er lächelte unsicher und wich einen Schritt zurück. »Es geht darum, dass diese Frau offenbar etwas weiß, das sehr wichtig ist.«

»Wichtig für wen?« Axel Brauners Frage klang wie ein Zischen.

»Dazu kann ich nichts sagen«, antwortete Winter. »Hören Sie, mir ist schon klar, was Sie von mir halten. Trotzdem würde ich Ihnen gerne eine Frage stellen.«

Axel Brauner sah Winter weiterhin mit durchdringendem Blick an, sagte jedoch nichts.

»Es geht um die Anschläge auf die Flüchtlingsunterkünfte in den vergangenen Wochen. Ich habe gehört, dass ein weiterer Anschlag in Planung ist und diesmal Menschen sterben sollen.«

»Was soll der Mist?«, stieß Axel Brauner aus. »Lange höre ich mir diesen Scheiß nicht mehr an. Sie leben wirklich gefährlich.«

»Das weiß ich«, sagte Winter unbeeindruckt. »Genau wie ich weiß, dass Ihr Sohn und seine Kumpels aus dem Block P hinter diesen feigen Anschlägen stecken könnten.«

»Sie kleines Arschloch.« Axel Brauner lächelte schräg und rückte so nah an Winter heran, dass der dessen schlechten Atem roch. »Diesmal werden Sie dafür bezahlen, wenn Sie meinem Sohn ans Bein pissen wollen. Was hat diese Frau gesagt, dass Sie hier auftauchen und herumschnüffeln?«

»Wie gesagt, sie war nur der Auslöser dafür, dass ich mich mit dieser Sache beschäftige«, antwortete Winter und trat erneut einen Schritt zurück. »Und da offenbar eine neue Welle von Fremdenhass Lübeck überspült, dürfte es Sie nicht überraschen, dass die Bewohner aus Block P unter Verdacht stehen. Mich wundert, dass die Kripo nicht schon längst hier ist.«

»Die Bullen sind wegen dieser Sache schon ein paarmal hier gewesen«, antwortete Axel Brauner, noch immer mit einem Grinsen auf den Lippen. »Aber sie müssen immer wieder abziehen. Und wissen Sie, warum? Niemand in diesem Block, und schon gar nicht mein Sohn, hat irgendetwas mit diesen

Anschlägen zu tun. Verstehen Sie das? Wir lassen uns nicht länger für jeden Dreck, der passiert, verantwortlich machen.«

»Ja, ich verstehe.« Winter nickte. »Würden Sie es jetzt tun?«

»Was?«

»Ihren Sohn anrufen und ihn bitten, herunterzukommen.«

»Ist das Ihr Ernst? Till wird Ihnen die Fresse polieren, dass Sie in den nächsten Wochen weder sehen, riechen noch hören können. Ich glaube nicht, dass Sie das wirklich wollen.«

»Rufen Sie ihn an.«

»Sie spinnen.« Axel Brauner zog sein Handy aus der Jeansjacke und tippte einige Sekunden lang auf dem Display herum.

»Was machen Sie da?«, fragte Winter.

»Ich schreibe Till, dass er heute auf seine Runde mit den Hunden verzichten soll. Es ist viel zu kalt.«

»Was soll das?«

»Was das soll? Können Sie sich das nicht denken?« Axel Brauner schüttelte den Kopf und kniff seine Augen zusammen. »Mein Sohn saß wegen Ihnen mehr als ein Jahr lang im Bau. Ich weiß, wie er drauf ist. Sobald er Sie sieht, prügelt er Sie wahrscheinlich zu Tode. Aber Till ist mein einziges Kind, und ich hab keinen Bock drauf, dass er noch einmal in den Knast geht. Nicht wegen Ihnen, nicht für so einen Hobbydetektiv. Verpissen Sie sich jetzt also einfach von hier. Sie finden hier niemanden, der Häuser anzündet und sich darüber freut, dass Menschen verrecken. Wir klären die Dinge immer von Angesicht zu Angesicht.«

»Ich glaube Ihnen«, sagte Winter. »Sie haben Angst um Ihren Sohn, weil Sie wissen, dass er eine tickende Zeitbombe ist. Genau wie diese Typen, die damals den Brand in der Hafenstraße 52 gelegt haben.«

»Sie wissen doch überhaupt nichts darüber«, entgegnete Axel Brauner scharf. »Weder über Till noch über Gudokeit und die anderen. Und ich bin mir auch absolut sicher, dass Sie niemals herausfinden werden, was damals wirklich passiert ist.«

Aus dem Augenwinkel erkannte Winter, dass sich die Eingangstür zum Block P plötzlich bewegte. Er stand etwa fünfzig

Meter entfernt, doch er wusste sofort, wer der Mann war, der im nächsten Moment aus dem Haus trat. An seiner Seite zwei Hunde, die wie Staffordshire Bullterrier aussahen. Sie trugen keine Maulkörbe.

»Was haben Sie ihm geschrieben?«, fragte er leise, während er seinen Herzschlag unter der Brust mit einem Mal spürte. Sein Gegenüber hob entschuldigend die Hände, doch das leichte Grinsen Axel Brauners entging ihm nicht.

»Haben Sie ernsthaft geglaubt, Sie kommen heil aus dieser Nummer raus? Nach allem, was passiert ist, wird mein Sohn Sie gleich erledigen.«

Winters Blick wanderte zwischen Vater und Sohn hin und her. Till Brauner kam immer näher, sie trennten nur noch zwanzig Meter voneinander. Wenn er die Hunde losließ, würden sie ihn auf der Stelle zerfleischen.

»Mein Sohn hätte Sie sich eines Tages ohnehin vorgeknöpft, aber dass Sie so dumm sind, hier aufzutauchen, hätte ich Ihnen nicht zugetraut. Nun bekommen Sie, was Sie verdient haben.«

Winter überkam eine seltsame Mischung aus totaler Panik und völliger Lethargie. Was, wenn er es einfach über sich ergehen ließ? Er würde bis zur Besinnungslosigkeit zusammengeschlagen werden, und die Hunde würden ihn so lange beißen, bis er genug Blut verloren hätte, dass sein Leben nicht mehr zu retten wäre. Wenn danach das eintrat, worauf er insgeheim hoffte, würde er nach etwas mehr als dreißig Jahren endlich wieder mit seinen Eltern vereint sein.

Nur noch zehn Meter. Das Knurren und Zähnefletschen der Hunde klang in seinen Ohren wie der Vorhof zur Hölle. Nein, er wollte noch nicht sterben. Und schon gar nicht auf diese Weise.

»Wir sehen uns wieder«, rief er in Richtung Axel Brauner. Dann wandte er sich um und lief los. Quer über eine Grünfläche bis vor zur Straße. Das Bellen der Hunde, das unmittelbar, nachdem er losgerannt war, eingesetzt hatte, ließ das Adrenalin immer schneller durch seine Adern pumpen. Die Panik, die er verspürte, trieb ihn jetzt an. Winter lief so schnell, dass er alles um sich herum vergaß. Die hupenden

Autos, als er einfach auf die Straße stürmte. Den Radfahrer, den er so heftig anrempelte, dass er zur Seite auf den Asphalt fiel. Selbst den plötzlich aufkommenden Schneefall, der ihm ins Gesicht trieb, spürte er nicht. Winter war im Tunnel. Er rannte um sein Leben.

Als er wieder zur Besinnung kam und ihm klar wurde, dass das Hundegebell nicht mehr zu hören war, stoppte er abrupt ab und ging erschöpft in die Knie. Er schloss die Augen und atmete eine Weile tief ein und aus. Dann richtete er sich wieder auf und bemerkte erst jetzt, wie weit er gelaufen war. Der Lärm der Autos, die sich auf der Schlutuper Straße an ihm vorbeischoben, klang in diesem Moment beruhigend.

Er ging weiter die Straße hinab in Richtung Kaufhof, vorbei an den Bäckereien, Drogerien und Imbissläden, und versuchte sich klarzumachen, dass er davongekommen war. Obwohl er sich mit dem Tod bereits angefreundet hatte. Er hatte ihn gewissermaßen sogar herausgefordert, als er Axel Brauner gebeten hatte, seinen Sohn anzurufen.

So lange Winter zurückdenken konnte, war er Risiken eingegangen. Nicht selten hatte er Dinge getan, an die andere Ermittler nicht einmal Gedanken verschwendeten. Aussichtslose und riskante Fälle, bei denen er sein Leben aufs Spiel gesetzt hatte. Und doch hatte er immer genau gewusst, was er tat. Wie weit er gehen durfte, was er für sich selbst und auch für Dritte verantworten konnte. Er hatte nie die Kontrolle über seine Handlungen verloren und war immer Herr der Lage gewesen.

Doch diesmal hatte er nicht nachgedacht. Die Konsequenzen seines Handelns waren ihm egal gewesen, obwohl ihm die Gefahr, die von Till Brauner ausging, bewusst gewesen war. Ein unkalkulierbares Risiko, nur um ihn zu konfrontieren. Im entscheidenden Moment hatte sich jedoch sein Überlebenswille zu Wort gemeldet. Er war so schnell gerannt, dass nicht einmal die Hunde hinterhergekommen waren.

Wieder blieb er stehen. So unangenehm Axel Brauner auch war, war sich Winter nach dem Gespräch mit ihm sicher, dass niemand aus dem Block P etwas mit den Anschlägen zu tun hatte. Es stimmte, dass sie ihre Angelegenheiten von Angesicht zu Angesicht regelten. Feige Anschläge auf Flüchtlingsunterkünfte traute er Till Brauner und seinen Kumpels aus Block P nicht zu. Sie würden sich eher offen damit brüsten, Ausländer überfallen oder fremdenfeindliche Parolen an Hauswände geschmiert zu haben.

Eine letzte Hoffnung blieb ihm noch. Der Gedanke daran war ihm gekommen, als er vor dem Gebäudekomplex gewartet hatte. Es konnte im Grunde keine andere Antwort auf die Frage, wie die Frau auf der Liebesbrücke auf ihn gekommen war, geben, als dass Kalle Hansen etwas damit zu tun hatte. Auch wenn Hansen sich nicht daran erinnern konnte, musste er derjenige gewesen sein, der seinen Namen an die Frau weitergegeben hatte. Egal, wie schlecht es Hansen in diesen Stunden ging, er musste so schnell wie möglich noch einmal mit ihm sprechen.

Ein lautes Motorengeräusch drang an seine Ohren. Winter sah sich um. Ein tiefergelegter BMW kam mit hoher Geschwindigkeit näher und bremste im nächsten Moment stark ab. Irgendetwas stimmte nicht. Winter zögerte keinen Moment und rannte in den Blumenladen, vor dem er gerade stand. Sekunden später zersplitterten die Schaufensterscheiben, während er sich auf den Boden warf und förmlich spürte, wie die Kugeln über seinen Körper jagten. Als die Sekunden des Kugelhagels, die ihm wie Minuten vorkamen, vorbei waren, richtete er sich auf und wandte seinen Blick nach draußen. Er erkannte Tarik Faour in dem BMW, der mit quietschenden Reifen davonfuhr. Und ein paar seiner Landsleute, bewaffnet mit Schnellfeuerwaffen. Sie hatten aus dem Fahrzeug heraus auf ihn geschossen.

Winter ließ seinen Blick durch den Blumenladen schweifen. Wie durch ein Wunder hatten die Libanesen niemanden getroffen. Weder die beiden Mitarbeiterinnen noch die panische Kundin, die sich hinter einer Säule in der Mitte des Ladens in Sicherheit gebracht hatte. Winter war unschlüssig. Er wollte den Frauen helfen, sich davon überzeugen, dass tatsächlich alles in Ordnung mit ihnen war. Doch ihm war klar, dass es ein Fehler wäre, auch nur eine Sekunde länger hierzubleiben.

Er richtete sich auf und rannte aus dem Blumenladen, ohne sich noch einmal umzusehen. So wie er Faour und Till Brauner kennengelernt hatte, hatte er keinerlei Zweifel, dass er ab jetzt gleich auf zwei Todeslisten ganz oben stand.

## KUNDENBEFRAGUNG

Alles andere auszublenden, so wie er es sich vorgenommen hatte, scheiterte bereits in dem Moment, in dem er das Krankenzimmer betrat. Kalle Hansen in diesem Zustand sehen zu müssen, ließ ihn einfach nicht kalt. Noch immer war es für ihn unvorstellbar, dass es den Big Guy, so wie er ihn gekannt hatte, nicht mehr gab. Hansen kämpfte mit letzter Kraft.

»Wenn du hier lebend herauskommst, tun wir uns zusammen«, sagte Winter, während er sich auf die Bettkante setzte. »So verschieden wir beide auch sind, ich glaube, dass genau das auch unsere Stärke ist.«

»Wenn ich hier rauskomme, gehen wir erst mal ins Buthmanns und trinken einen«, antwortete Hansen mit einem gequälten Lächeln auf den Lippen. »Im Moment interessiert mich das alles aber nicht.«

»Natürlich«, sagte Winter. »Ich will dir nur sagen, dass ich keinen Zweifel daran habe, dass du das hier schaffst.«

»Leider stehst du mit dieser Meinung ziemlich allein da. Realistisch betrachtet gibt es mich in ein paar Wochen nicht mehr.«

»Schwachsinn«, fuhr Winter auf. »Wie kommst du denn darauf?«

»Die Ärzte nehmen kein Blatt vor den Mund. Sie sagen, dass es selbst dann schlecht um mich steht, wenn die Operation, die mich in den nächsten Tagen erwartet, gut verläuft und der Blasenkrebs verschwindet.«

»Metastasen?«

»Die Wahrscheinlichkeit ist groß.«

»Was ist denn seit meinem letzten Besuch mit dir passiert? Du warst doch optimistisch, dass alles gut ausgeht.«

Hansen verzog sein Gesicht, aber ein Lächeln wollte ihm kaum gelingen. Winter musste an das laute Lachen denken, das Hansen früher in manchen Momenten von sich gegeben hatte. Ein lautes Grunzen quer durch das Buthmanns. Schwer vorstellbar, dass das derselbe Mann gewesen war. Das Doppelkinn, das sich früher in Wellen vor- und zurückbewegt hatte, wenn Hansen lachte und gleichzeitig sein Bier in einem Zug hinunterkippte, war vollständig verschwunden. Von seinem dicken Bauch zeichneten sich unter der Bettdecke allenfalls noch überschüssige Hautlappen ab. Je länger er ihn ansah, desto mehr befürchtete er, dass es wirklich keine Rettung mehr für Hansen gab.

»Weshalb lachst du?«, fragte Winter.

»Ich kann mich nicht an viele Momente erinnern, in denen es mir gelungen ist, dir etwas vorzumachen. Du bist der beste Ermittler, den ich je kennengelernt habe. Und glaub mir, ich habe mit so manchem Kollegen zu tun gehabt. Doch als du das letzte Mal hier warst, hast du es nicht verstanden. Um es kurz zu machen: Mir geht es einfach scheiße. Ich kämpfe nicht mehr, ich habe aufgegeben. Sieh mich an, das bin nicht mehr ich. Kalle Hansen ist bereits gestorben, der letzte Rest seiner Hülle vegetiert vielleicht noch ein paar Tage oder Wochen vor sich hin.«

»Ich will weder Zweckoptimismus von dir hören noch dieses jämmerliche Gerede, als wäre dein Todesurteil bereits gesprochen. Benimm dich so, wie der Kalle Hansen, den ich kenne, es in dieser Situation tun würde. Wenn du wirklich sterben musst, dann ja wohl nicht auf diese Weise. Hier in diesem Bett, vergessen von allen, denen du etwas bedeutest.«

»Wer soll das sein?«, fragte Hansen. »In dieser Hinsicht sind Andresen, du und ich uns ziemlich ähnlich. Wir haben keine Freunde. Zumindest nicht solche, wie andere sie haben. Wir sind Einzelgänger. Meistens kommen wir damit gut klar, doch wenn es uns schlecht geht, merken wir, dass uns etwas Wichtiges fehlt. Ein Mensch an unserer Seite. Oder einfach nur Freunde.«

»Wir sind so, weil wir nicht anders können. Ich glaube, alles andere würde bei uns nicht funktionieren. Wir brauchen keine engen Freundschaften.«

»Du hast gut reden«, sagte Hansen. »Ob du das im Angesicht des Todes auch so sagen würdest?«

»Ich habe dem Tod weitaus öfter ins Auge gesehen als du«, entgegnete Winter lauter als beabsichtigt. »Es gab Momente, in denen ich nicht mehr weiterleben wollte. Aber irgendwie habe ich es immer wieder geschafft, mich aus dem Sumpf zu ziehen. Man muss einfach weitermachen und die Dämonen hinter sich lassen. Verstehst du eigentlich, was ich dir sagen will? Du kannst nicht hier liegen und einfach so den Löffel abgeben.«

»Wahrscheinlich würde ich genauso daherquatschen, wenn ich du wäre«, sagte Hansen und schüttelte den Kopf. »Du musst mir gut zureden, immerhin habe ich dir in den letzten Jahren den ein oder anderen guten Job vermittelt. Klar hast du Angst, dass ich dir als Einnahmequelle verloren gehe.«

»So gefällst du mir schon viel besser«, sagte Winter. »Sieh zu, dass du wieder auf die Beine kommst. Ohne Kalle Hansen wäre nicht nur das Buthmanns ein seelenloser Ort.«

»Ich glaube, ich verstehe allmählich, weshalb du hier bist«, sagte Hansen. »Dir geht es gar nicht um mich.«

»Ich hoffe, du weißt, dass es nicht so ist.« Winter blickte Hansen tief in die Augen. »Ganz unrecht hast du trotzdem nicht. Ich brauche tatsächlich deine Hilfe. Es geht noch immer um die Sache mit dieser Frau, von der ich dir neulich erzählt habe. Ich habe leider absolut keine Ahnung, wer sie ist, aber sie ist nun mal der Schlüssel zu allem. Wenn ich ihren Namen kenne, bekomme ich auch heraus, wer die Anschläge auf die Flüchtlingsunterkünfte in den letzten Wochen begangen hat. Wer es in wenigen Stunden aller Voraussicht nach auf eine bewohnte Unterkunft abgesehen hat und vielleicht sogar, wer damals vor zwanzig Jahren das Feuer in der Hafenstraße 52 gelegt hat.«

»Ich wüsste nicht, wie ich dir dabei helfen kann.«

»Diese Frau hat mich ganz bewusst ausgewählt«, fuhr Winter fort. »Sie will ihr Wissen offenbar nicht selbst der Polizei mitteilen. Stattdessen hat sie beschlossen, mich die Drecksarbeit machen zu lassen. Die Frage, die ich mir stelle, lautet: Wie kam sie überhaupt auf mich?«

»Nicht durch mich«, antwortete Hansen. »Das sagte ich

doch bereits. Ich bin seit Wochen raus aus allen Sachen. Habe keine Anrufe mehr angenommen und mich mit niemandem mehr getroffen.«

»Du bist der Einzige, den ich kenne, der Anfragen an mich weiterleitet. Versuch dich bitte zu erinnern. Kann es vielleicht sein, dass das Ganze schon länger zurückliegt? Irgendeine Frau, die dich kontaktiert hat und der du gesagt hast, sie solle sich an mich wenden.«

»Du hast keine Vorstellung davon, wie oft ich das getan habe. Alles, was kompliziert und wenig lukrativ klang, habe ich weggedrückt. Solche Anfragen hatte ich mehrfach im Monat.«

»Ich habe keine andere Erklärung«, drängte Winter. »Du musst mit ihr gesprochen haben. Nun streng schon deine Gehirnzellen an. Die Frau muss besonders verzweifelt geklungen haben.«

»Schau mal in die Nachttischschublade und gib mir mein Handy«, sagte Hansen plötzlich.

Winter folgte seinen Anweisungen und fischte zwischen zwei Flachmännern ein Smartphone hervor. Gespannt sah er Hansen dabei zu, wie er mit zittrigen Fingern über das Display des Handys fuhr.

»Das hier könnte sie sein.«

Winter blickte Hansen ungläubig an. »Bist du dir sicher?«

»Nein«, sagte Hansen. »Aber es ist die einzige Person, die mir einfällt. Sie hat mich irgendwann im Herbst angerufen. Wenn ich mich richtig erinnere, klang sie tatsächlich äußerst besorgt.«

»Wobei solltest du ihr helfen?«

»Hat sie nicht gesagt. Sie meinte lediglich, dass es sich um eine Angelegenheit handelt, die wahrscheinlich etwas anders wäre als meine sonstigen Aufträge.«

»Und dann hast du abgewunken und ihr gesagt, dass sie sich an mich wenden soll?«

»Du weißt doch, dass ich keine Lust auf solche Sachen habe. Ich habe immer genug Aufträge gehabt, da muss ich mir mein Leben nicht mit Anfragen verkomplizieren, die viel Arbeit und wenig Geld versprechen. Außerdem weiß ich, wie wichtig dir diese Fälle sind, in denen du beweisen kannst, dass du der geilste Typ überhaupt bist.«

»Da könntest du recht haben«, sagte Winter und lächelte. »Sie muss mich beobachtet haben, bevor sie mich auf der Brücke abgefangen hat. Aber warum hat sie sich die Mühe gemacht, mich aufzusuchen, um sofort wieder zu verschwinden, ohne mir alle Details zu nennen, die sie offensichtlich kennt? Warum, wenn ich doch helfen soll? Vielleicht handelt es sich bei dem Täter um ihren Mann oder ein anderes Familienmitglied. Jedenfalls jemanden, den sie nicht direkt verraten will. Ich soll herausfinden, wer er ist, und ihn schließlich daran hindern, weitere Anschläge auf Flüchtlingsunterkünfte zu begehen, ohne dass er auch nur im Ansatz erfährt, dass sie mich auf seine Spur gebracht hat. Sie hat Angst.«

»Angst?«

»Vielleicht weil sie diese Person über alles liebt und es nicht übers Herz bringt, selbst zur Polizei zu gehen. Gleichzeitig findet sie das, was er tut, so entsetzlich, dass sie nicht zulassen will, dass er weitermacht. Weil sie weiß, dass der Täter hinter dem Brandanschlag auf die Hafenstraße 52 steckt und jetzt, zwanzig Jahre später, erneut aktiv geworden ist.«

»Vielleicht wusste sie es ja sogar die ganzen Jahre und hat geschwiegen«, sagte Hansen.

»Daran habe ich auch bereits gedacht. Gut möglich, dass sie auch deshalb anonym bleiben will, weil sie genau weiß, dass sie sich schuldig gemacht hat, indem sie ihn geschützt hat. Das ergibt allerdings nur Sinn, wenn der Täter nicht weiß, dass sie über ihn Bescheid weiß. Sonst wäre sie auch dran, sobald er gefasst wird.«

»Ruf sie an und sprich mit ihr«, sagte Hansen. »Wenn sie es wirklich ernst meint, muss sie dir sagen, was sie weiß.«

»So einfach ist es nicht. Wenn ich mich am Telefon zu erkennen gebe, wird sie mir nichts sagen. Du hättest sie sehen müssen, sie hatte panische Angst vor dem, was auf sie zukommt.«

»Was hast du dann vor?«

»Ich muss versuchen, sie unter einem falschen Vorwand

zu treffen.« Winter zückte sein eigenes Handy und tippte die Nummer der Frau ein.

»Was willst du ihr sagen?«

»Alles, nur nicht die Wahrheit.« Winter legte das Telefon ans Ohr und entfernte sich einige Meter von Hansens Bett. Nach dem dritten Klingeln meldete sich eine leise Frauenstimme. Winter erkannte sie sofort wieder. Er räusperte sich.

»Stadtwerke Lübeck, Kai Sommer mein Name«, sagte er und konzentrierte sich darauf, eine Tonlage tiefer als normal zu reden. »Haben Sie einen Moment Zeit?«

»Eigentlich ist es gerade schlecht«, sagte die Frau. »Worum geht es denn?«

»Wir führen eine Kundenbefragung durch, um Ihnen auch zukünftig speziell auf Sie zugeschnittene Angebote für Ihre Strom- und Gasversorgung machen zu können.«

»Das sollten Sie besser mit meinem Mann besprechen. Er kümmert sich um solche Angelegenheiten.«

»Ist er zu sprechen?« Winter spürte wieder das Adrenalin, das sein Körper plötzlich ausstieß. Wenn ihr Mann tatsächlich derjenige war, den sie suchten, würde er ihn in wenigen Sekunden womöglich am Telefon haben.

»Er ist nicht zu Hause«, sagte sie. »Rufen Sie doch später noch einmal an.«

Winter atmete tief durch und versuchte, sich zu sammeln. Er musste herausfinden, wer diese Frau war.

»Wir können Ihnen die Fragen aber auch per E-Mail oder Post zukommen lassen«, fuhr er fort. »Falls Ihnen das lieber wäre, Frau …«

»Machen Sie das«, sagte sie kurz angebunden.

»Dann bräuchte ich zum Abgleich noch einmal Ihre Daten. Haben Sie Ihre Kundennummer griffbereit?«

»Die Kundennummer?«, fragte die Frau fahrig. »Nein, tut mir leid, mein Mann verwaltet die Unterlagen.«

»Dann bitte einmal den Namen und die Anschrift.«

»Haben Sie das denn nicht vorliegen?«

»Die Vorschriften«, sagte Winter entschuldigend. »Ich muss sichergehen, dass wir tatsächlich mit dem Vertragspartner sprechen und ihn über alle Optionen informiert haben. Andernfalls handele ich mir Ärger ein.«

»Na gut«, sagte die Frau. Leicht widerwillig gab sie ihre Adresse durch.

»Das ist korrekt«, sagte Winter. »Dann bekommen Sie in Kürze Post von uns.«

»Schreiben Sie am besten gleich an meinen Mann Matthias.«

»Natürlich«, sagte Winter. »Übrigens wird unter allen Kunden, die an unserer Befragung teilnehmen, ein Paket verlost, das Sie drei Monate von sämtlichen Strom- und Gaskosten befreit.«

»Ich habe noch nie etwas gewonnen.«

»Vielleicht haben Sie ja diesmal Glück. Haben Sie vielen Dank für die Zeit, die Sie sich genommen haben. Auf Wiederhören.«

Winter legte auf und ließ sein Handy wieder in der Jackentasche verschwinden.

»Ich habe Namen und Adresse«, sagte er nach einigen Sekunden des Schweigens. Er konnte es selbst nicht glauben, dass er soeben mit der Frau, die er seit zweiundsiebzig Stunden suchte, telefoniert hatte.

Langsam ging er auf Hansen zu und legte die Hand auf seine Stirn. »Danke«, sagte er leise. »Du warst zwar schon immer ein eigenwilliger Kauz, aber auf dich kann ich mich verlassen. Ich möchte nicht, dass das gerade das letzte Mal gewesen ist, dass du mir geholfen hast, verstehst du? Ich erwarte von dir nichts anderes, als dass du um dein Leben kämpfst. Sieh zu, dass du wieder der Alte wirst. Ich brauche dich noch.«

Hansen blickte Winter eine Weile an, ohne etwas zu sagen. Dann nickte er stumm, ehe er sein Gesicht abwandte.

»Ich gehe jetzt und spreche mit dieser Frau«, sagte Winter. »Wenn sie tatsächlich die Wahrheit gesagt hat, dann werde ich nach exakt zwanzig Jahren herausfinden, wer das Asylbewerberheim in der Hafenstraße 52 in Brand gesteckt hat. Dank deiner Hilfe.«

# AM BODEN

Die letzten Meter auf dem Weg zum Haus der Familie Senger nutzte Winter noch einmal, um sicherzugehen, dass ihn niemand beobachtete. Es war schon längst dunkel, und die meisten Jalousien in der Nachbarschaft waren heruntergelassen. Trotz oder gerade wegen der engen Bebauung in der Reihenhaussiedlung in Lübeck-Kücknitz schien es fast so, als wollte sich jeder von seinem direkten Nachbarn abgrenzen.

Das Haus, in dem Matthias und Eva Senger lebten, war wie die gesamte Siedlung in den fünfziger oder sechziger Jahren gebaut worden und machte einen unscheinbaren Eindruck. Es war klein, sodass er vermutete, dass die Sengers allein dort wohnten. Direkt vor dem Haus am Straßenrand waren zwei Autos geparkt. Ein Nissan-SUV und ein älterer VW Polo. Dass sie den Sengers gehörten, konnte er nur vermuten.

Winter wünschte sich in diesem Moment Ida-Marie zurück. Sie hätte ihm Informationen über die Familie liefern können, damit er nicht völlig blank in das Gespräch mit Eva Senger ging. Doch dafür war es zu spät. Was auch immer Ida-Marie in dem Fall noch unternommen hatte, sie hatte deutlich gemacht, dass die Zusammenarbeit für sie beendet war.

Ein letztes Mal atmete er durch, bevor er die Klingel betätigte. Es vergingen nur wenige Sekunden, dann öffnete sich die Tür.

Eva Senger blickte ihn aus leeren Augen an. Er hatte erwartet, dass sie bei seinem Anblick entsetzt reagierte. Oder zumindest so überrascht, dass sie ihm die Tür direkt wieder vor der Nase zuschlug. Doch sie stand einfach nur reglos da, als hätte sie nur darauf gewartet, dass er endlich auftauchte. Als hätte sie verstanden, mit wem sie vor einer halben Stunde telefoniert hatte.

»Sie wussten, dass ich komme?«

Sie antwortete nicht, sah ihn weiter nur starr an, als stünde sie unter dem Einfluss von Medikamenten.

»Ich würde Ihnen jetzt wirklich gerne ein Angebot für Ihren neuen Strom- und Gasvertrag machen, aber Sie wissen ja, wer ich bin und weshalb ich hier bin.«

Keine Reaktion.

»Wir müssen dringend miteinander reden. Darf ich hereinkommen?«

Eva Senger trat einen Schritt zurück. Dann wandte sie sich ab und verschwand in dem schwach beleuchteten Haus. Winter zögerte nicht und ging hinterher. In einem größeren Raum, Wohn- und Esszimmer in einem, in den der Flur mündete, trafen sie sich wieder. Ohne sie zu beachten, ging Winter eine ganze Weile durch den Raum und sah sich um. Dann postierte er sich direkt vor ihr.

»Wollen Sie mir jetzt endlich sagen, was Sie wirklich wissen?«

»Es ist zu spät«, antwortete sie. »Sie haben es nicht geschafft.«

»Sie haben es nicht geschafft«, erwiderte er hart. »Es ist Ihre Schuld, dass es so weit kommen musste. Wann genau wird dieser Anschlag, von dem Sie sprachen, passieren?«

»Irgendwann im Laufe der kommenden Nacht.«

»Dann haben wir noch Zeit«, sagte Winter. »Weshalb also haben Sie mir nicht von Anfang an gesagt, was Sie wissen?«

»Sie wissen, warum«, sagte Eva Senger. »Ansonsten wären Sie nicht hier.« Sie trat einen Schritt zurück und wandte sich von Winter ab.

»Wer ist es?«, drängte er. »Wen versuchen Sie zu schützen?«

»Das werde ich Ihnen nicht sagen«, erwiderte sie. »Ich habe Ihnen gesagt, was Sie wissen müssen. Mehr gebe ich nicht preis.«

»Sie nehmen also in Kauf, dass heute Nacht erneut Menschen sterben werden, obwohl Sie genau das eigentlich verhindern wollen.«

»Ich kann es einfach nicht«, sagte sie erschöpft. »Sie hätten es verhindern müssen, indem Sie herausfinden, wer der Mensch ist, der zu so etwas fähig ist. Für mich ist es leider unmöglich, ihn zu verraten.«

»Glauben Sie ernsthaft, dass Sie damit durchkommen?«,

fragte Winter. »Falls es wirklich zum Äußersten kommt, wird die Kripo ihn diesmal fassen. Und dann sind auch Sie dran. Sie decken eine schwere Straftat. Hören Sie auf mit Ihren Spielchen. Sie sind verheiratet und haben einen erwachsenen Sohn.« Er nickte in Richtung der Familienfotos, die an der Wand über dem Sofa hingen.

»Im Grunde brauche ich nur eins und eins zusammenzuzählen, und ich weiß, wer für die Anschläge verantwortlich ist. Warum schützen Sie Ihren Mann? Sie haben doch längst eine Entscheidung getroffen. Es ist unerträglich für Sie, mit dieser Schuld weiterzuleben. An der Seite eines Mannes, der so viele Menschen auf dem Gewissen hat. Beenden Sie endlich nach all den Jahren Ihr Schweigen. So oder so tragen Sie Verantwortung dafür, dass er noch immer auf freiem Fuß ist. Aber noch haben Sie eine Chance, die Sache zumindest halbwegs wieder geradezurücken. Verhindern Sie, dass alles noch viel schlimmer wird.«

Eva Senger drehte sich ganz langsam wieder zu ihm um. Ihre Augen flackerten, die Mundwinkel zuckten kurz. Es war, als zögerte sie, als suchte sie nach den richtigen Worten. Mit jeder Faser Ihres Körpers stemmte sie sich dagegen, die Wahrheit zu sagen. Die Aussicht, dass sie ihren Mann der Polizei auslieferte, schien sie zu lähmen. Was auch immer sie sich ausmalte, was passieren würde, wenn er erfuhr, dass sie ihn verraten hatte – der Gedanke musste grausam für sie sein.

»Geben Sie sich doch endlich einen Ruck und denken Sie an die Menschen, die in Gefahr sind.«

»Sie sind nicht der große Ermittler, als den Ihr Kollege Sie dargestellt hat«, sagte sie schließlich. »Andernfalls wären Sie auf ihn gekommen, ohne dass Sie mich da mit reinziehen. Ich habe Sie auf dieser Brücke aufgesucht, weil ich gehofft habe, dass Sie die richtigen Schlüsse ziehen und mich aus der ganzen Sache heraushalten. Sonst hätte ich auch sofort zur Polizei gehen können. Glauben Sie denn etwa, es würde mir leichtfallen, den Mann, mit dem ich seit mehr als fünfundzwanzig Jahren verheiratet bin, auf diese Weise zu verlieren?«

»Ich gebe zu, dass ich zu spät gemerkt habe, dass Sie mich für

Ihre Zwecke ausnutzen«, sagte Winter. »Dass ich die Drecksarbeit für Sie übernehmen sollte. Denn als ich Sie da auf der Brücke gesehen habe, schien es mir unvorstellbar, dass Sie all die Jahre gewusst haben, was er getan hat, und ihn dennoch geschützt haben.«

»Nein, so war es nicht«, sagte sie energisch. »Ich habe ihn nie geschützt. Anfangs wusste ich nicht einmal, dass er es gewesen ist, der den Brand in der Hafenstraße gelegt hat. Ich habe versucht, mit ihm darüber zu sprechen. Aber es war unmöglich. Ich liebe ihn nun mal, das ist mein großes Dilemma. Verstehen Sie eigentlich, wie verzweifelt ich bin, mit jemandem verheiratet zu sein, der keinerlei Skrupel hat, Menschen zu töten? Matthias war nicht immer ein schlechter Mensch. Und ich will den Rest meines Lebens nicht allein verbringen. Mit dieser verfluchten Schuld, nicht viel früher mit der Wahrheit herausgerückt zu sein.«

»Entschuldigen Sie bitte, dass ich so deutlich werden muss: Was Sie da sagen, klingt wirr. Wie können Sie einen Menschen lieben, der so etwas getan hat?«, fragte Winter. Sofort spürte er, dass sie seine Worte in den falschen Hals bekommen würde.

»Was wissen Sie denn schon?«, platzte es aus Eva Senger heraus. »Matthias ist mein Mann, natürlich liebe ich ihn.«

»Schon gut«, wiegelte Winter ab. »Sagen Sie mir, warum er das alles getan hat. Oder denken Sie immer noch, dass es richtig ist zu schweigen?«

Sie reagierte nur, indem sie versuchte, seinem Blick auszuweichen.

»Was ist sein Motiv?«, drängte Winter.

»Es ist nicht so, wie Sie denken«, antwortete sie, und es klang, als wäre sie selbst nicht überzeugt davon.

»Hören Sie auf, ihn zu verteidigen«, sagte Winter. »Sie wissen doch selbst, dass Sie beide keine Zukunft mehr haben. Wenn es so ist, wie Sie sagen, ist Ihr Mann für das schlimmste Verbrechen in Lübeck verantwortlich, das in den letzten siebzig Jahren begangen wurde. Zwanzig Jahre lang haben Sie sich vorgemacht, dass Ihre Ehe diesem Druck standhalten könne.

Vielleicht hätte es sogar funktioniert, das zu verdrängen, wenn er nun nicht erneut –«

»Ja, Sie haben recht!«, schrie sie plötzlich. »Matthias ist ein Monster. Er macht Dinge, für die ich ihn hasse.« Von einer Sekunde auf die andere zerbrach Eva Sengers Fassade. Sie begann zu weinen und sackte in sich zusammen. Winter griff nach ihren Armen, um sie festhalten. Doch schließlich ließ er sie zu Boden sinken.

Er verstand die Frau nicht. Weshalb verwickelte sie sich in solche Widersprüche? Sie wollte ihren Mann doch gar nicht mehr schützen, und doch hatte sie es bis eben noch verzweifelt getan.

»Sie haben keine Ahnung, was er mir angetan hat«, sagte sie.

»Erzählen Sie mir alles.«

»Sie können sich gar nicht vorstellen, wie es ist, mit jemanden verheiratet zu sein, der sein gesamtes Leben auf einer einzige Lüge aufgebaut hat.«

»Wie meinen Sie das?«

»Ich spreche davon, dass Matthias Sozialarbeiter ist und sich seit dreißig Jahren für Asylbewerber und Flüchtlinge einsetzt. Er hat damals auch mit den Bewohnern aus der Hafenstraße zusammengearbeitet.«

Winter wollte nicht glauben, was er da hörte. Doch er ließ sich nicht anmerken, dass die Information neu für ihn war.

»Matthias ist für diese Menschen verantwortlich.« Ihre Stimme bebte. »Doch anstatt ihnen zu helfen, hat er sie …« Sie brach ab. Im nächsten Augenblick krümmte sie sich auf dem Teppichboden ihres Wohnzimmers und weinte so laut, dass Winter nur noch hilflos dastand.

»Wo ist er jetzt?«, fragte er schließlich. »Auf welche Unterkunft hat er es abgesehen?«

»Ich habe keine Ahnung«, antwortete sie kaum verständlich. »Gehen Sie jetzt und lassen Sie mich allein.«

»Hören Sie, ich muss wissen, was er vorhat. Wenn Sie irgendetwas wissen, müssen Sie es mir jetzt sagen.«

»Wenn ich es wüsste, hätte ich es längst gesagt. Er wird es heute Nacht wieder tun, das ist alles, was ich dazu sagen kann.«

»Woher wissen Sie das?«, fragte Winter. »Hat er Ihnen das gesagt?«

»Ich habe es gelesen, er führt eine Art Tagebuch.«

»Wo ist das Buch?«

»Keine Ahnung, ich schätze, er hat es bei sich.«

Winter zögerte. Er glaubte ihr nicht, aber mehr schien er nicht aus ihr herauszubekommen.

»Sie wussten damals also nicht sofort, was er getan hat?«, fragte er nach einer Weile des Schweigens.

»Nein, das müssen Sie mir glauben«, antwortete Eva Senger. In ihrer Stimme schwang jetzt Verzweiflung mit. »Ich habe erst Jahre später davon erfahren.«

»Noch einmal die Frage: Warum haben Sie mir nicht sofort alles gesagt, was Sie wissen?«

»Ich konnte es einfach nicht. Ich liebe ihn. Trotz allem.«

Er betrachtete die Frau, die vor ihm auf dem Boden lag. Er hatte mit seiner Vermutung recht gehabt. Sie hatte jemanden beschützen wollen und gleichzeitig zu verhindern versucht, dass es noch einmal zu einer Katastrophe wie damals kommen würde. Letztlich hatte sie alles falsch gemacht.

Winter musste Ida-Marie Bescheid geben, dass die Kripo eine Fahndung nach Matthias Senger herausgeben und gleichzeitig die Präsenz vor allen Unterkünften nochmals verstärken sollte. Denn Matthias Senger befand sich mittendrin. Unter den Flüchtlingen. Das machte die Sache noch um einiges schwieriger.

Aber noch hatten sie vielleicht ein paar Stunden Zeit. Bis zu der Uhrzeit, zu der das Feuer damals vor zwanzig Jahren in der Hafenstraße 52 gelegt worden war. So lange würde Senger hoffentlich noch warten. Genug Zeit, ihn zu finden.

## FEUERWEHRMANN

Winter lehnte an dem Geländer der Liebesbrücke, während sich in seinem Kopf das Konzert der Martinshörner abspielte, wie es vor zwanzig Jahren in der ganzen Stadt zu hören gewesen war. Die Feuerwehrzüge und Einsatzwagen der Polizei waren im Minutentakt in Richtung Hafenstraße ausgerückt. Nicht nur das Feuer im Asylbewerberheim, auch Dutzende zuckende Blaulichter hatten die Stadt in dieser Nacht erleuchtet.

Heute Abend würden die Einsatzfahrzeuge wieder unterwegs sein. Diesmal jedoch, um zu verhindern, dass sich Geschichte wiederholte. Mittlerweile war es kurz vor Mitternacht. Seit dem Telefonat mit Ida-Marie, in dem er in aller Kürze erläutert hatte, wer der Mann war, den sie finden mussten, waren fünf Stunden vergangen. Noch hatte er nichts von ihr gehört. Er hoffte, dass sie Matthias Senger rechtzeitig finden würden, bevor dieser Mann erneut für eine Katastrophe sorgte.

Winter hatte keine Ahnung, wie viele bewohnte Flüchtlingsunterkünfte es in Lübeck derzeit gab. Er schätzte, dass es ein Dutzend sein mussten, vielleicht auch mehr. Neben der großen Erstaufnahmeeinrichtung auf dem Volksfestplatz gab es zahlreiche kleinere Unterkünfte, die über das ganze Stadtgebiet verteilt lagen. Die Anzahl der Flüchtlinge vor allem aus Syrien war in den letzten Wochen derart gestiegen, dass die Stadt immer mehr Immobilien als provisorische Unterkünfte eingerichtet hatte.

Senger konnte überall zuschlagen. Im Nachhinein betrachtet war es ein großes Glück, dass die bisherigen Anschläge lediglich unbewohnten Einrichtungen gegolten hatten. Das Ziel des Täters war es ganz offenbar, sich den großen Anschlag, bei dem Menschen sterben würden, für die heutige Nacht aufzusparen. Die Symbolik, ihn ausgerechnet zwanzig Jahre nach dem Anschlag auf die Hafenstraße 52 durchzuführen, war so stark, dass dem Mann die größtmögliche Aufmerksamkeit sicher sein würde. Und das in einer Zeit, in der Fremdenhass in der Gesellschaft wieder ähnliche Dimensionen wie damals angenommen hatte.

Was trieb diesen Mann bloß dazu? Wie passte es zusammen, dass er einerseits Sozialarbeiter war und sich seit Jahrzehnten für Asylbewerber und Flüchtlinge einsetzte und sie andererseits auf die feigste Art und Weise in den Feuertod schickte oder – sofern er denn auch den Syrer auf dem Gewissen hatte – totschlug und sie in der Trave versenkte? Es gab auch Feuerwehrmänner, die vorsätzlich Feuer legten, damit sie sich endlich einmal in der Bekämpfung eines Brandes beweisen konnten. Aber das hier hatte eine ganz andere Dimension.

Winter blickte auf die schwach beleuchtete Altstadtinsel, auf St. Petri und das Holstentor, das sich hinter den Salzspeichern abzeichnete. Zum wiederholten Male würde er nicht von seiner Aufklärung eines spektakulären Falls profitieren können. Weder finanziell noch konnte er auf irgendeine Anerkennung in der Öffentlichkeit hoffen. Er hatte in dem Moment, in dem er herausgefunden hatte, wer der Täter war, den Polizei und Staatsanwaltschaft zwanzig Jahre lang nicht ansatzweise in Verdacht gehabt hatten, die Kripo informiert. Von nun an würde es ein Fahndungserfolg des Kommissariats 2 sein. Weder dessen Beamte noch Birger Andresen und Ida-Marie, die nicht einmal für diese Angelegenheit zuständig waren, würden auf die Idee kommen, ihm im Nachhinein zu danken.

Winter griff in seine Jackentasche und fischte ein Foto von seinem Camper hervor, den er im Herbst letzten Jahres verkauft hatte. Obwohl das Fahrzeug ihm ans Herz gewachsen war und er in ihm einige Jahre lang die ersehnte Ruhe und Zufriedenheit gefunden hatte, musste er sich eingestehen, dass die Zeit auf dem Campingplatz am Pönitzer See letztlich doch nur ein Weglaufen vor seinen Problemen gewesen war. Er hatte viel gezweifelt in den vergangenen zwei Tagen, noch mehr als üblich. Zu viel Ablenkung, die seine Denkfähigkeiten beeinträchtigt hatte.

In der Vergangenheit hatte er immer darauf geachtet, möglichst frei von allen äußeren Einflüssen zu sein, wenn er in einer schwierigen Ermittlung steckte. Doch je älter er wurde, desto weniger gut gelang es ihm, sich zu fokussieren. Dinge, an die er nie zuvor auch nur einen Gedanken verschwendet hatte, beschäftigten ihn mit einem Mal. Immer wieder erwischte er sich dabei, dass er darüber nachdachte, seinen Job als Privatermittler einfach hinzuschmeißen und sich etwas Bodenständiges zu suchen, so wie die Sache auf dem Campingplatz. Vielleicht sogar eine Stelle in Andresens Team – endlich ein festes Einkommen, keine Sorgen mehr, wie er die nächste Miete bezahlen soll, und womöglich Seite an Seite mit Ida-Marie, an die er öfter denken musste, als ihm lieb war.

Doch was über allem schwebte, war etwas ganz anderes. Er konnte es nicht länger vor sich herschieben. Viel zu lange hatte er versucht, die Hintergründe der Ermordung seiner Eltern zu verdrängen. Obwohl er sicherlich gerade wegen dieses Traumas den Weg als Privatermittler eingeschlagen hatte, hatte er den schwierigsten Fall seines Lebens bis heute nicht angenommen.

Diese Sache war ihm tatsächlich zu groß gewesen, und es war zu viel Zeit vergangen. Er hatte einfach nicht mehr daran geglaubt, die Hintermänner ausfindig machen zu können. Und doch musste er sich vorwerfen lassen, dass er es nie versucht hatte. Er hatte ausgerechnet vor dem Verbrechen, das sein Leben zerstört hatte, gekniffen.

Immerhin war er jetzt an dem Punkt angelangt, sich einzugestehen, dass er zu feige gewesen war, den Mördern seiner Eltern eines Tages in die Augen schauen zu müssen. Aber in diesem Moment war er überzeugt davon, diesen wunden Punkt in seinem Leben endlich in Angriff nehmen zu können. Ansonsten würde er sich niemals verzeihen. Trotz aller Wut auf seinen Vater, die ihn einige Jahre lang begleitet hatte, war er das seinen Eltern einfach schuldig. Und seinem eigenen Seelenfrieden.

Winter blickte auf das Foto in seiner Hand. Der Camper war Geschichte. Eine Phase seines Lebens, die er hinter sich gebracht hatte. Für Geschichte und Sentimentalitäten hatte er bislang nie sonderlich viel übriggehabt. Er ballte seine rechte Hand zur Faust, bis das Foto nur noch ein Papierknäuel war. Dann holte er aus und warf es auf die zugefrorene Trave.

Erst jetzt bemerkte er die Schneeflocken, die vor seiner Nase tanzten. Sie knisterten, wenn sie auf das Geländer und den Asphalt der Brücke trafen. Die Gedanken an seine Eltern wurden abrupt unterbrochen, als im nächsten Moment das Handy in seiner Hosentasche vibrierte. Auf dem Display erkannte er Ida-Maries Nummer.

»Wir haben ihn«, kam sie direkt zur Sache. »Wahrscheinlich gerade noch rechtzeitig.«

»Ohne Komplikationen?«

»Er hat sich ohne Widerstand festnehmen lassen.«

»Wo habt ihr ihn aufgegriffen?«, fragte Winter.

»Da, wo wir ihn unter anderem vermutet haben«, antwortete Ida-Marie. »In der Erstaufnahmeeinrichtung auf dem Volksfestplatz. Dort arbeitet Senger seit einigen Monaten als Sozialarbeiter.«

»Hat er schon ausgesagt? Was ist mit dem Brand von damals und dem toten Flüchtling aus der Trave? War er es?«

»Keine Ahnung.« Ida-Marie klang frustriert. »Senger sitzt in U-Haft, aber es ist nicht unsere Angelegenheit. Kregels Team und die Staatsanwaltschaft haben übernommen. Derzeit laufen noch immer mehrere Einsätze, unter anderem in Sengers Haus in Kücknitz.«

»Danke«, sagte Winter nach einigen Sekunden des Schweigens. »Dann kann ich jetzt wohl endlich nach Hause gehen.« Sofort, als er es ausgesprochen hatte, wurde ihm bewusst, was er gesagt hatte.

»Dann bis gleich«, sagte sie.

Winter konnte ihr Lächeln förmlich erahnen. In diesem Moment löste es jedoch ein unbehagliches Gefühl in ihm aus.

Während er das Handy in seine Hosentasche gleiten ließ, spürte er die altvertraute Beklommenheit, wenn Menschen ihm zu nahe kamen. Molli war lange Zeit die einzige Person gewesen, die seinen Camper betreten hatte. Bis ihre Tochter Anna eines Tages einfach angeklopft und er sie hereingelassen hatte. Sie war es gewesen, die ihm die Angst vor der Nähe genommen hatte. Doch plötzlich war sie wieder da.

Winter presste so lange die Zeigefinger auf seine Schläfen,

bis der Schmerz derart groß wurde, dass er sein Gesicht zu einer Grimasse verzog. Die Vergangenheit holte ihn wieder ein. In immer kürzeren Intervallen rollten die schlimmen Gedanken und Ängste, die sein Leben geprägt hatten, über ihn hinweg. Weshalb stand er eigentlich noch immer hier? Mitten in dieser eisigen Nacht. Im immer stärker werdenden Schneefall. War es wirklich die Angst davor, zu Ida-Marie »nach Hause« zu gehen?

Oder waren es vielmehr die unbeantworteten Fragen, die ihn nicht zur Ruhe kommen ließen? Noch wusste er nichts über das Motiv von Matthias Senger. Dann das seltsame Verhalten seiner Frau, die ihn gedeckt hatte und nicht in der Lage gewesen war, zur Polizei zu gehen und der Sache ein für alle Mal ein Ende zu bereiten. Wann und wie hatte sie herausgefunden, was ihr Mann trieb?

Irgendetwas stimmte nicht, war er sich plötzlich sicher. Noch immer massierte er seine Schläfen. Als wollte er mit aller Macht sein Gehirn stimulieren. Die Bilder der vergangenen Tage liefen wie ein Zeitraffer vor seinem inneren Auge ab. Sie blieben bei einer Szene hängen, die sich gestern Abend abgespielt hatte.

Das Gespräch mit Hartmut Welslau. Seine Beschreibung des Täters, die man trotz des Schocks, unter dem er stand, und seiner Demenz nicht einfach ignorieren konnte. Es passte nicht zusammen. Welslau hatte das Alter des Täters zwischen zwanzig und vierzig Jahren geschätzt. Matthias Senger dagegen musste älter als fünfzig sein. Und wenn es stimmte, dass der Mann, der Welslau niedergeschlagen hatte, wie ein Feuerwehrmann gekleidet gewesen war, traf auch das nicht auf Matthias Senger zu.

Dagegen stand die Aussage seiner Frau. Sie hatte letztlich zugegeben, dass er für die Brandanschläge verantwortlich war. Und wahrscheinlich auch, obwohl sie darüber nicht gesprochen hatten, für den Tod des Flüchtlings, den sie aus der Trave gezogen hatten. Und schließlich wohl auch für den Mord an Hartmut Welslau.

Er musste alles neu überdenken. Der Schneefall nahm immer mehr zu. Die Flocken wirbelten vor seinen Augen, und

Winter sah die Bilder aus dem Haus der Sengers vor sich. Die Fotos an der Wand. Die Gesichter der Familie. Eva Senger. Matthias Senger. Ihr Sohn. In der Kluft eines Feuerwehrmanns.

Er hatte es nicht verstanden, als er dort gewesen war, obwohl es gar keinen Zweifel geben konnte. Plötzlich ergab alles einen Sinn. Hartmut Welslau hatte recht gehabt. Winter verstand mit einem Mal, wen Eva Senger tatsächlich versucht hatte zu schützen.

Winter löste seine Finger von den Schläfen. Es hatte funktioniert. Er hatte alle Informationen in seinem Kopf wie Zutaten in einem großen Gefäß verrührt. Er hatte es zuvor einfach nicht gesehen. Der Täter war jemand, der vollkommen unscheinbar geblieben war. Wahrscheinlich auch, weil er unter dem besonderen Schutz seiner Mutter gestanden hatte. Eva Senger war sogar so weit gegangen, ihrem Mann die Schuld für die Anschläge in die Schuhe zu schieben, nur um ihren Sohn zu schützen.

Winter atmete tief durch und hielt sein Gesicht in den mittlerweile peitschenden Schneefall. Immer und immer wieder spielte er das Szenario in seinem Kopf durch. Es ergab Sinn. Und andererseits auch wieder so gar nicht.

## KURZSCHLUSS

Winter war nervös. Blickte sich immer wieder schreckhaft um, als erwartete er jede Sekunde, dass ihm jemand auflauerte und ihn erwischte. Dabei hatte er schon Dutzende Autos in seinem Leben geknackt und kurzgeschlossen, doch das lag mittlerweile so lange zurück, dass ihm die Routine abhandengekommen war.

Jetzt in diesem Augenblick, als er sich dazu entschieden hatte, einen alten Golf III aufzubrechen, der an der Untertrave geparkt war, zitterten seine Hände. Endlose Sekunden vergingen, dann hatte er es schließlich geschafft. Winter öffnete die Tür, stieg in den Wagen und schloss für einen kurzen Moment die Augen.

Was zur Hölle tat er hier bloß? Er klaute ein Auto, weil er sein eigenes hatte abmelden müssen. Um zu dem Haus der Sengers nach Kücknitz zu fahren. Um dort den letzten Beweis zu finden, dass er mit seiner Vermutung richtiglag. Es war nicht Matthias Senger, den sie suchten, sondern dessen Sohn.

Er versuchte auszublenden, dass es womöglich bereits zu spät war. Der Anschlag auf die Flüchtlingsunterkunft stand kurz bevor, und niemand wusste, wo er stattfinden würde. Wahrscheinlich bekäme er nicht einmal Zutritt zu dem Haus der Sengers, weil die Spurensicherung alles abgeriegelt hatte.

Und doch schien es ihm in der Kürze der Zeit die einzige Option.

Es gelang ihm, den Wagen kurzzuschließen, so wie er es damals in seiner schlimmen Phase ein ums andere Mal getan hatte. Der Golf sprang an. Winter setzte zurück und fuhr mit quietschenden Reifen los.

Als Winter zehn Minuten später in die Straße einbog, in der das Haus der Sengers stand, bestätigten sich seine Befürchtungen sofort. Mehrere Streifenwagen und Zivilfahrzeuge der Kripobeamten parkten vor dem Haus.

Er stellte den Golf ab und näherte sich zu Fuß. Es schien ihm unmöglich, unbemerkt in das Haus einzudringen, um bestenfalls das Zimmer des Sohns nach Hinweisen zu durchkämmen. Wenn er überhaupt noch hier lebte. Ihm kam der Gedanke, Ida-Marie um Hilfe zu bitten. Doch so schnell diese Idee da war, verwarf er sie wieder. In dieser Situation hatte er keine Verbündeten mehr.

Die Lage war aussichtslos. Sein Plan, sich im Haus umzusehen, würde nicht aufgehen. Die Häuser waren eng aneinandergebaut, es gab nicht einmal die Chance, auf die Rückseite des Gebäudes zu gelangen, um von dort ins Haus zu kommen und irgendetwas zu finden, das darauf hindeutete, was genau Eva Sengers Sohn heute Nacht vorhatte.

Sollte er doch Ida-Marie anrufen? Oder vielleicht direkt Andresen? Auf diese Weise könnten sie womöglich zusammen nach Hinweisen suchen. Aber er hatte kein gutes Gefühl bei der Sache. Zu oft hatte Andresen ihn enttäuscht. Das Wichtigste in diesem Augenblick war es, zu verhindern, was Eva Senger angekündigt hatte. Und gerade weil er wusste, dass ihm nicht mehr viel Zeit blieb, würde er es dieses Mal allein schaffen müssen.

Winter kam eine Idee. Er musste so schnell wie möglich mit Freddie Brüning sprechen. Wenn Eva Sengers Sohn tatsächlich bei der Feuerwehr arbeitete, dann würde Freddie ihn kennen. Er blickte auf sein Handy und zögerte einen Moment. Es war kurz nach halb eins. Ihn aus dem Bett zu klingeln, würde Freddie in Rage bringen, aber darauf konnte er keine Rücksicht nehmen.

Winter drehte ab und ging zurück zu dem geklauten Wagen. Er hatte Mühe, ihn erneut kurzzuschließen, doch mit einiger Anstrengung gelang es ihm.

Langsam fuhr er in Richtung B 76. Er durfte nicht auffallen. Die Polizeistreifen, die heute Nacht überall präsent waren, sollten ihn auf keinen Fall anhalten. Während er die A 1 ansteuerte, kamen ihm Zweifel an seiner Theorie. Wenn ihr Sohn derjenige war, den es heute Nacht zu fassen galt, hatte Eva Senger nicht nur ein Mal gelogen. Denn für den Brand in der

Hafenstraße 52 musste jemand anders verantwortlich sein. Dass es Matthias Senger gewesen war, schien ihm nur noch schwer vorstellbar. Wenn Eva Senger allerdings tatsächlich wusste, wer damals das Feuer gelegt hatte, gab es nur eine Erklärung. Sie war logisch und doch vollkommen absurd.

Winter verdrängte den Gedanken, als er im Rückspiegel einen Streifenwagen mit Blaulicht näher kommen sah. Bis zur Ausfahrt Lübeck-Zentrum waren es noch knapp tausend Meter. Er fuhr rechts, während der Einsatzwagen an ihm vorbeischoss und dann herüberzog, um sich vor ihn zu setzen. Jeden Augenblick rechnete er damit, dass man ihm anzeigte, er solle dem Wagen folgen. Doch nichts geschah. Stattdessen fuhr die Streife mit hoher Geschwindigkeit in die Kurve der Abfahrt. Winter atmete tief durch, als er verstand, dass sie es nicht auf ihn abgesehen hatten.

Dass er den Verkehr am Lohmühlenkreisel eines Tages vermissen würde, hätte er wohl selbst nicht gedacht. Doch ohne ein einziges Auto auf der Straße wirkten die grellen Leuchtreklamen der Baumärkte, Möbelhändler und Autohäuser, die ihn mitten in der Nacht blendeten, surreal.

Einige Minuten später parkte Winter den Golf schließlich direkt vor Freddies Haus am Herrendamm. Er klingelte Sturm, um es dringend zu machen. Es vergingen gefühlte Minuten, in denen Winter seinen Finger nicht von der Klingel ließ, dann öffnete sich die Tür.

Als er Freddie sah, konnte er sich ein kurzes Grinsen nicht verkneifen. Die Haare des pensionierten Feuerwehrmanns standen zu Berge. Seinen Körper nur notdürftig eingehüllt in einen Bademantel, der seine besten Zeiten längst hinter sich hatte, fuchtelte Freddie mit einer Pistole in der Hand herum. Winter hatte es kaum anders erwartet.

»Legen Sie das Ding weg, bevor noch irgendetwas passiert«, sagte er streng. »Ich muss mit Ihnen reden.«

»Wissen Sie eigentlich, wie spät –«

»Natürlich weiß ich das«, fuhr Winter dazwischen. »Glauben Sie mir, ich wäre nicht hier, wenn es nicht wirklich dringend wäre.«

»Ich werde jetzt die Polizei rufen, Sie machen mir langsam Angst.«

»Ihnen sollten ganz andere Dinge Angst machen«, erwiderte Winter. »Aber deshalb bin ich nicht hier.«

»Ach nein? Und weshalb dann?«

»Weil ich mit Ihnen über jemanden sprechen muss«, antwortete Winter. »Sie erinnern sich an unser letztes Gespräch, als ich erwähnte, dass es vielleicht jemand aus Ihren Reihen gewesen sein könnte, der die Anschläge begangen hat?«

»Hören Sie doch auf damit«, sagte Freddie energisch. »Sie kreuzen hier mitten in der Nacht auf, um mir noch einmal mit diesem Schwachsinn zu kommen?«

»Gibt es jemanden in Ihren Reihen, der Senger heißt?«

»Was soll das werden?«

»Antworten Sie auf meine Frage.«

Freddie sagte nichts.

»Ich werde es ohnehin herausbekommen, aber es wäre gut, wenn Sie es mir jetzt verraten.«

»Denken Sie ernsthaft, dass dieser infantile Junge etwas mit der Sache zu tun hat?«, brach es plötzlich aus Freddie heraus. »Ich kenne Björn nicht einmal persönlich, aber vor zwanzig Jahren war er doch noch gar nicht –«

»Björn Senger?«, unterbrach Winter ihn erneut. »Er ist also tatsächlich Feuerwehrmann?«

»Nein, ist er nicht«, antwortete Freddie. »Zumindest nicht mehr.«

»Was soll das heißen?«

»Er wurde vor einem halben Jahr suspendiert, weil er wochenlang verspätet oder gar nicht mehr zum Dienst erschienen ist.«

Winter schloss die Augen. Er spürte, dass alle Fäden endlich zusammenliefen.

»Was soll das hier werden?«, fragte Freddie.

»Ich sage es Ihnen.« Winter musterte Freddie. Sein Gesichtsausdruck hatte sich verändert. Mit einem Mal wirkte er verunsichert.

»Björn Senger ist der Mann, der heute Nacht einen Anschlag auf eine bewohnte Flüchtlingsunterkunft verüben will. Sein Vater wurde vor einigen Stunden fälschlicherweise in Gewahrsam genommen. Ich bin bislang der Einzige, der das weiß. Und ich will verhindern, dass es erneut zu einer solchen Katastrophe wie vor zwanzig Jahren kommen wird. Sie müssen mir jetzt also sofort sagen, was Sie über ihn wissen. Wenn er nicht mehr bei der Feuerwehr ist, was macht er dann?«

»Soweit ich weiß, ist er Wachmann.«

»Für wen arbeitet er?«

»Bei Hanse Safe, glaube ich«, antwortete Freddie. »Die haben vor einigen Monaten einen Vertrag mit der Stadt geschlossen, sämtliche Flüchtlingsunterkünfte zu überwachen.«

»Danke, genau das wollte ich wissen.« Winter nickte und wandte sich ab. Nach einigen Metern blieb er stehen, ohne sich jedoch umzudrehen. »Auch wenn ich mich wiederhole«, setzte er noch einmal an. »Sie sollten sich von Angela trennen. Es wäre besser für Sie.«

»Lassen Sie das mal meine Sorge sein«, entgegnete Freddie scharf. »Angela und ich, das passt schon.«

»Wenn Sie wüssten, was ich gesehen habe, würden Sie wahrscheinlich anders denken.« Winter nickte und ging weg.

Obwohl er Freddie nur allzu gerne die Wahrheit über Angela gesagt hätte, brachte er es nicht fertig. Vielleicht war es besser, wenn er nicht wusste, dass seine Frau als Domina gearbeitet hatte und es womöglich noch immer tat.

## KHALED

»Hanse Safe, Notrufzentrale, wie kann ich helfen?«

»Stefan Senger hier«, meldete sich Winter. »Ich muss dringend mit meinem Bruder Björn reden. Ein Notfall in der Familie. Leider erreiche ich ihn nicht über sein Handy. Wissen Sie vielleicht, ob und wo er heute Nacht Dienst hat?«

»Tut mir leid, aber diese Leitung ist für Notfälle von Anrufern da, die unsere Hilfe benötigen«, antwortete der Mann am anderen Ende der Leitung. Er klang freundlich, aber bestimmt.

»Björns Verlobte liegt im Krankenhaus«, sagte Winter mit aller Betroffenheit, zu der er imstande war. »Sie hatte heute Abend einen schweren Verkehrsunfall. Werfen Sie doch bitte einen Blick in den Belegungsplan Ihrer Mitarbeiter und sagen Sie mir, wo ich Björn finden kann.«

»Ich rufe ihn an und gebe ihm Bescheid.«

»Nein, das ist nicht nötig«, sagte Winter. »Ich will ihn abholen und direkt mit ihm ins Krankenhaus fahren.«

»Hören Sie, ich darf Ihnen keine Informationen über unsere Mitarbeiter geben«, sagte der Mann nun etwas energischer. »Es gab Zeiten, da haben wir an einem Abend eine ganze Reihe solcher Anrufe bekommen. Es sind einfach zu viele Fehler passiert. Unsere Männer wurden bewusst von ihren Einsatzorten weggelockt, falls Sie verstehen, was ich meine. Ich bin mir sicher, dass Sie Ihren Bruder auch auf anderem Wege finden werden.«

»Warten Sie, bevor Sie auflegen«, sagte Winter. »Vielleicht können wir noch einmal Björns Handynummer abgleichen. Ich bin mir nicht sicher, ob ich –«

»Es reicht jetzt«, unterbrach der Mann ihn. »Sie wollen mich doch nicht ernsthaft nach der Nummer Ihres Bruders fragen. Glauben Sie mir, ich kenne so Leute wie Sie. Ihnen sollte klar sein, dass dieses Gespräch aufgezeichnet wird.«

Winter fluchte innerlich, blieb jedoch ruhig. Er musste seine

Taktik ändern. »In Ordnung, Sie haben recht, ich sollte Ihnen nichts vormachen. Björn Senger ist gar nicht mein Bruder, und seine Freundin hatte auch keinen Verkehrsunfall. Ich weiß nicht einmal, ob er überhaupt eine Freundin hat. Ich weiß jedoch, wer Sie sind.«

»Tatsächlich?«, entgegnete der Mann mit spöttischem Unterton. »Davon abgesehen, dass ich Ihnen kein einziges Wort glaube, würde mich interessieren, was das mit Senger zu tun hat?«

»Ulf Kahle«, sagte Winter. »Das ist doch Ihr Name, oder?«

»Was wollen Sie?« Plötzlich war der Mann auf der Hut.

»Ich weiß, dass Sie vor zwanzig Jahren in der Hafenstraße gewesen sind, als das Asylbewerberheim abgebrannt ist«, sagte Winter. »Ich habe mich schlaugemacht, Sie waren damals Streifenpolizist und haben in der Brandnacht mit den Männern aus Wismar gesprochen. Sie haben sich von Dennis Gudokeit an der Nase herumführen lassen. Er hat Ihnen einen falschen Namen genannt, weil er angeblich seinen Ausweis nicht dabeihatte, und Sie haben es später so zu Protokoll gegeben.«

»Egal, wer Sie sind, Sie sollten aufpassen, was Sie sagen«, entgegnete Kahle scharf. »Und jetzt lassen Sie uns diesen Quatsch beenden.«

»Ich weiß, dass Sie Gudokeit und die anderen schützen wollten.« Winter riskierte jetzt alles. Er hatte in einem der zahlreichen Artikel im Internet, die es über den Hafenstraßenbrand gab, gelesen, dass die Wismarer möglicherweise durch Polizeibeamte gedeckt worden waren. Doch Einzelheiten darüber wusste er nicht. Geschweige denn kannte er Namen.

»Sie haben es damals getan und versuchen es in diesem Moment erneut«, fuhr er fort. »Wollen Sie ernsthaft, dass es wieder passiert? Sagen Sie mir jetzt einfach, wo Björn Senger heute Nacht Dienst hat.«

»Was zum Teufel soll das?«, fragte Kahle verunsichert. »Ich habe diese Typen damals nicht gedeckt. Und weshalb sollte ich nun einen unserer Männer decken? Weswegen überhaupt?«

»Er wird heute Nacht etwas Schreckliches tun«, drängte Winter. »Und ich bin der Einzige, der ihn aufhalten kann.«

»Ich glaube, Sie sind verrückt.«

»Mir ist vollkommen egal, was Sie glauben. Sagen Sie mir jetzt endlich, wo er ist. Andernfalls können Sie sich morgen früh einen neuen Job suchen. Ich arbeite eng mit der Kripo zusammen, und es dürfte die Kollegen interessieren, dass Sie sich weigern, eine Straftat zu vereiteln.« Sein letzter Joker, ging es Winter durch den Kopf. Wenn Kahle jetzt nicht damit rausrückte, wo Senger sich aufhielt, würde ihm nichts anderes übrig bleiben, als Andresen und Ida-Marie Bescheid zu geben, um den Anschlag zu verhindern. Wenn es nicht schon längst zu spät war.

»Sie können sich sicher sein, ich werde herausbekommen, wer Sie sind«, zischte Kahle. »Am besten nehmen Sie sich schon mal einen Anwalt. Oder glauben Sie ernsthaft, ich lasse mir diese Anschuldigungen an den Kopf werfen, ohne etwas dagegen zu unternehmen? Ich kenne Björn Senger nicht und weiß gerade einmal, dass er bis vor nicht allzu langer Zeit bei der Feuerwehr gearbeitet hat. Wenn er Dreck am Stecken hat, ist er nicht der richtige Mann für unser Unternehmen. Mit Sicherheit will ich nicht dafür verantwortlich sein, wenn irgendetwas passiert. Heute Nacht hat Senger Wachdienst vor der Flüchtlingsunterkunft in der ehemaligen Seefahrtschule am Kaisertor auf den Wallanlagen.«

»Danke, geht doch.« Winter atmete tief durch. Er spürte, dass sich seine Anspannung löste, um im nächsten Moment mit voller Wucht zurückzukommen. Wenn ihn Kahle soeben nicht angelogen hatte, wusste er endlich, wo er Björn Senger finden würde.

»Ich schwöre Ihnen, das war nicht das letzte Mal, dass wir gesprochen haben.«

Während Winter noch über eine Erwiderung nachdachte, hörte er in der Leitung bereits, dass Kahle aufgelegt hatte. Und noch jemand, der es auf ihn abgesehen hatte, fuhr es ihm durch den Kopf. Die nächsten Monate würden anstrengend werden.

Diesmal hatte Winter den Motor des geklauten Golfs nicht

ausgeschaltet. Er löste die Handbremse, legte den ersten Gang ein und fuhr hastig los. In Richtung Wallanlagen, zu der ehemaligen Seefahrtschule am Kaisertor, in der seit einigen Wochen Flüchtlinge lebten.

Winter parkte den Wagen in der Wallstraße und näherte sich der ehemaligen Seefahrtschule über den parallel zur Kanaltrave verlaufenden Weg auf den Wallanlagen. Es war derart dunkel, dass er die Taschenlampenfunktion seines Handys benutzen musste, um Details seiner direkten Umgebung erkennen zu können. Der immer schmaler werdende Pfad und die hohen Bäume wirkten bedrohlich, doch in diesem Moment hatte er keine Zeit für Unbehagen. Alles, was zählte, war, Björn Senger zu finden und ihn aufzuhalten.

Erleichtert näherte sich Winter dem Gebäudekomplex oberhalb des Kaisertors. Die Flüchtlingsunterkunft stand noch nicht in Flammen, es lag kein beißender Geruch in der Luft. Er war also nicht zu spät gekommen, noch hatte er die Chance, die Katastrophe zu verhindern.

Die Erleichterung wich so schnell, wie sie gekommen war. Überschätzte er sich womöglich? Er hätte es einfacher haben können, indem er Andresen angerufen hätte. Die Polizei wäre mit allen zur Verfügung stehenden Streifenwagen ausgerückt. Sie hätten Björn Senger dingfest gemacht, bevor der überhaupt realisiert hätte, was mit ihm geschah.

Aber Winter hatte sich anders entschieden. Diesmal wollte er es auf seine Art und Weise lösen. Nicht als Andresens Handlanger, sondern allein. Und dabei sollte es auch bleiben.

Er ließ seinen Blick kreisen. Der Eingang zu der alten Seefahrtschule befand sich jetzt direkt vor ihm. Doch niemand war zu sehen. Weder Wachpersonal noch Flüchtlinge, die hier lebten.

Ohne die Taschenlampe seines Handys wäre Winter in diesem Moment aufgeschmissen gewesen. Die Außenbeleuchtung des Gebäudes schien defekt zu sein, und auch aus dem Innern der Unterkunft drang nicht der geringste Lichtstrahl.

Er wusste, dass das Areal rund um das Gebäude weitläufig

war. Es zog sich vom Mühlenteich über die Wallstraße an dichtem Baumbewuchs vorbei bis hin zur Kanaltrave. Wenn Björn Senger tatsächlich in dieser Nacht hier im Einsatz war, konnte er überall sein.

Er erschrak, als plötzlich ein Geräusch an seine Ohren drang. Raschelndes Laub. Hölzer, die knackten. Dann Schritte, die näher kamen. Hastig richtete Winter sein Handy nach vorne und ließ es kreisen. Im nächsten Augenblick trat ein Mann aus der Dunkelheit in den Lichtkegel der Taschenlampe.

Winter versuchte, sich das Foto im Wohnzimmer der Sengers vor Augen zu rufen. Es bestand kein Zweifel: Der Mann, der sich ihm langsam näherte, konnte nicht Björn Senger sein.

»Was wollen Sie?«, sprach der Mann ihn an. »Warum schleichen Sie hier um diese Uhrzeit herum?«

Winter musterte den Unbekannten, als er sich ihm bis auf zwei Körperlängen genähert hatte. Er schätzte ihn auf Mitte dreißig. Mit seinen knapp eins neunzig und den kurzen schwarzen Haaren sah er aus wie einer der Libanesen, die hinter ihm her waren. In der Hand hielt er eine MagLite, die so groß war wie ein Schlagstock.

»Ich schleiche hier nicht herum«, antwortete er entschlossen. »Ich suche den Wachmann. Björn Senger ist sein Name.«

»Was wollen Sie denn von ihm?«

»Ich muss dringend mit ihm sprechen. Eine persönliche Geschichte. Wissen Sie, wo er steckt?«

»Wenn er hier wäre, müsste ich nicht nach dem Rechten sehen.«

»Sie sind also im Dienst?«, stellte Winter nüchtern fest. »Oder weshalb sind Sie hier und bewachen die Unterkunft? Jedenfalls sind Sie kein Bewohner.«

»Ich lebe jetzt seit zwanzig Jahren in Deutschland«, antwortete der Mann. »Mein Vater ist damals mit mir aus Syrien hierher ausgewandert, damit ich eine deutsche Schule besuchen und studieren kann. Der Rest meiner Familie ist zu Hause in Homs geblieben. Meine Eltern sind mittlerweile tot, zum Glück haben sie nicht mehr miterleben müssen, was mit ihrer Heimat passiert. Aber meine beiden Brüder und ihre Familien sind vor drei Monaten über die Türkei und den Balkan nach Deutschland geflohen und leben seitdem hier in dieser Unterkunft. Ich helfe ihnen, so gut ich kann.«

»Vor zwanzig Jahren bereits?«, fragte Winter. »Dann erinnern Sie sich vielleicht noch an den Brand in der Hafenstraße?«

»Ich weiß, was damals passiert ist«, antwortete der Mann. »Wir sind ein paar Monate später nach Deutschland gekommen. Es war eine ähnliche Situation wie heute, viel Fremdenhass und alle paar Wochen irgendwo ein Anschlag auf ein Asylbewerberheim. Für meinen Vater und mich war die Situation aber ganz anders. Wir waren gerne gesehen. Es gab auch diese ganzen Vorurteile gegenüber Muslimen noch nicht. Der Hass dieser rechten Idioten richtete sich damals vor allem gegen Schwarze.«

Winter nickte. Für einen kurzen Moment hatte er sich selbst von Äußerlichkeiten leiten lassen. »Wo kann der Wachmann sein?«, fragte er schließlich.

»Woher soll ich das wissen? Ist er ein guter Freund von Ihnen?«

»Freund wäre vielleicht der falsche Begriff«, blockte Winter ab. »Jedenfalls wäre es gut, wenn ich wüsste, wo er gerade steckt.«

»Allerdings«, sagte der Mann. »In den Wallanlagen laufen eine Menge seltsamer Gestalten herum. Als vor ein paar Wochen die ersten Flüchtlinge hier eingezogen sind, gab es noch keinen Wachdienst. Da haben sich die Bewohner abends nicht sicher gefühlt.«

»Wissen Sie vielleicht, ob dieser Wachmann schon länger für diese Unterkunft eingeteilt war?«

»Seit etwa einer Woche, wenn ich mich richtig erinnere. Was ist denn mit ihm? Weshalb müssen Sie mitten in der Nacht mit ihm reden?«

»Nichts, weshalb Sie sich Sorgen machen sollten.«

»Sorgen machen?«, wiederholte der Mann verwundert. »Natürlich mache ich mir Sorgen. Als ich vor einer halben Stunde nach Hause gehen wollte, bemerkte ich, dass der Wachmann verschwunden ist. Erst dachte ich, er wäre nur kurz im Gebüsch verschwunden, aber er tauchte nicht mehr auf. Ich habe ihn gesucht, als ich plötzlich Geräusche gehört habe. Und dann standen Sie hier.«

»Gehen Sie nach Hause und legen Sie sich schlafen«, sagte Winter. »Es ist viel zu kalt hier draußen. Ich werde mich darum kümmern, dass der Wachdienst Ersatz schickt.«

»Sind Sie etwa von der Polizei?«

»So etwas Ähnliches.«

»Ich weiß nicht«, sagte der Mann. »Wenn es hier nicht sicher ist, will ich meine Familie heute Nacht nicht allein lassen.«

»Wie ist Ihr Name?«

»Khaled.«

»Ich heiße Simon«, sagte Winter. »Es gibt ein paar Dinge, über die ich nicht sprechen kann. Aber hören Sie mir jetzt bitte genau zu und beantworten Sie meine Fragen. Wissen Sie, wie viele Leute sich in dem Gebäude befinden?«

»Ganz genau kann ich das nicht sagen, aber gestern waren es um die siebzig.«

»Die Lichter sind aus«, sagte Winter. »Schlafen alle bereits?«

»Ich denke schon.«

»In Ordnung, Khaled. Trauen Sie sich zu, reinzugehen und alle Bewohner aufzuwecken? Wir müssen das Gebäude so schnell wie möglich evakuieren.«

»Wie bitte? Was soll das denn jetzt?«

»Ich bin jetzt ehrlich zu Ihnen«, sagte Winter. »Es gibt wahrscheinlich jemanden, der heute Nacht versuchen wird, einen Anschlag auf dieses Haus zu verüben.«

»Sie reden von diesem Wachmann?«

»Das ist zu befürchten.« Winter warf einen kurzen Blick auf sein Handy. Sofort war er alarmiert. Es war bereits weit nach drei Uhr. Wenn sich Björn Senger an den Ablauf von vor zwanzig Jahren halten würde, und danach sah es aus, würde er in wenigen Minuten das Feuer legen.

»Was ist mit der Polizei?«, fragte Khaled skeptisch.

»Sie glaubt, den Täter bereits gefunden zu haben, aber dem ist nicht so. Nur wir beide können noch verhindern, dass diese

Katastrophe eintritt. Ihre Familie ist in großer Gefahr. Helfen Sie mir also?«

»Das klingt vollkommen wahnsinnig.« Khaled schüttelte den Kopf. »Seit Jahren habe ich jede Nacht gebetet, dass meiner Familie in Homs nichts passiert. Und jetzt soll ihr Leben ausgerechnet hier in Deutschland gefährdet sein?«

»Es hat in den vergangenen Wochen bereits mehrere Anschläge auf unbewohnte Unterkünfte gegeben«, erklärte Winter. »Außerdem wurde die Leiche eines Ihrer Landsleute in der Trave gefunden. Er wurde offenbar getötet.«

»Aber ich verstehe noch immer nicht, warum wir nicht einfach die Polizei rufen.«

»Dafür ist es zu spät«, sagte Winter. »Es kann jeden Moment passieren. Wir dürfen jetzt keine Zeit mehr verlieren.«

»Dann helfen Sie mir dabei, die Leute da herauszuholen? Oder was machen Sie in der Zeit?«

»Ich versuche, hier draußen alles abzusichern«, antwortete Winter. »So hätte ich es auch gemacht, wenn ich Sie nicht getroffen hätte. Ich verspreche Ihnen, dass ich den Mann finden und ihn daran hindern werde, seinen Plan in die Tat umzusetzen.«

»Was glauben Sie eigentlich, wer Sie sind?«, fragte Khaled. Plötzlich klang er aufgebracht. »Was macht Sie so sicher, dass Sie es mit diesem Mann aufnehmen können?«

»Es gibt niemanden außer mir, der es schaffen kann, ihn zu stoppen. Das muss als Erklärung genügen. Wenn es Ihnen gelingt, Ihre Leute da herauszuholen, wird erst recht nichts passieren. Falls Sie aber Zweifel haben, wäre es besser, wenn Sie von hier verschwinden.«

»Ich mache es«, sagte Khaled mit schwerer Stimme. »Auch wenn ich immer noch Zweifel an Ihren Worten habe.«

»Wir sehen uns später«, sagte Winter. »Würden Sie mir Ihre Taschenlampe geben?«

Khaled sah Winter einen Moment lang argwöhnisch an, dann reichte er ihm die große MagLite.

»Danke«, sagte Winter. »Beeilen Sie sich. Nur für den unwahrscheinlichen Fall, dass bei mir doch etwas schiefgehen sollte.« Er nickte kurz und wandte sich von dem groß gewachsenen Mann ab. Dann ging er langsam an dem Gebäude vorbei in Richtung Rückseite. Das Gelände fiel steil zur Kanaltrave ab, Bäume und Sträucher verhinderten jedoch eine freie Sicht. Die Taschenlampe versuchte er, so unauffällig wie möglich einzusetzen. Senger sollte ihn auf keinen Fall kommen sehen.

Winter blieb stehen, als er sich dem Ende des schmalen Wegs, der am Haus entlangführte, näherte. Wo zum Teufel steckte Björn Senger bloß? Hoffentlich hatte er sein Gespräch mit Khaled nicht beobachtet. Oder hatte er sie etwa belauscht und würde seine Pläne jetzt womöglich noch einmal ändern?

Wieder holte er sein Handy hervor. Das Display zeigte drei Uhr neunundzwanzig.

Winter atmete tief durch. Dann richtete er die Taschenlampe nach vorne und leuchtete mit großem Unbehagen die Rückseite des Gebäudes aus. Sein Blick folgte dem Lichtkegel. Doch von Senger war weit und breit nichts zu sehen.

Im nächsten Moment hallte ein gedämpfter Schrei durch die kalte Nacht. Winter zuckte zusammen. Er hatte die Stimme sofort erkannt. Sie gehörte Khaled.

In vollem Bewusstsein, dass er etwas Schreckliches getan hatte, rannte er den Weg zurück, den er gekommen war. Er hatte Khaled direkt in die Arme von Björn Senger geschickt.

## FEUERWALZE

Als er seine Hand auf die Türklinke legte, fühlte es sich wieder so wie damals an. Winter wollte nicht sehen, was hinter der Tür geschehen war, aber er wusste, dass er seine Augen nicht davor verschließen konnte. Er hatte nicht verhindern können, dass sich die grausame Befürchtung bewahrheitete. Schlimmer noch, er trug diesmal sogar selbst Schuld an der Katastrophe.

Langsam drückte er die Klinke herunter und schob die Tür auf. Das leise Knarzen klang wie ein Sargdeckel, der sich über ihm schloss.

Vorsichtig leuchtete er mit der Taschenlampe in den Eingangsbereich des Gebäudes. Sofort sah er Khaled. Er lag direkt am Fuß einer Treppe, die offenbar in die oberen Stockwerke führte. Nur ein paar Meter entfernt.

Winter sah sich vorsichtig um. Links neben der Treppe führte der Flur weiter in den hinteren Bereich des Hauses. Dort war es stockdunkel. Er leuchtete, erkannte jedoch weder Räume noch irgendwelche Vorsprünge, hinter denen sich jemand versteckt halten konnte.

Er musste Khaled helfen. Wenn er noch am Leben war, musste er ihn irgendwie aus dem Gebäude schaffen. Obwohl dafür im Grunde keine Zeit mehr blieb.

Als sich Winter einigermaßen sicher war, dass Senger ihm nicht in unmittelbarer Nähe auflauerte, lief er in gebückter Haltung in Richtung Treppenaufgang. Der Lichtkegel der Taschenlampe tanzte in der Dunkelheit hektisch hin und her. Als er über Khaleds Körper fuhr und den Mann aus nächster Nähe betrachtete, verstand er sofort, dass er nicht mehr helfen konnte. Khaled war tot. Aus einer klaffenden Wunde am Hinterkopf war bereits so viel Blut ausgetreten, dass der Dielenboden dunkel gefärbt war. Der Hammer, von dem Khaled getroffen worden war, lag nur wenige Zentimeter neben seinem Kopf.

»Sie kommen zu spät.«

Winter fuhr hoch. Hastig richtete er die Taschenlampe nach oben. Auf halber Treppenhöhe sah er einen jungen Mann stehen. Es war Senger. In seiner rechten Hand hielt er einen flaschenähnlichen Gegenstand. Winter glaubte zu erkennen, dass es sich um einen Molotowcocktail handelte.

»Ich komme gerade richtig«, sagte er. Er wollte unbeeindruckt klingen, doch die Tatsache, dass Khaled tot war, hatte ihn aus der Fassung gebracht. Er zitterte am ganzen Körper, unfähig, sich zu bewegen.

»In acht Minuten werde ich den Brandsatz auf diese Treppe werfen«, sagte Björn Senger mit fester Stimme.

»Woher wissen Sie, dass das Feuer damals genau zu dieser Zeit gelegt worden ist?«, fragte Winter.

»Nur weil die Polizei bis heute nicht weiß, was damals passiert ist, heißt das nicht, dass es niemanden gibt, der die Details kennt.«

»Sie waren es jedenfalls nicht, so viel steht fest.«

»Verdammt, Sie sind wirklich gut.« Senger lachte.

»Ihnen ist hoffentlich klar, dass Sie hier nicht rauskommen?« Winter trat auf die unterste Treppenstufe und versuchte, die Taschenlampe ganz langsam auf Sengers Gesicht zu richten. »Drei Menschen haben Sie bereits auf dem Gewissen. Warum müssen noch mehr sterben?«

»Es wird Ihnen nicht gelingen, mich in ein Gespräch zu verwickeln«, antwortete Senger. »Ich habe meine Gründe, all das hier zu tun.«

»Nennen Sie mir nur einen, damit ich es verstehen kann. Was haben Ihnen diese Menschen getan? Oder wollen Sie etwas ganz anderes beweisen? Wollen Sie etwa nur dem Täter von damals nacheifern? Der Täter, der bis heute nicht verurteilt worden ist. Oder sollte ich sagen: *die Täterin*?«

»Sie haben nicht den blassesten Schimmer, was wirklich vor sich geht«, sagte Senger noch immer lächelnd. »Was damals geschehen ist, hat mit dieser Sache hier nichts zu tun. In sechs Minuten brennt diese Flüchtlingsunterkunft. Dann wird mein Vater vielleicht verstehen, dass er zu weit gegangen ist.«

»Ihr Vater sitzt zu Unrecht in Untersuchungshaft, was soll er denn verstehen?«

»Zu Unrecht?« Senger wurde laut. »Alles, was passiert ist, hat mein Vater genau so verdient.«

»Ich würde es wirklich gerne verstehen.« Winter blieb beharrlich.

»Nein, das wollen Sie nicht«, entgegnete Senger. »Als wären Sie ernsthaft an meinem Leben interessiert. Ihnen geht es nur darum, zu verhindern, was ich vorhabe. Wenn das alles hier vorbei ist, können Sie mit meiner Mutter über die Vergangenheit reden. Sie wird Ihnen vielleicht erzählen, weshalb das Ganze notwendig war. Ich befürchte allerdings, dass es schwierig für Sie wird, hier lebend herauszukommen.«

»Ich habe bereits zwei Mal mit ihr gesprochen«, sagte Winter.

Senger hatte sich leicht abgewandt, sein Gesicht war kaum zu sehen. Trotz der Taschenlampe hatte Winter Probleme, Einzelheiten zu erkennen. Doch Senger war verunsichert, das spürte er.

»Ich weiß bereits eine ganze Menge über Sie«, fuhr Winter fort. »Zum Beispiel, dass Ihr Vater das hier mit Sicherheit nicht wollen würde. Er hilft diesen Menschen. Das, was Sie –«

»Seien Sie still«, zischte Björn Senger. »Sie haben keine Ahnung.«

»Was hat er gemacht, dass Sie ihm das antun?« Noch während Winter seine Frage stellte, verstand er plötzlich. Die Wut, die Björn Senger verspürte, hatte nichts mit den Flüchtlingen zu tun, die er scheinbar wahllos tötete. Das Motiv für seine ungeheuerlichen Taten war einzig und allein der Hass auf seinen Vater.

»Ich weiß, wer Sie sind«, sagte Senger schließlich. »Sie glauben, alles zu wissen und jeden zu durchschauen. Aber manchmal ist die Wahrheit etwas komplizierter.«

»Falsch«, sagte Winter. »Ich glaube nicht, sondern ich weiß, dass ich Sie durchschaut habe. Ihr Vater hat sich zeit seines Lebens für Flüchtlinge eingesetzt. Er war bereits damals als Sozialarbeiter in der Hafenstraße 52 tätig. Er hat sich für andere Menschen aufgeopfert, während er Sie und Ihre Mutter vernachlässigt hat. Ist es so gewesen?«

»Einen Scheißdreck wissen Sie«, brach es aus Senger heraus. »Sie haben doch überhaupt keine Vorstellung davon, wie es ist, quasi ohne Vater aufzuwachsen.«

Winter wollte etwas erwidern, schluckte die Worte jedoch hinunter.

»So lange ich mich erinnern kann, hat mein Vater jede Minute seines Lebens mit Menschen verbracht, denen er helfen wollte. Meine Mutter und ich waren ihm vollkommen egal. Wir waren wie unsichtbar für ihn. Es gibt einfach nichts, das uns verbindet. Er hat mich ignoriert, einfach links liegen lassen. Seine ganze Erfüllung hat er sich über seine Arbeit geholt. Wildfremde Menschen, für die hat er alles gegeben. Selbst noch abends nach seiner eigentlichen Arbeit, wenn andere Kinder von ihren Vätern ins Bett gebracht werden, war er nicht für mich da. Einfach nie. Es gibt keinen gemeinsamen Moment, an den ich mich erinnern kann. Können Sie sich auch nur ansatzweise vorstellen, was das für meine Mutter und mich bedeutet hat? Natürlich nicht, also seien Sie jetzt einfach still.«

»Wenn Sie Ihren Vater so sehr hassen, warum bringen Sie dann nicht einfach ihn um?« Winter nahm zwei weitere Treppenstufen. Es trennten sie jetzt nur noch zwei Körperlängen voneinander. Winter war nah genug, um zu erkennen, dass es sich tatsächlich um einen Brandsatz handelte, den Senger in der Hand hielt. Das Stofftuch am Flaschenhals ließ keinen Zweifel zu.

»Was haben Sie davon, dass diese Unschuldigen sterben müssen?«, fragte Winter. Er wusste, dass er das Gespräch am Laufen halten musste. Er musste Senger so lange weiter verunsichern, bis er einen Fehler beging.

»Mir geht es nicht um diese Flüchtlinge, sie sind mir egal«, antwortete Senger kopfschüttelnd. »Alles, was ich will, ist, einen Menschen da zu treffen, wo es ihn am meisten schmerzt. Und ich weiß, dass es nichts Schlimmeres für ihn gibt, als Kinder sterben zu sehen. Und damit meine ich nicht mich.«

»Denken Sie wirklich so über ihn?«

»Sehe ich so aus, als ob ich Scherze machen würde?« Senger wandte sich Winter zu und blickte ihn aus leeren Augen an. Seine Entschlossenheit schien zu weichen und einer seltsamen Mischung aus Traurigkeit und Gleichgültigkeit Platz zu machen. Etwas, das Winter in diesem Moment noch mehr beunruhigte.

»Ich sehe einen jungen Menschen, der nicht weiß, was er tut«, sagte Winter. »Der sich das schrecklichste Ereignis in der Nachkriegsgeschichte Lübecks zum Vorbild nimmt und Menschen auf qualvollste Weise umbringen will. Egal, was Ihr Vater Ihnen angetan hat, das kann nicht die Lösung für Ihre Probleme sein.«

»Er ist nicht mein Vater.« Ein bitteres Lächeln lag auf Sengers Lippen. »Über diesen Punkt bin ich längst hinweg. Er hat sich keine Minute seines Lebens um mich gekümmert. Nicht, als ich ein Kind war und einen Vater gebraucht hätte. Und nicht als Jugendlicher, als es mir schlecht ging. Als ich Probleme in der Schule hatte. Mein Leben war schon mit fünfzehn ein einziger Scherbenhaufen. Aber mein Erzeuger war einfach nicht für mich da. Alles blieb an meiner Mutter hängen, und sie hat selbst darunter gelitten.«

Winter atmete tief durch. Die Parallelen zwischen seinem eigenen und Björn Sengers Leben waren tatsächlich groß genug, dass er Mitleid mit dem jungen Mann verspürte. Und doch unterschied sie etwas Entscheidendes. Winter war es irgendwann gelungen, seine Wut zu kanalisieren, während Senger aus Enttäuschung und Frust dazu übergegangen war, sich an seinem Vater zu rächen.

»Was ist mit dem Flüchtling, der gestern Abend in der Trave gefunden wurde?«, fragte er nach einigen Sekunden der Stille. »Waren Sie das auch?«

»Mahmoud Said«, stieß Senger verächtlich aus. »Nennen Sie doch ruhig seinen Namen.«

»Was ist mit ihm gewesen?«

»Was er gemacht hat, war für meine Mutter und mich einfach nicht länger zu ertragen«, antwortete Senger. »Eines Tages brachte er diesen Said mit nach Hause«, fuhr er fort. »Er hat ihn wie seinen eigenen Sohn behandelt. Wir saßen zu viert am Tisch, und ich habe mich gefragt, wer denn nun eigentlich sein Sohn ist. Ich war es nicht, das ist mir in diesem Moment endgültig klar geworden.« Seine Stimme zitterte plötzlich, es fiel ihm zunehmend schwer, über sich und seinen Vater zu reden.

»Keine Ahnung, ob er mich hasst. Ich wüsste nicht, warum, aber ich wäre froh gewesen, wenn er mir gegenüber wenigstens diese Regung gezeigt hätte. Aber da war nichts, rein gar nichts. Als wäre ich Luft für ihn.« Senger hielt inne. Für einen kurzen Augenblick glaubte Winter, er würde zusammenbrechen, doch dann sprach er weiter.

»Die beiden waren derart innig miteinander, dass es regelrecht unangenehm war. Verletzend, verstehen Sie? Mein Vater, der ein Leben lang nichts von mir wissen wollte, tut einfach so, als sei es das Normalste auf der Welt, dass er einen Fremden mit nach Hause bringt. Und dieser Fremde bekommt all das von meinem Vater, was er mir nie gegeben hat. Liebe, Zuneigung, Hilfe, sogar Geld. Ich habe keine andere Möglichkeit gesehen, als Said umzubringen.«

Winter erwischte sich dabei, wie er einen Funken Verständnis für Björn Senger aufzubringen begann. Mühsam löste er sich von dem Gedanken, indem er einen kurzen Blick über die Schulter warf. Zu sehen, was Senger mit Khaled gemacht hatte, reichte aus – Verständnis war das Letzte, was er haben durfte.

»Was ist mit dem Mord an Hartmut Welslau?«

Senger zuckte die Schultern.

»Ich weiß, dass er Sie dabei beobachtet hat, wie Sie das Feuer in der Unterkunft in Moisling gelegt haben. War es wirklich nötig, ihn deswegen umzubringen?«

»Im Nachhinein betrachtet hätte ich ihn wohl besser sofort aus dem Weg räumen sollen«, antwortete Senger kalt. »Ich habe keine Ahnung, was genau er Ihnen erzählt hat, aber da Sie hier nicht gerade zufällig stehen, gehe ich davon aus, dass er Sie auf die richtige Spur gebracht hat.«

»Sie denken, Welslau hätte Sie verraten?«

»Eigentlich interessiert es mich nicht, aber ich muss zugeben, dass mich diese Sache ärgert«, antwortete Senger. »Ich habe alles sehr sorgfältig geplant und war vorsichtig genug. Und doch habe ich Fehler gemacht. Dieser Alte war wahrscheinlich mein größter.«

»Dass ich hier stehe, hat nichts mit Welslau zu tun«, sagte Winter. »Er war verwirrt und konnte sich an keine Details mehr erinnern. Von ihm ging keine Gefahr für Sie aus.«

»Wie gesagt, es ist mir egal, wie Sie davon erfahren haben. Sie werden mich ohnehin nicht daran hindern können, dass ich diese Unterkunft in Brand stecke.«

»Es war Ihre Mutter.«

»Wie bitte?« Für einen kurzen Moment entglitten Sengers Gesichtszüge.

»Sie hat es mir gesagt.«

»Was hat sie Ihnen gesagt?«

»Dass ich Sie finden soll, weil sonst etwas Fürchterliches passieren wird. Sie wollte, dass ich Sie finde.«

»Ich glaube Ihnen kein Wort.«

Winter erkannte, dass Senger plötzlich zitterte. Seine Stimme bebte.

»Tut mir leid, dass Sie es auf diese Weise erfahren«, fuhr Winter unbeeindruckt fort. »Ihre Mutter hat mich vor ein paar Tagen aufgesucht und gebeten, das hier zu verhindern.«

»Meine Mutter würde mir niemals in den Rücken fallen.« Sengers Stimme brach. »Sie weiß genau, dass ich es für uns beide mache.«

Winter beobachtete ihn. Senger holte tief Luft und versuchte, seine Atmung wieder in den Griff zu bekommen. Plötzlich fasste er mit der linken Hand in seine Jackentasche und holte einen länglichen Gegenstand hervor. Es vergingen einige Sekunden, ehe Winter verstand, worum es sich handelte.

»Lassen Sie das«, rief er laut. Er spürte die Panik in sich aufsteigen. »Stecken Sie das Feuerzeug sofort wieder ein.«

»Tut mir leid«, sagte Senger leise. »Ich muss es tun.« Im nächsten Augenblick legte er seinen Finger auf den Zünder.

Im diffusen Licht der kleinen Flamme nahmen seine Gesichtszüge etwas Diabolisches an. Seine Mundwinkel hatten sich zu einer Grimasse verformt, von der Winter nicht wusste, ob es ein Lächeln war oder ein Ausdruck der Angst vor dem, was passieren würde.

Langsam führte Senger das Feuerzeug in Richtung seiner rechten Hand, in der er den Brandsatz mit dem Stofftuch hielt. Nur noch wenige Zentimeter. Dann würde er die Flasche wahrscheinlich die Treppe hinaufwerfen, sodass der Fluchtweg versperrt war. Wenn er jetzt nichts unternahm, würde das Gebäude binnen weniger Minuten in Flammen stehen.

Das Feuerzeug berührte das Stofftuch bereits.

»Machen Sie das, weil Ihre Mutter vor zwanzig Jahren den Brand in der Hafenstraße 52 gelegt hat?«, rief Winter.

»Was?« Senger blickte hoch. Auf seinem Gesicht zeichnete sich Ungläubigkeit ab. Winter war sofort klar, dass Björn Senger diese Möglichkeit noch nie in Erwägung gezogen hatte.

Im nächsten Moment fing das Tuch Feuer. Senger blieben nur noch wenige Augenblicke, um den Molotowcocktail wegzuschleudern. Doch er zögerte.

»Schmeißen Sie ihn weg!«, schrie Winter.

Zu spät.

Winter stürzte die Treppe hinunter und warf sich auf den Boden.

Die Explosion war so heftig, dass Winter in diesem Moment mit seinem Leben abschloss. Die vergangenen Jahrzehnte liefen wie ein Kurzfilm in seinem Kopf ab. Eine Feuerwalze rollte über seinen Rücken hinweg. Die Hitze und der Geruch von verbrannten Haaren raubten ihm den Atem.

Sekunden vergingen, die ihm wie Minuten vorkamen. Der Feuerschwall war über ihn hinweggezogen, langsam drehte er sich um. Erst jetzt bemerkte er, dass seine Jacke doch Feuer gefangen hatte. Panisch riss er sie sich vom Leib und versuchte, die Flammen mit den Füßen auszutreten.

Aus dem Augenwinkel erkannte er Senger. Seine Kleidung brannte, während er so laut schrie, dass selbst das zischende Geräusch immer neuer Flammen nicht mehr zu hören war.

Winter richtete sich auf und wollte die Treppe hinauflaufen, um Senger zu Hilfe zu eilen. Doch es war zu spät. Björn Senger verbrannte direkt vor seinen Augen bei lebendigem Leib. Seine Haare brannten lichterloh, die Haut in seinem Gesicht schälte sich bereits. Er konnte ihm nicht mehr helfen. Im nächsten Moment stürzte Senger die Treppen hinunter und landete vor seinen Füßen. Unmittelbar neben Khaled.

Winter tastete sich langsam zu ihm vor. Senger hatte bereits das Bewusstsein verloren, große Flächen seines Körpers waren verbrannt.

Als er sich einigermaßen sicher war, dass er sich über Senger beugen konnte, ohne selbst in Brand zu geraten, griff er nach seiner angesengten Jacke und breitete sie über ihm aus. Sekunden später krachte das untere Treppengeländer herunter. Das Feuer war auf die Holztreppe übergesprungen und fraß sich langsam nach oben.

Winter hatte verhindern wollen, dass Senger das Gebäude in Brand steckte. Doch er war gescheitert. Er spürte, dass die Panik zurückkam. Die Menschen in den oberen Stockwerken befanden sich in Lebensgefahr, während er hier unten stand und nicht helfen konnte. Der Weg nach oben war versperrt.

Hastig zog er sein Telefon aus der Jackentasche, wählte die 112 und schilderte in kurzen Sätzen, was passiert war. Als er wieder aufgelegt hatte, bückte er sich noch einmal und versuchte, Sengers Puls zu fühlen.

Nichts. Senger war tot.

Winter schickte ein Stoßgebet zum Himmel. Er war nie gläubig gewesen, doch in diesem Moment hatte er das dringende Bedürfnis, jemanden zu bitten, die Menschen in diesem Haus vor den Flammen zu schützen.

Er warf einen letzten Blick auf das brennende Treppenhaus und die beiden Leichen zu seinen Füßen, dann wandte er sich ab und rannte aus dem Gebäude.

## VOICEMAILS

Winter ließ sich auf das weiche Doppelbett fallen und tippte den Code seines Handys ein. Dann schloss er die Augen und wartete einige Sekunden. Es vibrierte, so wie er erwartet hatte.

Er blinzelte und erkannte, dass die Nachrichten über verpasste Anrufe im Sekundentakt über das Display huschten. Dreiundzwanzig Anrufe in Abwesenheit und sieben Mailbox-Nachrichten zählte er schließlich.

Winter hatte keinerlei Kontakte in seinem Handy abgespeichert, sodass ihm nicht die Namen der Anrufer, sondern nur deren Telefonnummern angezeigt wurden. Die meisten von ihnen kannte er. Andresens Nummer war genauso dabei wie die von Ida-Marie. Sie allein hatte es acht Mal bei ihm versucht. Auch Kalle Hansen hatte dreimal angerufen. Zwei Nummern waren ihm jedoch gänzlich unbekannt. Anrufer, die auch auf seine Mailbox gesprochen hatten. Es handelte sich um Lübecker Nummern.

Er legte das Handy beiseite und verschränkte die Hände hinter dem Kopf. Sein Blick fiel an die Decke des Hotelzimmers, in dem er seit zwei Tagen wohnte.

Gleich nachdem er die Flüchtlingsunterkunft in der ehemaligen Seefahrtschule verlassen hatte, war er ziellos durch die Altstadt gelaufen. Mehrere Löschzüge, Rettungswagen und Polizeistreifen waren ihm mit hoher Geschwindigkeit entgegengekommen. Immer wieder hatte er die Augen geschlossen und sein unadressiertes Stoßgebet gen Himmel losgelassen. Nachdem er die Innenstadt einmal komplett durchquert hatte, nur um sie durch das Burgtor wieder zu verlassen, hatte er kurzerhand die Entscheidung getroffen, mit einer eigens für Notsituationen gefälschten Kreditkarte, die auf den Namen Kai Sommer ausgestellt war, in dem großen Hotel am Gustav-Radbruch-Platz einzuchecken. Er hatte die Karte noch nie benutzt, aber es schien so, als funktionierte sie einwandfrei. Das Konto, das belastet werden würde, gehörte einem Hamburger Geschäftsmann, für den er vor Jahren einmal gearbeitet hatte. Einer der unangenehmsten Menschen, die Winter je kennengelernt hatte. Skrupel empfand Winter jedenfalls nicht im Geringsten.

Im Fahrstuhl des Hotels hatte er sein Handy ausgeschaltet. Er sehnte sich nur danach, seine Augen zu schließen und zu schlafen. Niemanden hören und sehen. Weder Ida-Marie noch sonst irgendjemanden von der Kripo. Einfach nur Abstand von dem Erlebten bekommen.

Als er am nächsten Tag gegen Mittag wach geworden war, hatte er den Fernseher in seinem Zimmer eingeschaltet. Er hatte das Schlimmste erwartet. Sondersendungen über den Brand in einer Lübecker Flüchtlingsunterkunft, bei dem Dutzende Menschen ums Leben gekommen waren. Liveschaltungen auf allen Sendern. Ermittelnde Polizeibeamte, die sich über die möglichen Hintergründe ausließen. Doch nichts von alledem war der Fall. Der Brand schien bislang keine bundesweite Aufmerksamkeit zu erfahren.

Im Videotext des NDR war er schließlich fündig geworden. Hier waren die Ereignisse der vergangenen Stunden tatsächlich die Topnachricht.

»Zwei Tote bei Brandanschlag auf die Lübecker Flüchtlingsunterkunft«.

Winter hatte die Überschrift mehrere Male gelesen, ehe er wirklich verstanden hatte, was sie bedeutete. Er hatte den weiteren Text nur überflogen und dann den Fernseher wieder ausgeschaltet.

Seine Gebete waren tatsächlich erhört worden. Die Erleichterung, dass das Feuer offenbar rechtzeitig gelöscht werden konnte und sämtliche Bewohner der Unterkunft lebend aus dem Gebäude herausgekommen waren, hatte die Anspannung von einem auf den anderen Moment aus seinem Körper weichen lassen.

Er hatte zwar den Tod von Khaled nicht verhindern können, genauso wenig wie den von Björn Senger. Aber durch sein Eingreifen und den Notruf, den er abgesetzt hatte, waren alle Bewohner der Unterkunft gerettet worden.

Winter richtete sich auf. Ausgelaugt fühlte er sich trotz allem noch. Seit mehr als fünfzig Stunden hatte er dieses Hotel nicht verlassen. Essen und Trinken hatte man ihm aufs Zimmer gebracht. Selbst eine Zahnbürste hatte er sich besorgen lassen. Die Fragen der Hotelangestellten, wie lange er denn beabsichtige zu bleiben, hatte er bislang erfolgreich abblocken können.

Er trat ans Fenster und schob den dicken Vorhang beiseite. Der Blick auf den Kreisverkehr hatte etwas Beruhigendes. Der Verkehr floss, alles ging seinen alltäglichen Gang.

Er wusste, dass Lübeck mittlerweile doch im Fokus der bundesweiten Berichterstattung stand. Die Tatsache, dass der Anschlag auf die Flüchtlingsunterkunft auf den Tag genau zwanzig Jahre nach dem Brand in der Hafenstraße 52 verübt worden war, hatte diverse Reporterteams in die Stadt gelockt. Die Fernsehsender berichteten nun ausführlich über die Geschehnisse von vor zwei Tagen. Björn Senger war als Täter offenbar eindeutig identifiziert worden. Ihm wurden die Morde an Mahmoud Said, Hartmut Welslau und Khaled Hemidi sowie Brandstiftung in mindestens vier Fällen vorgeworfen.

Im Grunde war der Fall also aufgeklärt – nachdem er selbst die entscheidenden Hinweise an Kripo und Feuerwehr geliefert hatte. Es war nie sein oberstes Ziel gewesen, die Lorbeeren für die entscheidende Arbeit, die er verrichtete, einzuheimsen, doch durch die alte Rivalität mit Andresen hatte sich das geändert. Winter hätte also jetzt auftrumpfen und sich den Ermittlungserfolg auf die Fahnen schreiben können, jedoch wollte er am liebsten komplett abtauchen.

Die kritischen Fragen, woher er gewusst habe, wer der Täter sei und wo er zuschlagen würde, wollte er nicht abwehren müssen. Dem Presserummel mit Interviews in Zeitungen und Magazinen wollte er sich nicht aussetzen. Und schon gar nicht Andresens Vorwürfe anhören, was er sich denn einbilde, sich in Dinge einzumischen, die ihn seiner Meinung nach nichts angingen.

Winter schloss die Augen. Das Gespräch mit Björn Senger spulte sich wie in einer Endlosschleife in seinem Kopf ab. Wie oft er es in den vergangenen zwei Tagen im Geiste durchgegangen war, konnte er nicht einmal sagen. Mit wenigen Ausnahmen hatte er ununterbrochen an diese wenigen Minuten denken müssen.

Die Begründung, die Senger für seine unfassbaren Taten geliefert hatte, stellte ihn einfach nicht zufrieden. Die pure Enttäuschung darüber, dass sich sein Vater nicht um ihn gekümmert und er sein Leben stattdessen dem Schicksal von Flüchtlingen gewidmet hatte, schien ihm als Argument nicht stark genug. Es musste noch etwas geben, das diesen jungen Mann dazu getrieben hatte, Menschen zu töten und in Kauf zu nehmen, dass Lübeck um ein Haar erneut Schauplatz einer Katastrophe wie vor zwanzig Jahren geworden wäre.

Je länger er darüber nachdachte, desto sicherer war er, dass Eva Senger entscheidenden Einfluss auf ihren Sohn genommen hatte. Die Vermutung, dass sie etwas mit dem damaligen Brandanschlag auf die Hafenstraße 52 zu tun hatte, war vage, aber nicht vollkommen abwegig. Winter hatte ein wenig ins Blaue geschossen, als er Björn Senger gegenüber die Beschuldigung seiner Mutter in den Ring geworfen hatte. Aber so wie Senger darauf reagierte, hatte sich der Verdacht eher erhärtet.

Eines war ihm in den vergangenen achtundvierzig Stunden jedenfalls klar geworden. Er musste Eva Senger noch einmal aufsuchen. Er musste wissen, was tatsächlich geschehen war. In ihrer Vergangenheit. In ihrer Familie. Mit ihrem Mann, Björns Vater. Erst wenn er verstand, wie es dazu kommen konnte, dass ein Kind, das von seinem Vater missachtet wurde, zu einem Menschenfeind mutiert war, würde er mit diesem Fall abschließen können. Die Tatsache, dass sich der Hass auf den Ehemann und Vater in Angriffen auf andere geäußert hatte, wollte ihm nicht in den Kopf.

Winter schloss den Vorhang wieder und ging zurück zu seinem Kingsize-Bett. Ohne es zu verhehlen, war Letzteres ein weiterer Grund, weshalb er keinen Drang verspürte, das Zimmer zu verlassen. Er konnte sich nicht erinnern, jemals ähnlich bequem geschlafen zu haben.

Das Handy lag auf seinem Kopfkissen. Winter spürte, dass der Moment gekommen war, die Nachrichten auf seiner

Mailbox abzuhören. Zwei Tage lang hatte er nichts an sich heranlassen wollen. Doch noch länger konnte er die Anrufe nicht ignorieren.

Zögerlich hob er das Handy auf. Dann rief er die Sprachnachrichten ab und hielt das Telefon an sein Ohr.

*Montag, 18. Januar 2016, 06:48 Uhr:*

»Simon, ich bin's, Ida-Marie. Du hattest tatsächlich recht. Beziehungsweise diese Frau, mit der du gesprochen hast. Ruf mich doch bitte mal zurück. Ich will hören, ob es dir gut geht. Danke.«

*Montag, 18. Januar 2016, 10:13 Uhr:*

»Warum hast du dein Handy ausgeschaltet? Ich mache mir langsam Sorgen. Wo hast du denn heute Nacht geschlafen? Melde dich kurz, damit ich weiß, dass du nichts mit dieser Sache zu tun hast und es dir gut geht.«

*Montag, 18. Januar 2016, 14:37 Uhr:*

»Birger Andresen hier. Winter, wenn Sie das hier abhören, dann rufen Sie mich bitte umgehend zurück. Ich will Sie nur vorwarnen, es könnte ungemütlich für Sie werden. Die Kollegen von der Mordkommission vermuten, dass Sie etwas mit der Sache zu tun haben. In Ihrem Sinne hoffe ich mal, dass da nichts dran ist.«

*Montag, 18. Januar 2016, 19:50 Uhr:*

»Verdammt, Simon, wo steckst du denn? Die denken mittlerweile, dass du in der Sache mit drinhängst. Wenn du irgendetwas weißt, solltest du dich so schnell wie möglich melden. Von mir wird auf jeden Fall niemand erfahren, dass wir in der Angelegenheit ermittelt haben. Und natürlich kannst du in der nächsten Zeit auch weiter bei mir schlafen.«

*Dienstag, 19. Januar 2016, 11:22 Uhr:*

»Lübecker Nachrichten, Lehmann mein Name. Ich würde Ihnen gerne einige Fragen zu dem Brandanschlag in der ehemaligen Seefahrtschule stellen. Wir haben gehört, dass möglicherweise ein Zusammenhang mit dem Anschlag von 1996 in der Hafenstraße 52 bestehen soll und Sie da vielleicht mehr wissen. Rufen Sie mich doch bitte unter dieser Nummer so schnell wie möglich zurück. Vielen Dank.«

*Dienstag, 19. Januar 2016, 16:02 Uhr:*

»Ich habe kein gutes Gefühl mehr bei der Sache. Was ist denn bloß vorletzte Nacht passiert? Falls du deine Nachrichten abhörst: Die Kollegen sind sich mittlerweile sicher, dass Björn Senger den Brand gelegt hat. Alles spricht dafür, dass er auch Hartmut Welslau und den Toten aus der Trave auf dem Gewissen hat. Sengers Vater wurde gestern bereits aus der Untersuchungshaft entlassen. Von seiner Mutter fehlt allerdings jede Spur. Genau wie von dir. Komm doch einfach heute Abend vorbei, und wir reden über alles, was passiert ist. Andernfalls befürchte ich, dass man spätestens ab morgen früh nach dir suchen wird. Überleg es dir gut, bevor alles noch schlimmer wird.«

*Dienstag, 19. Januar 2016, 17:18 Uhr:*

»Hallo, hier spricht Eva Senger. Ich hoffe, Sie können mich verstehen. Der Wind hier draußen ist ziemlich laut. Ich rufe an, weil ich mich bei Ihnen bedanken möchte. Ich weiß es zwar nicht mit letzter Gewissheit, aber ich bin mir sicher, dass Sie es waren, der verhindert hat, dass noch mehr Menschen sterben mussten. Björn war fest entschlossen, und ich bin mir sicher, es hätte mehr Opfer gegeben als damals, wenn Sie nicht gewesen wären. Ich konnte Ihnen nicht sagen, dass er derjenige ist, den Sie finden müssen. Björn ist mein Sohn. Er war mein Sohn. Ich konnte nicht zulassen, dass er für etwas ins Gefängnis gehen muss, das er aus purer Verzweiflung tut. Deshalb habe ich den Zusammenhang mit dem Anschlag von damals konstruiert, in der Hoffnung, dass der Verdacht auf Matthias fällt. Es hätte beinahe funktioniert. Aber mein Mann hat natürlich nichts mit den Anschlägen zu tun. Im Gegenteil, er ist für viele Menschen ein Heiliger. Jemand, der sein letztes Hemd für Flüchtlinge opfert. Sie müssen allerdings wissen, dass hinter Björn und mir ein jahrzehntelanges Martyrium liegt, aus dem ich es leider niemals geschafft habe zu fliehen. Denn im gleichen Maße, wie er sich für Flüchtlinge eingesetzt hat, hat er unsere Familie vernachlässigt. Matthias hat Björn niemals wie seinen Sohn behandelt. Er hatte überhaupt kein Verhältnis zu ihm. Und auch um mich hat er sich, verzeihen Sie meine Ausdrucksweise, einen Dreck gekümmert. Es war nicht so, dass wir einfach nicht miteinander geredet und nichts gemeinsam unternommen haben. Matthias hat all das getan, was ein normaler Mensch mit seiner Familie tut. Allerdings nicht mit uns, sondern mit diesen Flüchtlingen. Er hat sie mit nach Hause gebracht, hat mit ihnen vor Björns Augen Dinge unternommen, die er mit ihm niemals gemacht hat. Glauben Sie mir, es wäre besser für ihn gewesen, er wäre ohne Vater aufgewachsen. Wahrscheinlich fragen Sie sich noch immer, warum ich Matthias nicht verlassen habe. Eine berechtigte Frage, auf die es eine einfache Antwort gibt. Matthias und ich hatten einen weiteren Sohn. Er ist gestorben, als er gerade zwei Jahre alt war. Im Teich unseres Gartens ertrunken. Es war meine Schuld, ich habe die Tür zum Garten damals offen gelassen. Matthias hat es mir nie verziehen. Als ich zwei Jahre später mit Björn schwanger wurde, war am Anfang noch alles gut. Doch vom Tag seiner Geburt an hat er ihn verstoßen. Und mich dazu. Nichts war mehr so wie vorher. Der Tod unseres ersten Sohnes und die Geburt von Björn haben Matthias zu einem anderen Menschen gemacht. Als mein Sohn dann älter wurde, hat auch er sich verändert. Er entwickelte einen Hass auf alle Menschen in seinem Umfeld, allerdings nie direkt und offen auf Matthias. Vor einigen Monaten hat Björn mir dann gesagt, dass er jetzt endlich wisse, wie er sich an seinem Vater für sein kaputtes Leben rächen könne. Er wollte ihm das nehmen, was Matthias am wichtigsten war. Nämlich die Menschen, um die er sich Tag für Tag kümmert. Ich habe am Anfang gar nicht verstanden, was er damit meinte. Aber als die Serie von Brandanschlägen vor ein paar Wochen einsetzte, war mir sofort klar, dass Björn dahintersteckt. In seinem Zimmer habe ich schließlich Brandbeschleuniger gefunden und dann sogar noch Aufzeichnungen, die keinen Zweifel daran ließen, was er in der Nacht zum 18. Januar vorhatte. Trotzdem habe ich es nicht geschafft, ihn zu verraten. Das klingt verrückt, oder? Ich verabschiede mich jetzt. Ich habe alles verloren, was mir wichtig war. Und die Schuld, mit der ich weiterleben müsste, wäre kaum zu ertragen. Was Björn getan hat, ist unverzeihlich, aber mein Mann ist der eigentliche Schuldige, und wir sind seine Opfer … Aus diesem Grund werde ich nun dorthin gehen, wo ich wieder mit meinen beiden Söhnen zusammen sein kann. In diesem Sinne möchte ich mich noch einmal bei Ihnen bedanken. Und leben Sie wohl.«

Das Knacken und Rauschen in der Leitung wurde auf einmal lauter. Eva Senger war nicht mehr zu hören. Winter hielt sein Handy vom Ohr weg und blickte auf das Display. Er war irritiert, die Sprachnachricht war insgesamt sechzig Minuten lang, doch erst gut zwei Minuten waren vergangen.

Er verstand, dass sie nicht aufgelegt hatte. Die Aufnahme war so lange weitergelaufen, bis sie sich nach einer Stunde automatisch abgeschaltet hatte.

Plötzlich war noch einmal Eva Sengers Stimme zu hören. Sie klang leise. Weit weg. Hastig hielt er das Handy wieder an sein Ohr.

Sie zählt, fuhr es ihm durch den Kopf. Rückwärts, ein Countdown.

Drei, zwei, eins.

Stille.

Ein kurzer, greller Schrei.

Dann wieder Stille.

Winter verharrte einige Augenblicke. Er stellte sich zurück ans Fenster. Minutenlang blickte er regungslos auf den Verkehr am Gustav-Radbruch-Platz.

Eva Senger war nicht mehr am Leben, daran hatte er keinen Zweifel. Kurz bevor sie in den Tod gesprungen war, hatte sie ausgerechnet ihn angerufen und eine Nachricht hinterlassen. Ein letzter schwacher Versuch, ihren Sohn in ein anderes Licht zu rücken und ihr eigenes Schweigen zu rechtfertigen. Und um sich bei ihm zu bedanken. Bei Winter hinterließ es ein schales Gefühl, immerhin war er mitverantwortlich für den Tod von Björn Senger.

Tief im Innern hatte er sich eine Erklärung erhofft, als er ihre Stimme gehört hatte. Vielleicht sogar ein Geständnis. Dass sie diejenige gewesen war, die damals das Feuer in der Hafenstraße 52 gelegt hatte, weil sie darin, genau wie zwanzig Jahre später ihr Sohn, den einzigen Weg gesehen hatte, Rache an ihrem Mann zu nehmen. Doch davon konnte nun keine Rede mehr sein.

So schwer es ihm auch fiel, aber Winter verstand, dass er die Hoffnung, auch den Anschlag in der Hafenstraße aufgeklärt zu haben, endgültig begraben musste. Was auch immer damals passiert war, es würde wohl für immer im Dunklen bleiben.

Winter zog den Vorhang komplett auf, wandte sich um und ließ den Blick durchs Zimmer schweifen. Er atmete tief durch, dann zog er seine Schuhe an und warf die dicke Winterjacke über.

Es war an der Zeit, zu gehen. Doch bevor er mit Ida-Marie oder Andresen sprechen würde, musste er noch etwas erledigen.

# KEIN MITLEID

»Ich habe ernsthaft gedacht, dass das, was ich in den vergangenen Tagen erlebt habe, so ziemlich das Beschissenste ist, was man sich vorstellen kann. Und dann kommst du daher und toppst das alles noch. Also, wie geht's dir?«

Winter blickte Hansen einige Sekunden lang irritiert an, dann lächelte er und setzte sich auf einen Stuhl, der neben dem Krankenhausbett stand.

»Ich habe gehört, was passiert ist«, sagte Hansen nach einer Weile des Schweigens. »Im Radio berichten Sie ununterbrochen, und die Zeitung schreibt kaum über etwas anderes. Sie suchen dich, um Antworten zu finden. Wenn du es klug anstellst, kannst du dich als Held feiern lassen.«

»Um ehrlich zu sein, weiß ich noch nicht, wie das Ganze ausgeht«, entgegnete Winter. »Ich habe die Sache tatsächlich allein durchgezogen. Wäre ich nicht rechtzeitig vor Ort gewesen, wären Dutzende Menschen in der Flüchtlingsunterkunft ums Leben gekommen. Auch dank deiner Hilfe habe ich die ganz große Katastrophe verhindert. Die Kripo sieht das aber wahrscheinlich etwas anders. Ich befürchte, dass da noch einiges an Ärger auf mich zukommt. Aber momentan ist das mein geringstes Problem. Mir sind diese Rechtsradikalen aus dem Block P auf den Fersen. Und auch einige Libanesen, mit denen ich im Laufe der Ermittlungen zu tun hatte, wollen mich lieber tot als lebendig sehen. Am Wochenende haben sie auf mich geschossen.«

»Was soll ich dazu sagen?«, sagte Hansen. »Gut gebrüllt, Kollege. Aber wenn ich mich richtig erinnere, war das schon immer dein Problem. Mit dem Kopf durch die Wand. Egal, mit wem du es zu tun hast.«

»Ohne diese Eigenschaft wäre ich nicht so weit gekommen.« Winter blieb trotzig. »Andernfalls würde ich vielleicht für die Kripo arbeiten. Vorsichtig agieren, sorgfältig abwägen und letztlich zu langsam sein. Das ist nicht meine Welt.«

»Was ist eigentlich los mit dir?«, fragte Hansen plötzlich argwöhnisch. »Irgendetwas stimmt doch nicht.«

»Es ist alles in Ordnung mit mir«, sagte Winter. »Aber die letzten Tage haben mich nachdenklich gemacht. Ich sehe dich hier liegen und denke, dass es jeden erwischen kann. Nächstes Jahr werde ich immerhin vierzig.«

»Um Himmels willen«, sagte Hansen spöttisch. »Was ist das für ein weinerliches Gerede? Und dann dieser Blick. Du hast doch nicht allen Ernstes Selbstzweifel? Das würde ja so gar nicht zu dir passen. Oder willst du mir jetzt etwa mit der Mitleidsschiene kommen?«

»Ich habe kein Mitleid mit dir«, antwortete Winter. »Immerhin hast du dir diesen Mist mit deiner Sauferei selbst zuzuschreiben. Trotzdem bin ich sehr froh, dass du die OP gut überstanden hast.«

»Abwarten«, entgegnete Hansen. »Bevor ich nicht mein erstes Bier im Buthmanns trinken darf und es mir auch noch schmeckt, gebe ich keine Prognosen ab. Die Ärzte sagen, dass ich dringend meinen Lebenswandel ändern muss, wenn alles gut verläuft. Wenigstens kann ich wohl meine Haare behalten. Sie wollen auf die Chemo vorerst verzichten und noch einmal ein paar neue Tests durchführen.«

»Weißt du, wann du wieder rauskannst?«

Hansen schüttelte den Kopf. Plötzlich grinste er. »So schlecht ist es hier im Grunde auch gar nicht. Die Schwestern auf der Station sind nicht zu verachten. Und das Essen besser als alles, was ich mir in den letzten zwanzig Jahren angetan habe.«

»Du klingst schon wieder fast wie der Kalle Hansen, den ich kenne.«

»Das klingt aber auch nur so«, sagte Hansen. »Du hast mir beim letzten Mal ziemlich deutlich gesagt, dass ich mich nicht hängen lassen soll. Das versuche ich zu beherzigen. Übrigens, willst du mal sehen, wo sie mich aufgeschnitten haben?«

»Muss nicht sein.«

»Stell dich nicht so an.« Mühevoll hob Hansen die Bettdecke an und gab den Blick auf einen Verband frei, der von den Rippenknochen, die bei ihm vor wenigen Wochen noch nicht einmal im Ansatz zu sehen gewesen wären, bis zum Unterleib reichte.

»Ich würde nicht tauschen wollen«, sagte Winter. Er stand auf und ging durch den Raum, bis er am Fenster stehen blieb. »Trotzdem gibt es Parallelen, was unsere Situation angeht. Sowohl deine Krankheit als auch die Gefahr, der ich mich ständig aussetze, sind Folge unseres Handelns. Wir beide wissen genau um die Konsequenzen, und doch können wir nicht anders, als immer weiterzumachen. Du denkst bereits an dein nächstes Bier und ich an den nächsten Fall. Es geht immer weiter, und wir merken nicht einmal, dass wir eigentlich etwas ändern müssten.«

»Simon Winter«, sagte Hansen, »solange wir uns kennen, hast du nie an dir gezweifelt. Ich gebe zu, dass mich das genervt hat. Du warst immer der unnahbare und eher unsympathische Eigenbrötler. Aber das war wenigstens etwas Verlässliches. Fang jetzt bitte nicht an, alles in Frage zu stellen.«

»Das habe ich gar nicht vor. Aber ich würde gerne ein paar Dinge in meinem Leben ändern.«

»Wenn du das so sagst, macht mir das Angst. Du bist deshalb der beste Ermittler, den ich kenne, weil du immer von dir und deinen Fähigkeiten überzeugt warst. Weil du solche Zweifel an deinem Vorgehen nie hast aufkommen lassen. Und weil du nie mit dir selbst gerungen hast.«

»Ich habe immer mit mir gerungen«, sagte Winter. »Nur habe ich es nicht gezeigt. Nicht einmal mir selbst.«

»Worauf willst du hinaus?«

»Du kennst meine Vergangenheit«, antwortete Winter. »Du weißt, wie ich meine Kindheit und Jugend verbracht habe. Ich habe das Ganze immer so gut es ging verdrängt. Aber in den letzten Wochen habe ich gemerkt, dass das nicht mehr funktioniert. Ich muss mit dieser Sache abschließen.«

»Was meinst du damit?«

»Tu doch nicht so, als würdest du nicht verstehen. Ich spreche von meinen Eltern. Das, was damals passiert ist, habe ich bis heute nicht wirklich an mich herangelassen. Meine letzten Therapien liegen fast zwanzig Jahre zurück. Seitdem habe ich die Sache irgendwo ganz hinten in meinem Gedächtnis versteckt, in der Hoffnung, dass sie für immer dort bleibt. Aber dem ist leider nicht so. Die Dämonen von damals kommen ständig zurück und jagen mir Angst ein. Und in letzter Zeit habe ich es einfach nicht mehr geschafft, sie in die Flucht zu schlagen. Ich muss sie bekämpfen und ein für alle Mal besiegen. Falls du verstehst, was ich meine?«

»Ich bin mir nicht sicher.«

»Dann hör mir jetzt gut zu«, sagte Winter und wandte sich Hansen wieder zu. »Andresen hat ernsthaft vorgehabt, mich in sein Team zu holen, wie ich aus sicherer Quelle weiß. Es ist letztlich nicht dazu gekommen. Hätten wir darüber sprechen können, hätte ich sein Angebot vielleicht sogar angenommen. Aber mittlerweile ist mir klar geworden, was ich eigentlich will. Ich würde nämlich gerne mit dir zusammenarbeiten, wenn du wiederhergestellt bist. Unser erster gemeinsamer Fall wäre der wichtigste meines Lebens. Ich muss wissen, was damals passiert ist. Wer diese Männer sind, die meine Eltern umgebracht haben. Und was genau dahintersteckte. Einfach alles.«

Er machte eine Pause und holte noch einmal Luft. »Also, wärst du dabei?«, fragte er schließlich.

Hansen blickte Winter regungslos an, als könnte er nicht glauben, was er gerade gehört hatte. Sein Nicken kam nur zögerlich.

»Ist das ein Ja?«

»Bleibt mir eine Wahl?«

»Nein.« Winter trat ganz nah an Hansen heran und blickte ihm tief in die Augen. Dann zog er einen Flachmann aus seiner Jackentasche und reichte ihn Hansen. »Danke«, sagte er leise. »Ich brauche dich noch. Als Kollegen und auch als Freund.«

# Nachwort

Die fiktiven Ereignisse in »Hafenstraße 52« basieren auf wahren Begebenheiten. In der Nacht zum 18. Januar 1996 wurde ein Brandanschlag auf ein Haus für Asylbewerber in der Lübecker Hafenstraße verübt. Bei diesem Anschlag starben drei Erwachsene und sieben Kinder und Jugendliche. Sie stammten aus Zaire, Angola, Togo, Benin und dem Libanon. Trotzdem es Verdächtige und Angeklagte gab, wurde dieses Verbrechen bis heute nicht aufgeklärt.

Diese Ausgangslage habe ich in »Hafenstraße 52« aufgegriffen, um einen Roman zu schreiben, der leider auch im Jahr 2016 wieder eine traurige Aktualität besitzt. Obwohl mir bewusst war, dass der damalige Fall brisant geblieben ist und die Menschen in Lübeck bis heute beschäftigt, habe ich im Laufe meiner Recherchen viele Überraschungen erlebt, die meinen Glauben an Menschlichkeit, aber auch an die ermittelnde Justiz zumindest nicht gestärkt haben. Ein ums andere Mal habe ich vor meinem Computer gesessen und ob der Ermittlungspannen und Widersprüchlichkeiten in diesem Fall fassungslos den Kopf geschüttelt.

Trotz alledem ist mir wichtig, festzuhalten, dass es mir in meinem Buch nicht darum geht, brisante Details ans Licht zu befördern. Ich erhebe natürlich auch nicht den Anspruch, die Hintergründe des Anschlags in der Hafenstraße aufzuklären oder die damals verdächtigten Personen in irgendeiner Form zu diskreditieren. Sie alle wurden freigesprochen – es konnten weder stichhaltige Beweise noch glaubhafte Motive ermittelt werden.

Auch aus diesem Grund habe ich die Namen der damals beschuldigten Personen in meinem Buch geändert. Die Abläufe dieser Nacht wurden jedoch so beschrieben, wie sie sich in den allgemeingültigen Quellen tatsächlich dargestellt haben.

Meine Intention ist es vor allem, Sie als Leser zu unterhalten. Ich hoffe, dass mir das mit »Hafenstraße 52« gelungen ist. Wenn es mir darüber hinaus gelungen sein sollte, Sie zum Nachdenken anzuregen, würde mich das umso mehr freuen.

Lübeck, im Mai 2016

Jobst Schlennstedt
**WESTFALENBRÄU**
Broschur, 224 Seiten
ISBN 978-3-89705-768-5

*»Jobst Schlennstedt hat einen spannenden Regionalkrimi geschrieben, der auch von der Charakterisierung der Figuren lebt.«*
Westfalen-Blatt

Jobst Schlennstedt
**DORFSCHWEIGEN**
Broschur, 208 Seiten
ISBN 978-3-89705-996-2

*»Wer ›Dorfschweigen‹ angefangen hat zu lesen, folgt dem Kommissar gerne in seiner Aufklärungsarbeit.«* Westfalen-Blatt

Jobst Schlennstedt
**MÖWENJAGD**
Broschur, 224 Seiten
ISBN 978-3-89705-825-5

*»Jobst Schlennstedt entwickelt komplexe Handlungsstränge und wartet am Ende nicht mit Patentlösungen auf. Es bleibt kompliziert, und das macht seine Romane so lesenswert.«* Radio ZuSa

*»Eine spannende Geschichte mit glaubwürdigen Charakteren.«* Ultimo-Stadtzeitung, Lübeck

Jobst Schlennstedt
**TRAVEBLUT**
Broschur, 208 Seiten
ISBN 978-3-89705-918-4

*»Es wimmelt voller bekannter Lübecker Ecken. Und genau das lieben die Leser.«* NDR 1, Welle Nord

www.emons-verlag.de

Jobst Schlennstedt
**KÜSTENBLUES**
Broschur, 208 Seiten
ISBN 978-3-95451-110-5

*»Fans von Regionalkrimis kommen voll auf ihre Kosten. Das überraschende Finale einer komplexen Geschichte, Schlennstedts Leser müssen mitdenken. Mit einer großen Portion norddeutschem Küstenflair.«* NDR

*»Dass der Autor in Lübeck zu Hause ist, merkt man dem sorgfältig recherchierten Roman an. Dieser fünfte Krimi um Kommissar Birger Andresen ist wieder sehr spannend und das Ende überraschend. Lesen!«* Lübecker Nachrichten

Jobst Schlennstedt
**TODESBUCHT**
Broschur, 224 Seiten
ISBN 978-3-95451-299-7

*»Jobst Schlennstedt hat sich mit Regionalkrimis einen Namen gemacht – und die Lektüre lohnt sich.«* Lübecker Nachrichten

www.emons-verlag.de

Jobst Schlennstedt
**SPUR ÜBERS MEER**
Broschur, 224 Seiten
ISBN 978-3-95451-450-2

Als eine siebzehnjährige Lübecker Schülerin verschwindet, wendet sich ihre verzweifelte Mutter an Privatermittler Simon Winter. Die Spur führt ihn in den Filz der schleswig-holsteinischen Landespolitik. Doch erst als im dänischen Rødby ein Fahrzeug mit einem weiteren verschleppten Mädchen entdeckt wird, ahnt Winter, welche Dimension der Fall tatsächlich hat.

Jobst Schlennstedt
**KÜSTE DER LÜGEN**
Broschur, 224 Seiten
ISBN 978-3-95451-534-9

*»Wie Jobst Schlennstedt den Fall auflöst: Hut ab, das ist sehr spannend! So geht Thriller, bitte mehr davon!«* Lübecker Nachrichten

www.emons-verlag.de

Alexandra Schlennstedt,
Jobst Schlennstedt
**111 ORTE AN DER OSTSEEKÜSTE, DIE MAN GESEHEN HABEN MUSS**
Broschur, 240 Seiten
ISBN 978-3-89705-824-8

*»Die Orte sind so vielfältig, dass wohl jeder Leser (ob einheimischer oder Tourist) Interessantes entdeckt.«* Lübecker Nachrichten

Alexandra Schlennstedt,
Jobst Schlennstedt
**111 ORTE IN OSTWESTFALEN-LIPPE, DIE MAN GESEHEN HABEN MUSS**
Broschur, 240 Seiten
ISBN 978-3-95451-109-9

*»Region der spannenden Geschichten.«* Westfalen-Blatt

*»Ein ungewöhnlicher Reiseführer über die Region. Interessante Anekdoten aus den Ballungsgebieten wie Bielefeld und Paderborn sind darin ebenso zu finden wie Fotos und Geschichten aus Ortschaften wie Bad Driburg, Salzkotten, Rödinghausen und Werther.«* Neue Westfälische

www.emons-verlag.de

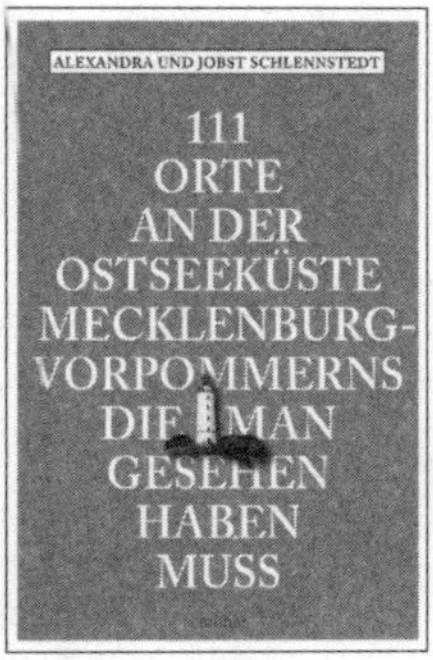


Alexandra Schlennstedt,
Jobst Schlennstedt
**111 ORTE AN DER OSTSEEKÜSTE MECKLENBURG-VORPOMMERNS, DIE MAN GESEHEN HABEN MUSS**
Broschur, 240 Seiten
ISBN 978-3-95451-332-1

*»Interessante Tipps für Sightseeing-Touren in einer der vielfältigsten Landschaften Deutschlands. Die Autoren haben zahlreiche Insider-Tipps ausgesucht, die die kulturelle Vielfalt dieser Region im Nordosten Deutschlands zeigen, und mit vielen von Motiv und Qualität her erstklassigen Fotos illustriert. Diesen Reiseführer sollte man unbedingt dabeihaben, wenn man nach Mecklenburg-Vorpommern reist.«* Buchprofile

Alexandra Schlennstedt,
Jobst Schlennstedt
**111 ORTE IN LÜBECK, DIE MAN GESEHEN HABEN MUSS**
Broschur, 240 Seiten
ISBN 978-3-95451-564-6

Holstentor, Marzipan, Hanse, sieben Türme und Ostseestrand – klar, das ist Lübeck. Zöllnerhaus, Schellbruch und Industriemuseum? Auch das ist die Hansestadt. Von Buntekuh bis Travemünde gibt es in diesem Buch 111 spezielle Orte zu entdecken. Von den engen Gassen des Weltkulturerbes über ausgedehnte Naturschutzgebiete bis zum Meer zeigt dieser Entdeckungsführer die vielfältigen Facetten Lübecks.

www.emons-verlag.de

Alexandra Schlennstedt,
Jobst Schlennstedt
**111 ORTE IN DER LÜNEBURGER HEIDE, DIE MAN GESEHEN HABEN MUSS**
Broschur, 240 Seiten
ISBN 978-3-95451-844-9

Grasende Heidschnucken in einem lila Farbenmeer – nur zwei Gründe, warum die Lüneburger Heide eine der schönsten Regionen Deutschlands ist. Dichte Wälder und malerische Flüsse gehören ebenso dazu wie geschichtsträchtige Orte, die nachdenklich stimmen, und pittoreske Städte, die einst zu den einflussreichsten des Landes gehörten. Die ganze Welt in einer Kirche erleben, auf einer ausgedienten Panzerwaschanlage Tretboot fahren oder in den Gärten anderer Leute die Seele baumeln lassen. All das und viel mehr sind 111 Gründe, sich in die Heideregion zu verlieben.

www.emons-verlag.de